講談社文庫

賢者の棘《とげ》

警視庁殺人分析班

麻見和史

講談社

目次

賢者の棘《とげ》

警視庁殺人分析班

◉おもな登場人物

〈警視庁刑事部〉

如月《きさらぎ》塔子《とうこ》……捜査第一課殺人犯捜査第十一係　巡査部長
鷹野《たかの》秀昭《ひであき》……同　警部補
早瀬《はやせ》泰之《やすゆき》……同　係長
門脇《かどわき》仁志《ひとし》……同　警部補
徳重《とくしげ》英次《えいじ》……同　巡査部長
尾《び》留《る》川《かわ》圭介《けいすけ》……同　巡査部長
神谷《かみや》太《た》一《いち》……捜査第一課　課長
手《て》代木《しろぎ》行雄《ゆきお》……捜査第一課　管理官
河上《かわかみ》啓史《けいし》郎《ろう》……科学捜査研究所　研究員

大桑《おおくわ》……塔子宅の近隣住民
粕屋《かすや》容平《ようへい》……イタリア料理店　経営者
関戸《せきど》純也《じゅんや》……東京都都市整備局　職員
弘中《ひろなか》隼雄《はやお》……小平事件被害者の父
弘中早知枝《さちえ》……小平事件被害者の母
西久保《にしくぼ》高志《たかし》……自動車販売会社　社員
西久保修《おさむ》……高志の父
西久保昌代《まさよ》……高志の母
高杉《たかすぎ》一朗《いちろう》……年金生活者
高杉信吾《しんご》……一朗の息子
内藤《ないとう》謙《けん》……旅行会社　社員
内藤卓郎《たくろう》……謙の父
乾《いぬい》　隆造《りゅうぞう》……自営業者
如月厚子《あつこ》……如月塔子の母
鷹野秀一郎《しゅういちろう》……鷹野秀昭の父
神谷英里子《えりこ》……神谷太一の娘

第一章　ステージ

1

あの子は死んでしまった。俺の知らない場所で、無残《むざん》に殺されたのだ。

俺は犯人を絶対に許せない。なぜ俺の家族があんな目に遭わなくてはならないのか。理不尽じゃないか。だって、ほかにも狙《ねら》う相手はいくらでもいただろう？　同じぐらいの年齢で、同じぐらいの生活水準で、同じぐらいの容姿の若者は、山ほどいたはずなのだ。それなのに、どうして俺の子供が襲われたのか。

思い出すたび、俺は興奮して、酒を飲んで、壁を殴ったり自分を傷つけたりする。子供の写真を見て、何時間も泣いている。

あの事件のあと、俺はおかしくなってしまった。たぶん俺は、人として大事なものを失ったのだ。悲しみの記憶は、人の心を腐らせていく。あれ以来ずっと苦しみ続け、俺はだんだん訳がわからなくなってきた。真実なのか妄想なのか、自分でも判断できなくなることがある。ああ、誰か助けてくれ。

今さらどうにもならないことだ。それでも俺は、じっとしていられなかった。

あの子のためにも考えなくてはならなかった。殺害した犯人を見つけて、罪を償わせる。地獄のような苦しみを味わわせてやる。

犯人を見つけるために、俺は情報を集めた。

警察を頼ればよかったのか。冗談じゃない。あいつらは点数を稼ぐことしか考えていない。警察官たちにとって犯罪など、所詮《しょせん》は他人事《ひとごと》なのだ。あの子の事件で、俺はそう実感した。被害者の家族があれこれ相談しても、親身になってはくれない。

だから俺は自分で行動するのだ。

これは魂の復讐《ふくしゅう》だ。犯人を苦しめるためなら何でもやってやる。

俺は準備を始める。まずはロケーションの設定だ。近くにあまり住民のいない、静かな場所を探す。そう、廃墟《はいきょ》や廃屋がいい。何日か見張って、人の出入りがないことを確認する。

場所が決まったら、次はいよいよ「ゲーム」を用意するのだ。

ゲームである以上、面白くなくてはいけない。さらに俺自身のプライドにかけて、ルールのとおりに行われる戦いでなくてはならない。

ゲームに負けたとき、あいつは死ぬ。それを悟ったとき、奴は悲鳴を上げ、ひざまずいて許しを請《こ》うに違いない。奴の無様《ぶざま》な様子を想像して、俺はひとり哄笑《こうしょう》する。リビングの中に俺の声が響く。

大声で笑いながら、同時に俺は涙を流している。

身が引き裂かれそうな苦しみをどうすればいいのか、俺にはわからなかった。

2

今年の春は、例年より少し気温が高くなるらしい。

テレビで見た予報を思い出しながら、如月塔子《きさらぎとうこ》は辺りを見回す。コンコースを歩く会社員の中には、すでにコートを脱いでいる人もいた。

塔子は腕時計に目をやった。三月十二日、午前八時五十五分。約束の時刻まであと五分だ。

文字盤が曇っているのに気づいて、塔子はハンカチを取り出した。はあっ、と息を吹きかけ、ハンカチでガラスを拭《ぬぐ》う。クオーツ式の腕時計は正確な時を刻んでいる。男女兼用なのだが、小柄《こがら》な塔子には少し大きい。それでも父の形見だから、今まで大事に使ってきた。

「如月、だいぶ待ったか？」

男性の声が聞こえたので、塔子は顔を上げた。改札口を抜けて、ひょろりとした人物が近づいてきた。身長百八十三センチで痩《や》せ型、グレーのスーツを着ている。顎《あご》が細く、知的な顔立ちだ。手には仕事用の鞄《かばん》と紙バッグを持っている。

塔子の先輩であり、相棒でもある鷹野秀昭《たかのひであき》警部補だった。

「おはようございます。私もさっき来たところです」

「十分前には着こうと思ったんだが、電車の中で具合の悪い人を見つけてな」

「大丈夫だったんですか？」

「ああ、軽い貧血だと思う。駅員に身柄を引き渡してきた」

「身柄を引き渡すって、被疑者じゃないんですから」

「む……。それはそうだな」

どうやら、いつもの癖《くせ》が出たようだ。塔子と鷹野は警視庁捜査一課の刑事で、普段は殺人などの凶悪事件を担当している。日常的に犯罪者を捕らえているから、ついそんな言い方になったのだろう。

「というわけで、約束の時刻ぎりぎりになってしまって悪かった」

「いえ、気にしないでください。遅れたわけじゃありませんし」

「しかし、こういう日だからな。俺がしっかりしていないと示しがつかない」

鷹野はひとり、ぶつぶつ言っている。普段それほど時間にうるさい人ではないのだが、今日はやけに気にしているようだ。

ＪＲ北赤羽《きたあかばね》駅を出て、塔子たちは通りを歩きだした。

塔子の身長は百五十二・八センチで、鷹野との差は三十センチほどもある。並んで歩く姿を見て、親子のようだと冗談を言う同僚もいた。そんな言葉を聞くたび、失礼だなあ、と塔子は思っていた。親子とはひどい。鷹野は今三十三歳、塔子は先月二十八歳になったから、年齢差はたった五歳だ。

住宅街に入ってから十分ほどで、塔子の家に到着した。

鷹野は門扉《もんぴ》の前で足を止め、ネクタイの結び目を整え始める。スーツの皺《しわ》も気にしているようだ。

「ずいぶん緊張してますね」

「それはそうだ。如月のお母さんに会うんだからな」

彼は真剣な顔をして、髪を撫《な》でつけている。

「おや、塔子ちゃん、どうしたの」

うしろから声をかけられ、塔子は振り返った。そこに立っていたのは、黒いパーカーを着た五十代半《なか》ばの男性だ。ショルダーバッグを掛け、手にはポリ袋とごみ拾い用の火ばさみを持っている。

向かいの家に住む大桑《おおくわ》だった。

「こんにちは。ご無沙汰《ぶさた》しています」

「今日は仕事じゃないの？」

「ええ、ちょっと」塔子は曖昧《あいまい》な笑みを浮かべる。「大桑さんは？」

「俺はほら、早期退職しちゃったから暇なんだよ。今日はそのへんのごみ拾いをね」

「ありがとうございます。いつもすみません」

「はは、お母さんによろしくね」

大桑は道端《みちばた》に目を落としながら、のんびり歩きだす。ボランティアでごみ拾いをしてくれているのだろう。感謝しなければ、と思った。

ドアを開けて塔子は家の中に入った。ただいま、と奥に向かって声をかける。

パンプスを脱いでいると、廊下の奥から足音が聞こえてきた。母の厚子《あつこ》だ。

おや、と塔子は思った。先ほどまで普段着だったのに、いつの間にかよそ行きの服に着替えている。胸にはコサージュまで付けていて、コンサートにでも出かけるのかという恰好《かっこう》だ。

「鷹野さん、ご無沙汰しています。さ、上がってください」声までよそ行きになっていた。「あ、スリッパはここに」

「ありがとうございます」

鷹野は頭を下げ、塔子に続いて廊下に上がった。どうぞどうぞ、と何度も言いながら厚子は鷹野を案内する。

居間に行くと、すでにお茶の用意がしてあった。塔子は鷹野に座布団を勧め、自分も腰を下ろす。

鷹野は室内をぐるりと見回したあと、仏壇に目をやった。そこには塔子の父・功《いさお》の遺影が置いてある。塔子に断ってから、彼は線香を上げてくれた。

ローテーブルに戻ると、鷹野は厚子のほうを向いた。

「今日はご報告したいことがありまして……」

「あらやだ。まるで結婚の挨拶《あいさつ》みたいね」

えっ、と言って鷹野はまばたきをする。

「ちょっと！　何言ってるのよ、お母さん」塔子は厚子を睨《にら》んだ。「大事な話なんだから」

「そうだったわね。ごめんなさい」

厚子が居住まいを正すのを見てから、鷹野はあらたまった調子で言った。

「あれから二年たちます。その後、いかがですか」

「早いものですね」厚子は明るい調子で答えた。「その節は本当にお世話になりました。時間がたって、今はもう気持ちも落ち着いていますから」

厚子は二年前の事件を思い出しているようだ。室内の空気が少し重くなった。この件を切り出すかどうか、鷹野の心にも迷いがあったのだろう。だから家に入るまで、緊張した表情を浮かべていたのだ。

「それはともかく……」厚子は気を取り直したという顔で言った。「うちの子、見てもらえます？」

「ああ、そうですね。お願いします」

鷹野は部屋の隅《すみ》に視線を向けた。そこにはプラスチック製の三段ケージがある。

「姿が見えないようですが……」

「知らない人が来たから隠れちゃったんですよ。ちょっと待っててください」

厚子は窓際に置かれたトンネルのおもちゃに近づき、そっと中を覗《のぞ》く。両手を差し込んで、小さな生き物を引っ張り出した。

彼女の腕の中で、子猫が足をばたつかせていた。グレーの毛並みで、体にはきれいな縞《しま》模様がある。

「これがエキゾチックショートヘアですか」

「ビー太《た》といいます」厚子は指先で子猫の頭を撫でた。「まだ生後二ヵ月ちょっとでね」

「名前の由来は？」

「縞模様のことを夕ビーというんです。それで、文字を入れ替えてビー太に。やんちゃな男の子です。……ねえ？　ビー太くん」

猫に話しかけながら厚子は目を細めている。まるで孫でも見ているかのようだ。

ビー太は厚子の膝《ひざ》に下ろされ、もぞもぞと動いていた。ときどき、にゃあ、と甘えた声を出す。

「ねえお母さん、ビー太、嫌がってるんじゃないの？」

「ああ、わかったわかった。自由になりたいのね」

厚子は猫から手を離した。ビー太は彼女の膝から下りると、ふんふんと座布団のにおいを嗅《か》ぎ始める。

先日家にやってきてから、ビー太は少しずつ大きくなってきている。目を離したとき、壁伝いにケージの三階まで上ってしまったときには塔子も驚いた。

塔子はおもちゃ箱から猫じゃらしを持ってきて、子猫の前に差し出した。このおもちゃは母が一昨日買ったばかりだから、まだ新鮮に見えるのだろう。ビー太はちょいちょいと前足を出してくる。塔子が猫じゃらしを動かすと、それを追いかけて右へ行ったり左へ行ったり、ときには飛びついてきたりした。小さな前足をめいっぱい伸ばす姿が、可愛《かわい》くて仕方がない。

「ほらビー太、こっち。次はこっち。ほい、ほい、ほい」

そんなふうに塔子がじゃらしていると、鷹野が落ち着かない声で言った。

「あの……如月、ちょっとそれ、いいかな」

「ええ、どうぞ」

鷹野は猫じゃらしを受け取り、神妙な顔をして子猫の前に差し出した。しかし何か違和感を抱いたのか、ビー太はノリが悪い。鷹野が猫じゃらしを左右に振っても、ほとんど反応しなかった。

「なぜだ……。俺じゃ駄目なのか」

「鷹野さん、抱っこしてみます？」厚子は猫を抱き上げた。「あ、でもスーツに毛が付いちゃうかしら」

「大丈夫です」鷹野ははっきりした口調で言った。「こんなこともあろうかと、今日はグレーの服ですから」

なるほど、と塔子は思った。以前、彼から質問を受けて、ビー太の毛の色を伝えてあったのだ。

「では失礼して」厚子から子猫を受け取り、鷹野は両手で包み込むようにした。「こ……これでいいんですか」

「あら、ビー太おとなしいじゃないの。……塔子、写真撮ってあげたら」

「あ、そうだよね」と塔子。

「いや、あの、けっこうですから」

なぜか鷹野は慌てた様子で首を振る。まあいいじゃないですか、と言って塔子は携帯を構えた。困ったような顔をしている鷹野を、猫とともに何枚か撮影した。

「あとでメールに添付しますね」

「……よろしく頼む」

まんざらでもないようだ。鷹野はしばらく猫を膝に載せていたが、そのうちビー太が足をばたつかせたので、そっと床に置いた。ビー太はトンネルのおもちゃに潜り込んでしまった。

「あらー、どちたのかなー。そこがいいの？　狭いところが好きなの？」

厚子が赤ちゃん言葉で呼びかける。ビー太はトンネルの中で向きを変え、入り口からちょこんと頭を出した。厚子の声に応じるように、にゃあ、とまた鳴いた。

しばらくトンネルの中を動き回っていたが、やがて子猫は寝てしまったようだ。鷹野は厚子のほうへ視線を転じた。

「如月さん、そろそろ本題に入ってもよろしいですか。例の脅迫状の件なんですが……」

「はい、お願いします」

鷹野は白手袋をつけたあと、持参した紙バッグからビニール袋を取り出した。中に入っていたのは二十通ほどの封書だ。

「お預かりしていた手紙です。鑑識で、封筒および便箋《びんせん》に付着した指紋を調べてみました。指紋は多数付いていましたが、あいにく前歴者のものは見つかりませんでした」

「ということは、この手紙を送った人は犯罪者ではないんですね？」

「いえ、そうとは限りません。まだ発覚していない事件の犯人が、手紙を書いた可能性もありますから」

そうですか、とつぶやいて厚子は考え込む。

塔子の父・如月功は警視庁捜査一課の刑事だった。仕事柄、人に恨まれることが多かったらしく、以前から自宅に脅迫状が届いていたのだ。十二年前に父が病気で亡くなったあとも、一部の手紙は配達されている。おそらく功が死去したことを知らない者が、いまだに送り続けているのだろう。

「消印はどれも都内で、東京西部に集中しています。一番多いのは国立《くにたち》郵便局管内で投函《とうかん》されたものですね。犯人は国立市に住んでいるのかもしれません」

「あるいは……」塔子は言った。「そこに会社なり学校なりがあるのかも」

そのとおり、と鷹野はうなずく。

「筆跡については予想したとおりです。お預かりした二十二通は、すべて同一人物が書いたものでした。この差出人が一番しつこいんでしたよね？」

「ええ、そうなんです」厚子は顔を曇らせた。「消印でわかると思いますが、一番古いのは今から十三年前の手紙です」

「当時、父は存命でした」塔子は説明を補足した。「こんなものはいたずらだからと、気にしていなかったようです。十三年前に父は病気で警察を辞めて、翌年に亡くなりました。でも、そのあともずっと脅迫状は送られてきたんです」

「まったく、執念深いというべきか……」鷹野は手袋を嵌《は》めた手で、一通の脅迫状を手に取った。「切手が特徴的ですよね」

封筒には十円切手が多数、貼《は》り付けてある。郵便料金が変わった年からは、料金不足にならないよう十円切手の枚数も増えていた。

「この十数年で十円切手のデザインは変わっています」鷹野はべたべた貼られた切手を指差した。「ですが奇妙なことに、この人物は毎回古い『フクジュソウ』の切手を貼ってくる。そこにこだわりがあるようです。塔子さんとも話したんですが、何かメッセージが込められているんじゃないでしょうか」

鷹野の口から「塔子さん」などという言葉が出たのは初めてだ。母の前だからそう言ったのだろうが、少しくすぐったいような感じがする。

「フクジュソウの花言葉を調べてみました」鷹野は説明を続けた。「『幸福』『幸せを招く』などのポジティブな意味のほかにもうひとつ、『悲しい思い出』という意味があるそうです」

花言葉はすでに塔子も調べていた。脅迫者が過去の「悲しい思い出」に囚《とら》われているのではないか、ということは容易に想像できる。

「それから、フクジュソウは一月一日の誕生花ですね。本によっては、ほかの日の誕生花だという記述もありますが、春を告げる草ということになっています。『元日《がんじつ》草《そう》』とか『朔日草《ついたちそう》』とかいう別名があるそうです。もうひとつ付け加えると、フクジュソウは毒性の強い植物ですね」

そこまで話してから、鷹野は封筒を手に取った。中から便箋を取り出す。

《俺の人生をメチャクチャにした如月功、おまえを絶対に許さない。俺はあのとき、おまえにひどい扱いを受けた。そのせいで俺はこんなつまらない人生を送ることになった。おまえは死ぬべきだ。死んで罪を償うべきだ。俺はおまえを殺したい。残酷に切り裂いて、ぶっ殺してやりたい。俺は殺害計画を立てている。いよいよおまえを殺すときが近づいてきたようだ。如月功、地獄に落ちろ》

ボールペンで書かれた文字が並んでいた。

「これが二ヵ月前に届いた、と塔子さんから聞きました」鷹野は言った。「今までの手紙とは違って、相当過激です。嫌がらせというレベルを超えている。何か具体的な計画を立てているようだし、放ってはおけません」

塔子もそう感じて、先輩の鷹野に相談したのだった。厚子自身は、鷹野に迷惑だろうからと遠慮していたのだが、もうそんな状況ではなかった。

「このことは上司にも話しました。脅迫事件として立件できるかどうかはわかりませんが、私と塔子さんで調べるように、と命令を受けています」

「お忙しいでしょうに、すみません」

恐縮した様子で、厚子は丁寧に頭を下げる。鷹野は胸の前で、小さく手を振った。

「気になさらないでください。大先輩である功さんのことは、我々も聞いています。それに塔子さんのお父さんですからね。他人事ではない、という気持ちが強いんです」

鷹野がそう言ってくれたことを、塔子は心強く思った。上から命令が出ているとなれば、仕事として動くことができる。幸い、今は殺人事件などの捜査がない時期だから、数日は使えるだろう。

そこへ、携帯電話の着信音が聞こえてきた。

バッグを引き寄せて、塔子は携帯を取り出す。液晶画面を見ると、早瀬《はやせ》泰之《やすゆき》係長からだった。

「はい、如月です」

「お疲れさん。今ちょっと話せるか」

「大丈夫です。何かあったんですか？」

先回りして塔子が尋《たず》ねると、早瀬は少し間をおいてから答えた。

「そうじゃないんだが……。脅迫状の件はどうだ？」

「鷹野主任と一緒に調べているところです」

「そっちで何か変わったことはないか」

「え？」携帯を持ったまま、塔子は首をかしげた。「変わったこと、というと……」

「不審な人間を見かけたとか、妙な電話がかかってきたとか、そういうことは？」

どうやら、脅迫状の件を気にして連絡をくれたらしい。塔子は早瀬の心づかいに感謝した。

「ありがとうございます。特に、おかしなことはありません」

「なら、よかった。また連絡する」

急いでいるのだろう、早瀬はすぐに電話を切った。

塔子が携帯をバッグにしまい込んでいると、鷹野がささやきかけてきた。

「早瀬さんか？」

「ええ。変わったことはないか、と心配してくださったみたいで」

なるほど、と鷹野はつぶやく。何か考えている様子だったが、じきに彼は厚子に目を向けた。

「話の続きですが……昨日また別の手紙が届いたとか」

「お母さん、あの手紙を見せてくれる？」塔子は横から促《うなが》す。

「あ……はい」

厚子は傍《かたわ》らに置いていた透明な袋を差し出した。キッチン用のフリーザーバッグの中に、十円切手の貼られた封筒が入っている。

鷹野は手袋を嵌めた手で、手紙を取り出した。

「今回は速達ですね」いつもより十円切手の枚数が多かった。「急いで伝える必要があった、ということか……」

便箋に書かれた文字は、先ほどの脅迫状とよく似ていた。

《如月功、俺はおまえに復讐するつもりだった。だが、もう無理だとわかった。おまえは死んでいるのだからな。俺は計画を変えることにした。恥知らずの警察は過去のミスを隠そうとしている。絶対に許せない。警察の連中を苦しめるために、俺は一般市民を殺す。その責任は如月功、すべておまえにある》

鷹野はひどく険《けわ》しい表情になっていた。

「奴は功さんの死を知って、方針を変えたようですね。しかしターゲットが不明となるとまずい。捜査が難しくなります」

塔子も同じことを気にしていた。今までは功を狙うと宣言していたから、犯人の動きもある程度予想できる、と思っていたのだ。

「誰が狙われるかわからない今、どこから捜査を進めるべきでしょうか」

塔子が尋ねると、鷹野はこめかみを掻《か》きながら、

「方針を変えたとしても、功さんに恨みがあることは間違いない。となれば、やはり手がかりは功さんの過去にあるはずだ。以前、功さんの手がけた事件を調べるべきだと思う」

「父に恨みを持った人間が、父とは関係ない人を襲うということですか」

「おそらくな」そう言ったあと、鷹野は言葉を継いだ。「しかし、功さんに非があったとは限らない。犯人は勝手な理屈で恨みを抱いたのかもしれない。残念だが、よくあることだ」

昨日届いた最新の脅迫状を、鷹野は証拠品保管袋にしまい込んだ。過去の二十二通は、まとめて厚子のほうに差し出す。

「昨日の速達を科捜研に回しておきます。何かわかるといいんですが」

「よろしくお願いします」厚子はあらためて鷹野に頭を下げた。「また手紙が届いたら、すぐお知らせしますので」

「念のため、近隣の交番にパトロールの強化を依頼しておきますよ」

お茶の礼を述べて鷹野は立ち上がった。塔子もバッグを持って腰を上げる。これから、謎《なぞ》の脅迫者を見つけるための捜査が始まるのだ。

鷹野はローテーブルから離れたが、ふと足を止めて窓際に行った。腰をかがめて、トンネルのおもちゃをそっと覗き込む。

「じゃあ、またな」

子猫に声をかけ、鷹野は廊下に出ていった。

塔子は母と顔を見合わせ、口元を緩《ゆる》めた。

3

電車を乗り継いで桜田門《さくらだもん》に移動した。

警視庁本部庁舎の六階に、捜査一課の部屋がある。一度そこに顔を出したのだが、早瀬係長やほかの先輩たちはいなかった。どこかで打ち合わせをしているのだろうか。

渡り廊下を通って、塔子たちは科学捜査研究所に向かった。事件の捜査でいつも捜一を助けてくれるのが、ここ科捜研だ。

事前に連絡してあったから、目的の人物は時間を空けてくれていた。

「お待ちしていました」

研究員の河上啓史郎《かわかみけいしろう》はいつものように黒縁眼鏡《めがね》をかけ、ぱりっとした白衣を着ていた。普段から、とても真面目《まじめ》で仕事熱心な人だ。

「また別の手紙が届いたそうですね」河上は表情を曇らせた。「見せていただけますか」

打ち合わせ用のスペースで塔子、鷹野、河上の三人は向かい合った。鷹野は証拠品保管袋を机に置く。河上は手袋を嵌めたあと、保管袋から封筒を取り出した。

「これで二十三通目ですね」

「そうです。さっき如月のお母さんから受け取ってきました」

「お母さん？」河上はまばたきをしてから鷹野を見た。「もしかして、如月さんの家に行ったんですか」

「ええ。預かっていた手紙を返す必要もあったので」

「……なるほど、そうですよね。預かったものは返さないとね」

そこまで言って、急に河上は眉《まゆ》をひそめた。上半身を傾けて、鷹野のスーツに注目している。

「鷹野さん、スーツに何か……」

「え？　ああ、これですか」鷹野はスーツの表面を手で払った。「まいったな。猫の毛が付いてしまって」

「猫の毛ですって？」河上は腰を浮かした。

怒っているのだろうか。塔子は慌てて口を開いた。

「すみません、河上さん。細かい検査をするこの部屋で、猫の毛なんてよくないですよね」

「あ……いや、それは別にかまわないんですが」

「外で毛を落としてきましょうか。私、ブラシを持っていますから、これで鷹野さんを……」

「あの、如月さん、ここはクリーンルームじゃないので大丈夫ですよ」

そう言って河上は椅子《いす》に座り直した。眼鏡の位置を直したあと、咳払《せきばら》いをしてから彼は言った。

「そういえば如月さん、猫を飼い始めたんでしたね。種類は、たしかエキゾチックショートヘアの男の子」

「あれ、よくご存じですね」

「猫に関しては特別な情報網があるんです。警視庁の中にね」

「特別な情報網……」塔子はまばたきをした。

「姉夫婦が猫を飼っている関係で、私もその方面にアンテナを張っているんです。警視庁で、どの部署の誰が猫を飼っているか、如月さんにもお伝えしましょうか」

「あ、いいですね。写真なんかも見られると嬉《うれ》しいです」

「わかりました。手配しておきます。それはそうと……」河上は鷹野のほうに視線を向けた。「鷹野さんは今日、如月さんの家に行ったんですよね。そしてお母さんに会った。実際のところ、どうだったんですか」

突然訊《き》かれて、鷹野は面食らっているようだ。彼は眉を上下させたあと、怪訝《けげん》そうに尋ねた。

「河上さん、質問の意味がよくわからないんですが……」

「まあね、鷹野さんは如月さんとコンビを組んでいるから、一緒に行動するのはわかります。でも如月さんのご実家にまで……。普通だったらまず行かない場所です」

「なんだか、やけに不機嫌じゃありませんか」

鷹野が指摘すると、河上は渋《しぶ》い表情を浮かべた。口の中で何かぶつぶつ言っていたが、やがて彼は鷹野を正面から見つめた。

「不機嫌ではないですよ。私は不安なんです」

「……不安？」

「私は二十二通の脅迫状を調査、分析しました。犯人の手がかりがつかめなかったことには、忸怩《じくじ》たる思いがあります。そんなとき、あらたな脅迫状が来た。しかも今回は速達で、中にはまた過激なことが書いてある。誰だって不安になるでしょう」

「たしかに……」

「鷹野さん。如月さんの家にまで行ったのなら、お母さんの不安をやわらげてあげなくちゃいけません」

河上がそんなことを言ったので、塔子は驚いてしまった。鷹野も戸惑っているようだ。

「もちろん、お母さんには気をつかっているつもりです」釈明する口調で鷹野は言った。「でもしっかりした人だし、大丈夫だと言っておられたので……」

「それは本音じゃないと思うんですよ。娘の先輩の前で、自分の心配ごとばかり話す親はいないでしょう。遠慮があったはずです」

「……遠慮が？」

「鷹野さんは自分で何でもできますよね。でも如月さんのお母さんは、ごく普通の女性です。大きな不安を抱《かか》えているんじゃないでしょうか」

河上がこんなふうに意見を述べるのは初めてだ。母のことを気にしてくれていたとは意外だった。

「河上さん、ありがとうございます。うちの母のためにそこまで……」

塔子が頭を下げると、彼は驚いた様子で身じろぎをした。

「まあ、その、もちろんお母さんのためでもありますが、もし不審な出来事があったら、如月さんも心配でたまらないだろうと思って」

「そうですね。母には、私しかいませんから」

すると、横にいた鷹野が小声で言った。

「ビー太くんもいるじゃないか」

「あ、そうでしたね」

それを聞いて、河上が急に落ち着かない表情になった。眼鏡のフレームに指先を当てながら、彼は尋ねてきた。

「あの……鷹野さん、ひょっとして猫にも会ったんですか？」

「会ったというか、触ってきましたが」

「触った？」

河上は眼鏡の奥できょときょと両目を動かしたあと、胸に手を当てて深呼吸をした。自分を落ち着かせているように見える。

とにかく、と彼は言った。

「脅迫状の主は何をしでかすかわかりません。お母さんとビー太くんのために、一日も早く犯人を捕まえましょう。昨日届いた手紙は、私のほうでよく調べておきます」

「すみません。よろしくお願いします」塔子は深く頭を下げる。

脅迫者について、塔子たちは熱心に議論を続けた。


塔子のメモ帳には何人かの連絡先が記されている。脅迫状の件を捜査するとわかっていたから、昨日までに情報を集めておいたのだ。

自宅には、功が新聞記事を切り抜いて作ったスクラップブックがあった。功は、特に気になる未解決事件についてメモを残していたようだ。関係者の氏名、住所、電話番号などを、塔子は書き写した。それから古い捜査資料をチェックして、警察に苦情を持ち込んだ者や、功を恨んでいた人物がいたことも把握した。

「功さんが関《かか》わった事件の検挙率は、当時の捜査一課ではダントツだ」資料を見ながら鷹野が言った。「いずれ捜査一課長になるだろう、という噂《うわさ》もあったらしい」

「神谷《かみや》課長から聞きました。私の前だからそう言ってくださったんでしょうけど」

「いや、お世辞じゃないだろう。神谷課長は以前、功さんと一緒に捜査をしていた。実力がよくわかっていたんだと思う」

「とはいえ、その父でも解決できなかった事件があったんですよね」

「仕方ないだろうな。捜査はチームで進めるものだから、うまくいかないこともある。失敗はチーム全体の責任であって、いち個人を恨むのはおかしい」

「でも被害者遺族の人たちの前では、そうも言えませんし……」

「難しいところだな」

過去に功が関わったものとして「昭島《あきしま》母子誘拐事件」があった。二年前、塔子が捜査した「モルタル連続殺人事件」などと関係の深い案件だ。昭島市で母子が誘拐され、母親は行方不明となり、息子は大怪我《おおけが》をして発見された。

「昭島の事件は二年前の捜査で、全容が解明されている。今回は外してよさそうだ」

「となると、気になるのは三つですね」塔子はメモ帳のページをめくった。

鷹野とともに、塔子は過去の未解決事件の関係者を当たっていくことにした。まず「浅草《あさくさ》OL殺人事件」だ。

十五年前、商社に勤める磯山靖代《いそやまやすよ》、三十三歳が遺体で発見された。現場は浅草寺《せんそうじ》から歩いて二十分ほどの場所にある建設現場。磯山はロープのようなもので首を絞められ、殺害されていたという。

塔子たちは電車で浅草に移動し、当時功たちが聞き込みをした相手を捜した。十数年たって、すでに住所が変わっている人も多い。しかし何人かはまだ同じ場所に住んでいた。

「警視庁の鷹野といいます。磯山靖代さんが亡くなった事件を覚えていますか？」

「ああ、もちろん覚えてますよ」

イタリア料理店を営む粕屋容平《かすやようへい》という男性は、磯山靖代の知人だったそうだ。現在四十七歳。当時消費者金融に借金があり、被害者から金を奪ったのではないかと疑われた。ただ、アリバイが成立したため任意の事情聴取しか行われなかったという。

「まったく、嫌な思い出ですよ」

ランチ営業の準備をしながら、粕屋は顔をしかめた。白髪を気にしているのか、彼は髪を茶色に染めていた。

「話を聞かせてくれって言うから協力したのに、まるで犯人扱いだもんね。本当に腹が立ちましたよ。……事情聴取っていうの？　あれをやった刑事がひどくてねえ」

「何という名前だったか覚えていますか？」

「いや、さすがに覚えてないけどね」ここで粕屋は首をかしげた。「でも、別の刑事は覚えているよ。如月っていう人。睦月《むつき》、如月、弥生《やよい》……の如月。覚えやすかったからね」

鷹野がこちらに目配せするのがわかった。こういうこともあるだろうと、今日は鷹野が名乗るようにしてくれたのだ。もし塔子が「如月」と名乗っていたら、証言者によけいな先入観を与えるおそれがあった。

「如月刑事はどんなことを訊いてきました？」と鷹野。

「事件のあと、だいぶたってから訪ねてきたんだよ。半年後ぐらいだったかな」

ずいぶん遅いな、と塔子は思った。手がかりがなく、捜査が行き詰まってから功はやってきたのだろうか。

「時間があるとき、関係者を訪ねているって話してたよ。俺、なんだか人柄が気に入っちゃって、店でご馳走《ちそう》してやったんだ。このカチャトーラはじつに旨《うま》いって言ってくれてね、嬉しかったなあ。いろいろ聞いたんだけど、如月さんは捜査のほかに、被害者の遺族を励《はげ》ますようなこともしていたんだって。そういうの知ってる？」

「警視庁で取り組んでいる活動のひとつです」鷹野は言った。「被害者のご遺族を、できるだけサポートさせていただくことになっています」

「あの……如月という捜査員は、どんな印象でしたか？」

遠慮がちに塔子が尋ねると、粕屋は即座に答えた。

「顔を見ればどんな人間か想像つくよね。如月さんは悪い人間じゃないってすぐにわかった。あの人もＯＬ殺人事件の捜査本部にいたらしいけど、俺を事情聴取したのは別の刑事だったんだよね。如月さんに担当してもらっていたら、嫌な思いをしなくて済んだかもな」

そうですか、と塔子は短く相づちを打った。父を褒めてもらえるのは嬉しいが、ほかの捜査員との対比で株が上がるというのは、複雑な心境だ。

鷹野は壁に飾ってあるアルコールのボトルを指差した。

「粕屋さん、そこにあるのはボンベイサファイアでしょう？」

「そうそう、ドライジンね。刑事さん、好きなの？」

「ラベルが貼ってありますね。ボトルキープもできるのかな」

「今度ぜひ来てよ。おつまみ一品サービスするから」

「近くに来たら顔を出しますよ。……ああ、写真を撮ってもいいですか？」

許可を得ると、鷹野はデジタルカメラを取り出し、アルコールのボトルを撮影した。ジンの横に、タブレットPCが置いてあるのが目についた。

「ああ、それね。食材の仕入れのときに使うんだ。最近は便利になったよね」

そう言って粕屋は顔をほころばせた。

イタリア料理店を出て、塔子と鷹野は通りを歩きだした。

「功さんが被害者支援をしていたことは、知っていたか？」

「そういえば昔、父から聞いたことがあります」

「捜査でいろいろな成果を挙げながら、一方ではそんな活動もしていたわけだ。忙しかったはずだよな」

「ええ、あまり遊びに連れていってはもらえませんでしたね」

「いい刑事といい父親は、両立できないんだろうか。難しい話だ」

渋い表情になって、鷹野は小さくため息をつく。

ふと足を止め、塔子は三十センチほど上にある鷹野の顔を見上げた。

「鷹野さんのところは……」

と質問しかけたが、塔子は口をつぐんだ。彼と父の間はうまくいっていなかった、という話を思い出したのだ。虐待を思わせるようなこともあったらしい。

気まずい雰囲気になるかと思ったが、鷹野はいつものように飄々《ひょうひょう》と答えた。

「うちの場合は特殊だったからな。あの人はいい社会人でもなかったし、いい父親でもなかった。嫌われ者だったんじゃないだろうか。息子の俺が言うんだから間違いない」

冗談めかして鷹野は言う。だが彼の本心がどうなのか、塔子にはわからなかった。


浅草事件の聞き込みが一段落すると、塔子たちは次の情報収集に取りかかった。

今から十四年前に発生した「練馬《ねりま》宝石商強盗殺人事件」だ。塔子は当時の捜査資料をチェックしながら鷹野に説明する。

「練馬区にあった宝石商の家に強盗が入り、約四千万円の現金が奪われました。関戸《せきど》武臣《たけおみ》さん、当時五十二歳が胸などを刺されて死亡しています」

「その事件も未解決なんだな？」

「ええ。捜査を担当したのは、神谷課長やうちの父です」

鷹野は父の検挙率を評価してくれたが、今塔子が調べているのは未解決だった事件ばかりだ。捜査の失敗を検証するようなものだから、あまり気分のいいものではない。

塔子と鷹野は新宿《しんじゅく》に移動した。ＪＲ新宿駅から西側へ出て東京都庁に向かう。鷹野はあちこちで写真を撮っていた。そんな姿を見ると、まるで地方からやってきた観光客のようだ。

都庁は規模が大きいから、職員と会うにも手続きが大変だった。受付でかなり待たされたあと、ようやく本人と面会することができた。

その人物は作業用の青いジャンパーを着ていた。髪をきちんと整えていて、近づくと整髪料のにおいがする。動作がきびきびしていて、とても真面目そうな印象があった。

彼は、練馬事件で殺害された関戸武臣の息子だ。資料によれば三十八歳だそうだが、もっと年上のように見える。持っていた紙バッグを、彼は椅子の傍らに置いた。

「関戸純也《じゅんや》です」

落ち着いた声で言いながら、関戸は名刺を差し出してきた。

「警視庁の鷹野といいます」鷹野は警察手帳を呈示《ていじ》したあと、受け取った名刺に目をやった。「関戸さんは都市整備局という部署に勤めていらっしゃるんですね」

「そうです。インフラの整備や都市防災機能の強化を行い、老朽化した建築物を確認して、安全な住宅を供給することなどを担当しています」

滑《なめ》らかな調子で関戸は説明した。誰かに似ているなと考えるうち、塔子は気がついた。週末、夜のニュースに出てくるアナウンサーだ。

「私は建築物に興味がありましてね」鷹野はポケットからデジカメを取り出した。「都内を歩いていろいろ写真を撮っています。古い建物はいいですよね」

「ええ、味わいがあります」関戸は言った。「しかし老朽化が進むと、とても危険です。壁面が剝《は》がれて落下するおそれもありますし……。そういう建物はチェックしておかないと」

「台東《たいとう》区の東上野《ひがしうえの》アパートをご存じですか。歴史が感じられて、とてもいい建築物だと思うんですが」

一昨年の十二月、塔子たちはそのアパートで起こった事件を捜査している。空き部屋に忍び込んだホームレスの男性が、異様な遺体を発見したという事件だった。あの一件で塔子は、上野周辺にかなり詳しくなった。

「ああ、あそこはいいですね」関戸はうなずいた。「個人的にも何度か見に行ったことがあります。なつかしい時代を感じさせる、貴重な建物ですね。ただ、古くて危険だというので退去する人が多いらしくて……」

「歴史的に価値を認められるには、ある程度古くなくてはいけませんよね。しかし古いものには必ず耐久性の問題が生じてしまう。国宝や重要文化財などもそうですが、いかにして古い状態を維持するかが難しい」

「そう、まさにそれです」

我が意を得たりという顔で、関戸は身を乗り出してきた。堅い人だと思っていたから、この変化は意外だった。

「刑事さん、私も常々そう考えていました。意見が一致して大変嬉しく思います。ほかの人にはなかなか理解してもらえないんですよね」

「関戸さんも写真がお好きなんじゃありませんか？」鷹野は関戸が持ってきた紙バッグを指差した。「そこに入っているのはカメラでしょう」

「これから仕事で出かけるところなんです。問題のある建物を詳しく調べて、リストにする作業です。当然、写真撮影も行います。仕事とは別に、趣味でも写真を撮るんですが……」

「どんな機種をお使いですか。よかったら見せていただけませんか」

同じカメラ好きだとわかって、さらに親近感が湧《わ》いたのだろう。関戸の表情がやわらかくなった。

「これです」

彼は紙バッグをテーブルに載せ、デジタルカメラを取り出した。ほかにメジャーやクリップボード、小型無線機のような機械が入っているのが見えた。

「このカメラ、仕様では水中撮影もできるらしくて」

「それはすごい。ちょっとよろしいですか」

鷹野はカメラを手に取り、重さをたしかめている。それから自分のデジカメで、相手のカメラを撮影した。鷹野の様子を見て、関戸は微笑を浮かべている。

彼の口が滑らかになったところで、鷹野は本題に入った。

「少しお話を聞かせていただけますか。十四年前、関戸さんのお父様が亡くなっていますよね」

すると、急に関戸は表情を曇らせた。疑うような目でこちらをじっと見つめる。

「今さら、どうしてその件なんでしょうか。話すことは何もありませんが」

「お父様が亡くなられたことについては、本当に残念だと思っています」

「残念、ですか……。そういう言葉で済ませていただきたくはないですね」

建物の話題で一度は和やかな雰囲気になったというのに、関戸の態度は硬くなってしまった。

その理由は、事前の調べでわかっていた。十四年前の捜査のとき、警察にミスがあったのではないか、と彼は疑っているらしいのだ。

「あなたたちには申し訳ありませんが、私は警察を信用していないんです」

やはりそうだ、と塔子は思った。

しかし鷹野は、そんな事情は何も知らないという顔をして関戸に尋ねる。

「あの事件のとき、何かあったんでしょうか」

「初動捜査が遅かったと聞きました。近所の人が通報してくれたのに、最初に来た警察官が無駄に時間を使って……。私はもちろん抗議しました。でも、まともに相手をしてはもらえませんでした。ひどい話です」

決して声を荒らげるわけではなかったが、関戸の言葉には強い憤りが感じられる。こういう相手は扱いが難しい。むしろ感情をぶつけてくる人のほうが宥《なだ》めやすい、と経験的にわかっていた。

話の隙《すき》を見て、塔子は口を開いた。

「捜査が始まってからはどうでしたか。捜査一課の人間は、しっかり仕事をしていたと思うんですが」

「警察の人はみんな冷たいですよ。人にものを尋ねるときも、いちいち横柄で感じが悪いでしょう。　私は被害者の遺族です。それなのに、あんな訊き方はないと思うんですよね」

「捜査が終わったあと、被害者のご遺族をサポートする者はいませんでしたか?」

関戸はわずかに眉をひそめた。怪訝そうな表情を見せて、塔子に答える。

「そんな人もいましたね。何だったかな、珍しい名前だったような……」

「如月でしょうか」

「ああ、そうです。如月さんです」

思い出したのだろう、関戸は何度もうなずいている。塔子は姿勢を正して言った。

「如月は私の父なんです」

え、と声を出したあと、関戸は黙り込んでしまった。そのまま、じっと何かを考えているようだ。しばらくして、彼は咳払いをした。

「親子で刑事だったわけですね。……でも娘さんの前で何ですが、如月さんの対応もいい印象はありませんでしたよ」

「というと……」

「最初は親身になってくれたけれど、そのうち連絡が来なくなってしまいました。忙しいのはわかります。でも、どんな小さなことでも相談してください、と言ったのは如月さんだったんです。いつでも話を聞きに来る、とも言ってくれました。それなのに、少し時間がたったらもう放置ですよ。期待していただけに、かなり失望させられました」

淡々とした口調だったが、関戸の表情は険しくなっていた。隣で鷹野が身じろぎをするのがわかった。

すみません、と塔子は言った。

「父の対応に問題があったのなら、お詫《わ》びします」

「娘さんに言われても困ります。本来、お父さんが謝りに来るべきじゃないんですか？」

「申し訳ありませんが、それは無理なんです。父はもう亡くなっていまして」

「え……」

関戸は驚きの表情を浮かべた。続いて彼は、ばつの悪そうな顔をして言った。

「それは……なんというか、すみませんでした。知らなかったもので」

「父が生きていたとして、関戸さんに何と言うかはわかりません。でも今は、私からお詫びします。被害者のご遺族には、時間をかけてしっかり寄り添うべきだったと思います」

関戸は小さくため息をついて目を伏せた。しばらくそうしていたが、空咳《からせき》をしてから口を開いた。

「少し言いすぎました。私は警察の人を信頼していたんです。それが空振りしてしまったものだから、ずっと悔《くや》しくて……」

「お気持ちはよくわかります」

「如月さんは警察官らしくない方ですね。……ああ、これは褒めているんです。被害者や遺族の気持ちがわかってくれる人のような気がします」

関戸の態度は軟化していた。彼は少し考えたあと、こんなことを言った。

「あなたのような人ばかりだったら、私はもっと警察官を好きになれたかもしれません」

どう答えていいのかわからなかった。塔子は背筋を伸ばし、関戸に向かって深く頭を下げた。


都庁を出て、塔子たちは新宿駅のほうへ歩きだした。

交差点で信号待ちをしているとき、鷹野が咳払いをしてから話しかけてきた。

「前にも言ったことだが……」

「すみませんでした」塔子は姿勢を正した。「警察官は簡単に非を認めてはいけない。そういうことですよね」

「わかっていればいい。……とはいえ、状況によってやり方も変わるだろう。そこは如月らしさを出していけばいいんじゃないかな」

　塔子はひとり思案に沈む。それを見て、鷹野は表情を曇らせた。

「どうした。そんなに気にしなくていいぞ」

「あ……いえ」塔子は慌てて首を振った。「父のことを考えていたんです。残念だな、と思って」

「お父さんを責められた件か？」

「父は休みの日にも捜査資料を読んでいたし、そうでないときは隅々まで新聞に目を通していました。いつも難しい顔をしていたのは、事件について考えを巡らしていたからだと思うんです」

　小さいころ、塔子はほとんど旅行にも連れていってもらえなかった。仕方ないわよ、と母に諭《さと》されていたが、子供にとっては大きな不満だった。

　だが中学生ぐらいになると、考えが変わった。警察官の仕事がどういうものかわかってきて、父にしかできないことがあるのだと、納得するようになったのだ。

「身贔屓《みびいき》かもしれませんが、父は仕事熱心な人だと思っていたんです。でも被害者の遺族にとっては、そうじゃなかったんだな、と……」

「大丈夫だ」鷹野は言った。「功さんが努力していたことは、同僚ならみんなわかっていたと思う」

ありがとうございます、と塔子は頭を下げる。先輩にこれほど気をつかわせてしまって申し訳ない、と思った。だがその一方で、鷹野の言葉に感謝したいという気持ちもあった。

亡くなってから十年以上たっているのに、父を評価してくれる人たちがいる。その事実が、塔子を勇気づけてくれた。

4

続いて塔子たちは「小平《こだいら》短大生監禁・殺人事件」の関係者を当たっていった。

小平事件の被害者は弘中真希《ひろなかまき》という女性で、彼女の両親は当時と変わらず、小平市に住んでいるそうだ。

住宅街の一画にクリーム色の民家があった。築五十年ぐらいたつのだろうか、塀にも壁にもひび割れがある。門扉の隣に《弘中》という表札が出ていた。

「こんにちは。お電話を差し上げた警視庁の者です。少しお時間をいただけますか」

塔子がインターホンで来意を告げると、じきに女性が出てきた。資料によれば今六十歳。髪には白いものが交じり、目の周りには深い皺がある。チェック模様のセーターを着ていたが、あちこちに毛玉が出来ていた。

「弘中早知枝《さちえ》です。どうぞお上がりください」

「ありがとうございます」

会釈をして塔子は玄関に入った。鷹野もあとからついてきた。

案内されたのは四畳半の和室だった。古い和箪笥《わだんす》と書棚、テレビなどが置かれている。テーブルの周囲には茶色い座布団が四つ配置されていた。

座布団を勧められ、塔子たちは腰を下ろした。

「急にお邪魔してすみません。あの、今日ご主人は……」

塔子が訊くと、早知枝は戸惑うような表情を浮かべた。

「ご存じないのも仕方ありませんね。夫は行方不明なんです」

「行方不明……」

「そろそろ十四年になるでしょうか。失踪《しっそう》宣告が出ていますので、戸籍上はもう亡くなっているんですが」

そんなことになっているとは知らなかった。塔子は居住まいを正して話しかけた。

「つらいご記憶だと思いますが、お話を聞かせていただけないでしょうか。今から十五年前に起こった、真希さんの事件のことです」

すると早知枝は、驚いた様子で尋ねてきた。

「何か見つかったんですか？　真希を殺した犯人の手がかりとか……」

「いえ、そうではないんです。別の捜査の関係で、真希さんのことが浮かびまして」

早知枝は明らかに落胆した表情になった。久しぶりに警察がやってきたので、期待する気持ちがあったのだろう。

「まあ、そうですよね。事件から十五年もたって、再捜査が始まるわけはないし」

その点については申し訳ないという思いがある。だが今は功が関わった過去の事件を、できるだけ詳しく調べておきたかった。

「あらためてお願いします。以前のことを聞かせていただけませんか」

「……わかりました。いいですよ」

早知枝は力なく答える。塔子はひとつ呼吸をしてから尋ねた。

「如月という刑事をご存じでしょうか」

「知っています。捜査が終わったあと、サポートに来てくれた人ですよね。何度もうちを訪ねてくれました。……ああ、最初は別の刑事さんだったんですよ。何て方だったか忘れてしまいましたけど」

「じつは私、その如月の娘なんです」

思いもよらなかったのだろう。早知枝はまばたきをしている。塔子の顔をじっと見てから、彼女は表情をやわらげた。

「そうだったんですか。当時私たちは精神的にまいっていたので、警察の方にきついことを言ってしまったんじゃないかと思います。申し訳ないことをしました。……今、お父さんはお元気？」

「それが、十二年前に亡くなりまして」

「あ……ごめんなさい」

早知枝は顔を曇らせた。塔子は恐縮して、軽く頭を下げる。

昔を思い出したらしく、早知枝はなつかしそうな口調で話しだした。

「如月さんは誠実な人でしたよ。刑事らしくないというか、私たち被害者の遺族に気をつかってくれましてね。当たりがやわらかくて、とても話しやすかったのを覚えています」

父のことを悪く言われなかったのは幸いだ。自分の身元を明かしたことで、早知枝との距離が少し縮まったような気がする。

早知枝はしばらく功の思い出話を続けたあと、塔子と鷹野の顔を交互に見た。

「それで、真希のことでしたよね」

「はい。ぜひお聞かせいただければと」

「……今から十五年前、真希は二十歳、短大生でした。ある日なかなか家に帰ってこないので、心配していたんですが……」

夫の隼雄《はやお》とふたりで、どうしようかと話していると、午後十時ごろ電話が鳴った。

相手はボイスチェンジャーを使っていて正体不明。娘を預かった、警察には絶対知らせるな、とその人物は言った。身代金《みのしろきん》として三千万円を要求されたそうだ。

「すぐには用意できないと言ったんですが、電話は切れてしまいました」早知枝は続けた。「夫と私は一時間ほど悩みました。でも自分たちだけでどうにかなる話じゃありません。覚悟を決めて警察に相談しました」

深夜であるにもかかわらず、自宅に捜査員たちがやってきた。この居間が捜査の拠点となり、長くてつらい待機が始まった。

二回目の電話があったのは、翌朝七時ごろだったという。

「金は何時ごろ用意できるか、と犯人は尋ねてきました。銀行に行かなくてはいけないから、昼ぐらいまで待ってほしい、と夫は答えました」

警察の助けもあって、昼までには三千万円を用意することができた。いつ連絡があってもいいよう、隼雄は自動車の準備をしていた。三回目の電話があったのは、午後四時ごろのことだった。

「お金を受け渡しする時間と場所が決まりました。夫はバッグに三千万円を詰めて、約束の場所に行きました。捜査員の方たちはみんな変装して、遠くから夫を見ていました。ところが警察が一緒だというのがばれてしまったらしくて……。夫の携帯に電話がかかってきたんですが、犯人はものすごく怒っていたそうです。なんで警察を呼んだ、ふざけるな、と……。釈明する暇もなく電話は切れてしまいました。それっきり二度と連絡はありませんでした」

十五年たったからといって当時の戸惑いや悲しさ、憤りが消えたわけではないだろう。それなのに早知枝は落ち着いた表情を崩さない。気持ちを抑えていることがわかるから、見ていてつらいものがある。

「結局、お金の授受は成立しませんでした。そして次の日の午後、真希の遺体が発見されたんです」

彼女は娘の遺体について、淡々と説明してくれた。殴ったり蹴《け》られたりした様子もなく、体はきれいなものだった。ただひとつ、彼女の首にはロープできつく絞められた痕《あと》があった。

「まったくねえ……」早知枝はつぶやいた。「二十歳で死んでしまうなんて。まだこれからあの子には、楽しいことがたくさんあったでしょうに」

「ええ……」

塔子は短く答える。何と言葉をかけていいのかわからなかった。

お茶を一口飲んだあと、早知枝は再び口を開いた。

「真希が遺体で見つかったあと、夫は仕事を休み、寝込んでしまいました。やっと起き上がれるようになると、事件現場の近くでビラを撒《ま》き始めたんです。警察は当てにならないから自分で調べるんだと言って……。会社には行ったり行かなかったりでしたが、そのうち心の病《やまい》にかかって退職しました。睡眠導入剤をのんでやっと眠れるという状態でしたが、それでもあちこち出かけていくんです。そして事件の翌年、行方不明になりました。突然でしたから、私は途方に暮れてしまいました」

「そうですよね。おふたり続けて、ですものね」

塔子は声を低めて言う。想像するだけでも胸が苦しくなる状況だ。

「いつか帰ってきてくれるんじゃないかと思っていたんですが、そのうち諦《あきら》めました。失踪宣告を受けた今、夫はもう、この世には存在しないはずの人なんです」

早知枝の言うとおりだった。だが彼の死亡を確認した者は誰もいない。

「隼雄さんは警察を恨んでいたんでしょうか」

塔子が尋ねると、早知枝は困ったような表情を浮かべた。ためらう様子を見せながら、彼女は言った。

「そう……ですね。如月さんが支援をすると言ってくれたときも、夫は信用できないようでした。私はとても感謝していたんですよ。だけど夫の恨みは深かったようで……。結局、如月さんに心を開くことなく、失踪してしまいました」

だとしたら、と塔子は思った。

——弘中隼雄が脅迫状を書いていたのでは？

「隼雄さんの写真はありますか？」

塔子が尋ねると早知枝は立ち上がり、一枚の写真を持ってきてくれた。

角張った顔の男性だ。髪が短めで、植木関係の職人のようにも見える。真面目で実直そうな雰囲気があった。鼻の横に目立つほくろがある。

しばらく貸してもらうことにして、塔子は写真を資料ファイルにしまい込んだ。

ここで鷹野が口を開いた。

「隼雄さんの持ち物はまだ残っていますか？　手帳とかノートとか手紙とか」

「ええと、それはどういうことでしょう？」

「今我々が調べている件との関係で、ご主人の字を見せていただきたいんです」

そうか、と塔子は納得した。鷹野も、脅迫状の主は隼雄ではないかと疑ったのだ。だから筆跡を手に入れ、科捜研で比較してもらおうと考えたのだろう。

「たぶん庭の物置にあると思います。あとで捜しておきましょうか」

早知枝の答えを聞いて、鷹野は遠慮がちに尋ねた。

「少し急いでいまして……。いつごろ確認していただけるでしょうか」

「ええと、そうですね」

彼女は壁のほうに目を向ける。和箪笥の隣にカレンダーが掛けてあった。不燃ごみを出す日やら買い物の予定やら、主婦らしい書き込みがいくつか見える。

「今日が三月十二日ですから……」

早知枝は座布団から立ち上がった。カレンダーのそばに行って、日付を確認している。そうするうち、急にすすり泣きを始めた。

「大丈夫ですか」驚いて塔子は尋ねる。

「三月二十日は真希の誕生日なんです。あんな事件が起こらなければ……今ごろあの子は結婚していたかもしれないのに……」

抑えていた感情が一気に爆発したのだろう。早知枝は涙を流して壁を叩《たた》く。それからカレンダーをつかんで床へ頽《くずお》れた。彼女は泣きながら、引き剝がしたカレンダーをくしゃくしゃにした。

「どうして誰も、あの子を助けてくれなかったんですか？　どうしてなの？」

「早知枝さん、しっかりしてください」

「神様は本当にひどい……」彼女は絞り出すような声で言った。「私から何もかも奪ってしまうんだもの。真希には姉がいたんです。その子は三十一年前、病気で亡くなりました。私は大事に真希を育ててきました。それなのに殺されてしまった。頼りにしていた夫までいなくなってしまった」

塔子はそばに行って背中をさすってやった。早知枝は声を上げて泣き続ける。見かねて鷹野がハンカチを差し出した。

早知枝が落ち着くまでには五分ほどかかった。彼女はハンカチを目に押し当てながら、小声で塔子たちに詫びた。

「ごめんなさい。こんなこと何年もなかったんですけど、急に胸が苦しくなって……」

「わかります。嫌なことを思い出させてしまって、申し訳ありませんでした」

「このハンカチ、洗ってお返ししないと……」

「いえ、気にしないでください」と鷹野。

すみません、と言って早知枝は深々と頭を下げた。

十五年前の小平事件と、その後の功の対応、失踪した隼雄のことなどを詳しく聞いて、塔子はメモをとった。情報収集が終わったところで、一枚の紙を差し出す。

「私の電話番号です。隼雄さんの手帳などが見つかったら、ご連絡いただけますか」

紙を受け取ってから、早知枝は声を低めて言った。

「私、嫌な予感がするんです。夫が何か悪いことをしているんじゃないかって。刑事さんたち、それを疑っているんですよね？」

早知枝の言うとおりだった。だが彼女の前でそれを明かすのは酷だろう。塔子は少し考えたあと、彼女を励ました。

「悪い想像はやめておきましょう。これから、しっかり調べていきますので」

「もし何かわかったら教えていただけませんか。どんなにひどい話でも、私は受け入れます。自分の夫のことですから」

早知枝の表情には、深い悲しみとともに強い意志が宿っているように見えた。


弘中宅を出て、塔子たちは通りを歩きだした。

交差点に近づいたとき、バッグの中で携帯電話が振動した。塔子は歩道に立ち止まって携帯を取り出す。液晶画面には早瀬係長の名が表示されていた。

「お疲れさまです、如月です」

「早瀬だ。すまない。緊急の連絡がある」

緊急と聞いて、塔子は携帯を握り直した。

「事件ですか？」

「ああ、ちょっと事情があってな。今まで別の係が対応していたんだが、我々十一係が引き継ぐことになった」

珍しい話だった。普通なら、捜査の途中で係が交替することはほとんどない。今回、何か特別な理由があって、幹部がそう判断したのだろうか。

「今朝、警視庁に不審なメールが届いたんだ。昭島市内で人が死にかけている、と書かれていたそうだ。場所のヒントがあったので、それをもとに捜査を行ったところ、妙なものが見つかった」

「妙なもの？」

「簡単に言うと、人を殺傷する仕掛けだ。そこに被害者が捕らえられていた。助けようとしたが、被害者は重傷を負ってしまった」

人を殺傷する仕掛けというのが、塔子にはうまく想像できない。そしてもうひとつ、よくわからないことがあった。

「その事件が、なぜ十一係の担当に替わったんですか？」

「じつは今朝届いたそのメールに、如月塔子という名前が書かれていたんだよ」

「私の名前が？」

思わず大きな声を出してしまった。隣にいる鷹野が、眉をひそめてこちらを見た。

「如月を指名する内容だったんだ。犯人はおまえに挑戦しようとしていたらしい。だが神谷課長は、そんな誘いに乗る必要はないと判断した。それで如月には伝えないようにと、俺に命じたんだ」

そういうことか、と塔子は納得した。電話の向こうの早瀬に尋ねる。

「朝、私に連絡をくださったのは、その件があったからですね？」

「ああ。犯人は如月を知っているようだ。何か身辺に不審なことがあるんじゃないかと思って電話をかけた。幸い、そちらでは問題なかったようだが」

「はい、脅迫状の件以外は……」

塔子がそう言うと、早瀬は低い声で唸《うな》った。

「その件も気になっていたんだ。一般市民を狙う、と速達には書かれていたんだよな？　だとすると昭島市で起こったこの事件は、同じ人物の仕業かもしれない」

「父を恨む者、あるいは私を恨む者が犯人だということでしょうか」

「まだ断定はできないが、その可能性はある。課長は事態を重く見て、十一係の投入を決めた。この事件に対応できるのは鷹野たちしかいない、という判断だ」

塔子は表情を引き締めた。十一係の活動が高く評価されているのは、メンバーとして嬉しいことだ。だが、その犯人が塔子を指名したというのが気になった。

「このあと昭島署に特別捜査本部が設置される。鷹野と一緒に来てくれ」

「了解です」

電話を切って、塔子は鷹野のほうを向いた。要点を整理しながら今の内容を伝える。鷹野は難しい顔で聞いていたが、やがて腕時計を見た。

「よし、すぐに移動しよう。脅迫状の捜査は一旦《いったん》中止だ」

「わかりました」そう答えたあと、塔子は声のトーンを落として続けた。「すみません。父や私のせいで、こんな事件が……」

すると鷹野は、大きく首を左右に振った。

「おまえや功さんのせいじゃない。どんなときでも、責められるべきなのは事件を起こした人間だ。それは間違いない」

「……はい」塔子はこくりとうなずいた。

交差点の信号は青になっている。鷹野の歩調に合わせて、塔子は歩きだした。

5

ＪＲ昭島駅から徒歩十分。小学校のすぐ先に昭島警察署の建物がある。

辺りを見回しながら、塔子は鷹野に話しかけた。

「なつかしいですね。前にここへ来たのは二年前でした」

「そうだな。あのころは如月も頼りなかったが、時間のたつのは早いものだ」

昭島署に入って、一階で来意を告げる。受付にいた職員が、特捜本部の場所を教えてくれた。礼を述べて塔子と鷹野は階段を上っていった。

普段塔子たちが出入りしている警察署に比べると、ここ昭島署の特捜本部はこぢんまりした印象がある。集まった捜査員は四十名ほどだろうか。みな真剣な表情で資料をチェックしたり、電話で情報を集めたりしていた。

「鷹野、如月、こっちだ」

部屋の奥から声が聞こえた。銀縁眼鏡をかけ、几帳面《きちょうめん》そうな顔をした男性が、塔子たちに手を振っている。上司の早瀬泰之係長だ。

塔子たちは急ぎ足で、彼に近づいていった。

「すみません、遅くなりました」

「俺も今着いたところだ。……ああ、ちょっとすまん」

早瀬は手にしていた小さな包みを傾け、粉薬を口に入れた。湯呑《ゆの》みで水を飲んでから、あらためて塔子たちのほうを向く。

「また胃が痛くなりそうな事件だ。薬をのんでおかないとな」

十一係を仕切っている早瀬は、部下に捜査指示を出す傍ら、上司との調整も怠らない。毎回特捜本部では神経をつかうから、ストレスで胃を悪くしているということだった。

湯呑みを机に置くと、早瀬は声を低めて尋ねてきた。

「如月、大丈夫か」

「はい？」

「何の因果か、今回の事件は昭島署の管内で発生した。昔のことを思い出していたんじゃないか？」

早瀬も塔子を心配してくれているようだ。ありがたいと思うと同時に、申し訳ないという気持ちになってきた。

二年前の三月、新橋《しんばし》の廃ビルで、全身をモルタルで固められた遺体が見つかった。そこから始まった一連の事件は、トレミーと名乗る人物の犯行だった。まだ捜査に不慣れだった塔子はトレミーに翻弄《ほんろう》され、窮地に陥《おちい》る場面もあった。

「あれから二年たっています」塔子は姿勢を正して言った。「私もいろいろな事件を経験してきました。大丈夫です」

「そうか。それならいい」早瀬は眼鏡のフレームを押し上げながらうなずいた。「何かあったら相談してくれ。鷹野でもいいし、もちろん俺に言ってくれてもかまわない」

「お気づかい、ありがとうございます。父の分まで頑張ります」

「あまり気張りすぎるなよ」そう言ってから、早瀬は鷹野に視線を向けた。「鷹野、捜査中はよろしく頼む。たまに如月は無茶をするからな」

「任せてください。しっかり手綱を握っておきます」

澄ました顔でそんなふうに答え、鷹野は早瀬に一礼した。

所定の時刻になると、捜査会議が始まった。

ずらりと並んだ長机には捜査一課十一係のメンバー、昭島署員、近隣署からの応援人員などが着席している。突然発生した事件を前に、誰もが緊張した表情を浮かべていた。

前方の幹部席から早瀬係長が立ち上がり、ホワイトボードのそばで咳払いをした。

「十一係の早瀬です。本件の捜査指揮を執りますので、よろしくお願いします」

幹部たちを紹介したあと、早瀬は厳しい表情を見せた。あらたまった口調で彼は言った。

「このあと詳しく説明しますが、本件の犯行形態は極めて残虐です。犯人は警察に強い悪意を持ち、挑戦してきていると考えられる。捜査員に精神的なショックを与えることを狙っているとも思われます。本件はこれまで捜査一課三係が担当していました。ですが、現時点をもって我々十一係が引き継ぐことになります。捜査に当たっては、くれぐれも慎重にお願いします。……では、初動捜査の経緯を、三係の潮見《しおみ》係長から説明していただきます」

最前列、右端にいた男性が椅子から立った。彼は早瀬のそばに行き、捜査員たちを見回した。

歳《とし》は早瀬と同年輩、四十代後半に見える。だが体つきや容貌《ようぼう》は、早瀬とかなり違っていた。浅黒い顔に太い眉、顎には小さな傷痕《きずあと》がある。歴戦の勇士とでもいうべきだろうか。数々の修羅場《しゅらば》をくぐってきた猛者《もさ》といった印象だ。

「三係の潮見だ」低いが、よく通る声で彼は言った。「正直な話、今回の事件は我々三係が捜査を続けるつもりでいた。だがそれは難しいというのが上の判断だ。命令とあればもちろん我々は従う。これまでの経緯を説明しろと言われれば、すべて説明させていただく」

話を聞きながら、塔子は少し不安を感じた。潮見係長は明らかに不満を抱いている。自分たちが捜査をしていたのに、途中で交代を命じられた。そのことに納得がいかないのだろう。命令とあれば従うと言ったが、警察の人間としては当然のことだ。それをわざわざ口に出したところに、不満が滲《にじ》み出ているように思う。

「では、配付した資料を見ていただきたい」

潮見の言葉を受けて、捜査員たちは自分の資料に目を落とした。

「本日、午前八時二十分ごろ、警視庁のウェブサイトに一通のメールが送りつけられた。サイバー犯罪対策課が調べているが、今のところ送信者は特定できていない。届いたメールの内容は資料に載っているので見てほしい」

塔子は手元の捜査資料を見つめた。

《刑事どもへ

正義の味方気取りのおまえたちに、私は挑戦する。昭島市内で人が死にかけている。早く助けないと大変なことになる。捜査一課の如月塔子を参加させろ。あいつにはこのゲームに加わる義務がある。あれは呪《のろ》われた女だ。如月功の娘だからだ。奴に苦しみを与えるため、私はこのゲームを作った。ではヒントを与えよう。その人物がいるのは昭島市内のどこかだ。もうひとつヒントを出すなら、それは公共施設の廃墟だ。さあ刑事たち、被害者の捜索を急げ。
ワイズマン》

息を詰めて塔子はその文章を何度か読んだ。たしかに自分の名前が書かれている。犯人は功に恨みを持っていて、その娘だという理由で塔子まで憎んでいるようだ。やはり十円切手の脅迫者なのではないか、と思えた。そう考えるとつじつまが合う。脅迫状を送った人物は功を恨んでいたが、昨日の速達で計画を変えると宣言した。一般市民を被害者として傷つけ、それを発見させることで塔子を苦しめようとしているのではないか。

自分のせいで誰かが被害に遭うとわかった今、冷静ではいられなかった。おそらく犯人は塔子にプレッシャーをかけるため、事件を起こしたのだ。あまりにも卑劣だし、狡猾《こうかつ》な犯行だった。

——恨みがあるなら直接、私を狙えばいいのに。

塔子は唇《くちびる》を嚙《か》んだ。腹の底から悔しさが込み上げてくる。犯人の卑怯《ひきょう》なやり口に対して、刑事としての憤りもあった。

　みなが文章を読み終えるのを待ってから、潮見は再び口を開いた。

「ワイズマンというのは外国人の姓のひとつだが、『賢者』とか『魔法使い』とかいう意味もあるらしい。犯人の署名だと考えるべきだろう。……メールはいたずらの疑いもあった。しかしこんなものを受け取って、放置しておくことはできない。すぐに我々三係は移動し、昭島署の捜査員とともに市内を捜索した。公共施設の廃墟という手がかりをもとに、該当する場所を調べていった。その結果、午前十一時過ぎ、廃墟となっていた昭島第一公民館で奇妙な仕掛けを見つけた。……次のページを見てほしい」

　塔子は資料のページをめくった。そこに写真が載っていたが、ひとめ見ただけでは何なのか正体がわからなかった。

　板張りの床に、白線で人の形が描かれている。その周辺には血が飛び散っていた。被害者が負傷してここに倒れていたことは明らかだ。よく見ると床から上に向かって、細長い突起が多数突き出ている。血液はそれらの先端から床にまで、たっぷり付着していた。

　まさか、と塔子は思った。嫌な予感が頭をよぎる。

「何なのかわからないと思うので説明する」潮見は不機嫌そうな口調で言った。「ここは公民館の講堂にあるステージだ。演劇、ダンス、講演会などに使われていたが、公民館が移転したため、建物は廃墟となっていた。自治体の許可を得て、捜査員たちがこの講堂に入ろうとしたとき、ステージは異様な状態だった」

一度言葉を切って潮見はひとつ息をつく。それからホワイトボードに近づいた。

「資料が間に合わなくて申し訳ない。捜査員たちの証言をもとにその装置を再現すると、こうなる」

彼はマーカーを使って、ホワイトボードに図を描き始めた。

「講堂の入り口は二ヵ所だった。まずステージに向かって左側の壁に、ひとつドアが設けられている。そして講堂の後方、ステージから一番離れたところにもドアがあった。捜査員たちがやってきたとき、左側のドアは頑丈に施錠され、鎖がかけられていて開かなかった。それで彼らは通路を進み、講堂のうしろに回り込んだ。こちらのドアも鎖が掛けられて動かなかったが、扉の合わせ目がわずかに開かれていた。

中を覗くと明かりが見えた。廃墟だというのにおかしな話だ。捜査員たちが目を凝《こ》らすと、奥のステージがライトで照らされていることがわかった。その明かりの中、捜査員たちは奇妙なものを見た。ステージの天井付近に何かがぶら下がっていたんだ」

まさか、と塔子は思った。ほかの捜査員たちも同じことを考えたのだろう、みな息を呑んでいる。

「ご想像のとおりだ。天井付近に吊《つ》るされていたのは人間だった。捜査員たちはなんとかドアを開けようとしたが駄目だった。するとそこへ、文章の読み上げソフトのような声が聞こえてきた。辺りを調べると、ドアの脇《わき》にノートパソコンが置いてあり、そのスピーカーから声が流れていたんだ。パソコンの画面の右側にはウインドウが表示されていて、ステージの様子が映し出されていた。吊るされている被害者の姿が見えた。……声の主はこう言った。『如月塔子はどうした？　すぐに呼べ』と。パソコンに付いているウェブカメラで、そこに女性捜査員がいないことに気づいていたんだろう。……あとで調べたところ、モバイルルーターでネット接続されていたことがわかった。使われたビデオ通信ソフトはフリーウェアで、利用者の秘匿性が高いものだった。犯人の情報はつかめていない」

塔子は大きく目を見張った。犯人――ワイズマンはそこまでこだわっていたのか。単にメールで塔子の名を出しただけでなく、パソコンでリアルタイムに観察していたということか。

「ここからは捜査員のメモを読ませてもらうが……」潮見はメモ帳を開いた。「『今、如月は来られない』と捜査員のひとりが言った。『それより、あの人を早く解放しろ』とカメラの向こうの犯人に迫ったそうだ。犯人は怒った。『パソコンの画面を見ろ。三つの中からどれかを選べ』と命じてきた。

　画面の左側に新しいウインドウが出て、そこに紫、青、黄色のボタンが表示された。『正解はひとつだ。外れたらそいつは処刑装置の餌食《えじき》となる』と犯人は言った。どれかを選んで画面をタッチすればいいらしい。だが何の手がかりもない状態で、ひとつを選べるはずもない。捜査員たちはこの状況を上司に報告しようとした。しかしそれを察したのか、犯人は言った。『どうした？　選ばなければ無条件で処刑だ』と」

　処刑という言葉を聞いて、塔子は何とも言えない不快感を抱いた。そういえばワイズマンはこれをゲームと呼んでいた。奴の無慈悲で残酷な性格が想像できる。

「そのあと犯人から、ひとつヒントが出された。『十五年前、おまえたちが見落としたものの色だ』と奴は言った」

　そこで潮見は口を閉ざした。つかのま、特捜本部は静まりかえった。

「それだけですか？」

　尋ねたのは鷹野だった。潮見は一拍おいてから答える。

「ええ、それだけです」

　無茶な話だ、と塔子は思った。ワイズマンにとっては意味のあるヒントなのかもしれない。だが犯人の経歴や過去の出来事を知らない者にとっては、何の手がかりにもなりはしない。

「急《せ》かされた捜査員は結局、勘に頼るしかなかった」潮見は続けた。「選ばなければ被害者は処刑されるという。だったら三分の一の確率だとしても、どれかひとつを選んだほうがいい。犯人が約束を破る可能性もあったが、そこまで考えている余裕はなかった。捜査員は紫を選んだ。するとステージの天井に仕掛けられた装置が起動してしまった。被害者は墜落した」

すう、と誰かが息を吸い込む音が聞こえた。捜査員たちはみな黙り込んだままだ。その静寂を破って、潮見は説明を続けた。

「『残念だったな』と犯人は言った。『いいか刑事ども。次は如月塔子を連れてこい。今度は絶対に逃げるなと伝えておけ』と。……そこまでで通信は切れた」

「被害者はどうなったんですか？」と鷹野。

「応援の人員がハンマーなどの道具を持ってきたので、捜査員たちはドアを破って講堂に入った。彼らは客席の間にある通路を抜け、ステージに近づいた。舞台上には板に打ち付けられた、長さ十センチほどの丸釘《まるくぎ》が百本近く並んでいた。生け花で使われる剣山のように見えたそうだ」

ホワイトボードにマーカーを走らせて、潮見はステージを横から見た図を描いた。舞台の床に、針のようなものが多数ある。塔子は先ほど資料で見た写真を思い出した。床から上に向かって突き出ていたのは丸釘だったのだ。

——それが血まみれだったということは……。

背中を冷たい汗が伝い落ちる。ほかの捜査員たちも同じように考えているはずだ。口に出すのも恐ろしい状況だった。だが潮見は表情を変えないまま、はっきりした口調で言った。

「間違ったボタンにタッチしたことで装置が起動し、被害者は約五メートルの高さから落下した。その結果、ステージ上に突き立てられた丸釘に、体のあちこちを傷つけられた」

言葉で聞いただけなら、ぴんとこなかったかもしれない。だがすでに写真を見てしまった塔子は、現場の様子を細部まで想像してしまった。

被害者の胸や腹、手足に尖《とが》った釘が突き刺さる。傷口から溢《あふ》れ出す鮮血。それは釘を赤く染め、床の上に滴《したた》って血だまりを作る。わずかな傾斜に従って、血液は流れていったことだろう。まるで意志を持った生き物のように。

塔子は目を閉じて、ゆっくりと深呼吸をした。一回、二回、三回。それでようやく、少し落ち着くことができた。

「被害者はグレーのスーツを着た、三十代ぐらいの男性。捜査員たちが近づいたときには意識がなかった。口に猿ぐつわをかませられていたが、どうやら天井に吊るされていたときから、薬で眠らされていたらしい。墜落したときに痛みを感じなかったのは、幸いと言うべきだろう。……救急隊によって救出されたあと、被害者は病院に運ばれた。胸部や腹部、大腿部《だいたい》などに丸釘の刺し傷があった。ほかに何ヵ所かの骨折と脳挫傷《のうざしょう》が認められたそうだ。緊急手術を受けたが、意識不明の重体となっている」

そこで言葉を切って、潮見は捜査員たちを見回した。みな毒気を抜かれたという顔をしている。鷹野をちらりと見てから、潮見は再び話しだした。

「現在、被害者の身元を調べているが、まだ特定できていない。現場に残されていたパソコンや、講堂内部に設置されていたカメラは鑑識で調べてもらっている。何か犯人に繋《つな》がる情報が出てくることを祈るしかない。なお、遺留品として舞台脇、袖幕《そでまく》の辺りにごく小さなシリコーン製の部品が落ちていた。五ミリ四方ほどのサイズで、おそらく経年劣化でちぎれてしまったんだろう。マイクロUSBを使った、充電用ポートのカバーではないかと思われる。埃《ほこり》をかぶってはいなかったため、犯人が落としたものと推定される」

「充電用というと、たとえばデジタルカメラ用とか、そういうことでしょうか」

横から早瀬が質問した。潮見はうなずく。

「そうです。……資料に写真が載っているので、あとで参照してほしい。このタイプの充電用ポートは非常に多く使われているため、どんな製品だったか、すぐには特定できそうにない。ただ、目立つ特徴として、その部品は紺色のシリコーンで出来ていた。デジカメなどでは黒が一般的だから、この色は捜査のヒントになる可能性がある。私からは以上だ」

「ありがとうございました」

早瀬は軽く頭を下げる。会釈を返して、潮見は自分の席に戻った。椅子に腰掛けるとき、彼はまた不機嫌そうな表情を浮かべた。

「講堂内部の調査、公民館周辺での情報収集などをこれまで三係で進めてもらっていました。ですが捜査一課、神谷課長の判断により、十一係が引き継ぐことになったわけです」

「質問、よろしいですか」

昭島署の刑事課長が手を挙げた。早瀬に指名されて、彼は立ち上がる。

「十一係が担当するのは、如月さんの名前が出たからですか？」

おそらく、多くの人が聞きたかったことだろう。

早瀬が口を開こうとしたとき、それを制した者がいた。

「その質問には俺が答えよう」

幹部席に座っている、五十代後半の男性だった。意志の強そうな顔をして、眉間《みけん》に皺を寄せている。現場からの叩き上げで捜査一課長になった、神谷太一《たいち》だ。

「今回、如月の名前が出たことは無視できないだろう。だがこの犯人――ワイズマンの言いなりになって、十一係を投入したわけではない。十一係はこれまで猟奇的な事件を数多く解決してきた。そのチームに如月がいたのだと理解してほしい。……三係は初動捜査をよくやってくれた。特に公民館での被害者発見には苦労したと思う。潮見には感謝したい」

「あ、いや、自分はそんな……」

先ほどまで不機嫌そうだった潮見係長が、戸惑うような表情になっていた。神谷課長に一定の評価をもらえたと知って、苛立《いらだ》ちもおさまったようだ。

「さて、ここからは本格的な捜査になる」神谷は声を強めた。「話を聞いてわかっただろうが、この犯人は普通ではない。とにかくやることが異常だ。しかも奴は如月に――いや、おそらく警察に恨みを持っているのだと思う。そして、自分の作った仕掛けを処刑装置などと称している。こんな人間を野放しにしておくわけにはいかない。全員一丸となってこいつを追跡し、必ず逮捕する。いいな？」

はい、という力強い声があちこちから上がった。神谷は捜査員席をゆっくり見渡してから、早瀬のほうに視線を戻す。「進めてくれ」と神谷は言った。

「では捜査員の組分けを発表します」

早瀬はふたり一組のコンビを読み上げていった。普通は捜一と所轄《しょかつ》がコンビになるのだが、塔子は同じ捜一の鷹野と組むよう言われている。今回もそのように指示された。

「鷹野・如月組は遊撃班として活動してもらう」早瀬は眼鏡の位置を直しながら言った。「ただし無理は禁物だ。ワイズマンは如月にこだわっているらしい。冷静にいこう」

「わかりました」

塔子は背筋を伸ばして返答した。

会議が終わると捜査員たちは席を立ち、自分の相棒と打ち合わせを始めた。

これからは、現場付近で情報収集する「地取り班」、関係者から話を聞く「鑑取り班」、証拠品や遺留品を調べる「ナシ割り班」など、役割分担に従って捜査を進めることになる。凶悪犯を捕らえるため、どんな手がかりも見逃さないよう注意する必要があった。

捜査について塔子が鷹野と話していると、神谷課長がやってくるのが見えた。塔子たちは椅子から立って上司を迎えた。

「今日、如月は脅迫状の捜査をしていたそうだな。中断させてしまって悪かった」

「いえ、こちらの事件のほうが大事です。脅迫状なんて、刑事ならみんな受け取るものでしょうから」

「まあ、俺のところにもよく来るけどな。……とはいえ、軽く考えることはできない。早瀬から聞いたが、昨日届いた脅迫状には、一般市民を狙うと書かれていたんだろう？　しかも速達だったとなると、タイミングがよすぎる」

それは自分も感じていたことだった。神谷に向かって塔子はうなずいた。

「たしかに、おっしゃるとおりです」

「そして、今朝桜田門に届いたメールにも、おまえの名前が書かれていた。この事件を予告する内容だった」

「脅迫状の送り主がこの事件の犯人かもしれない、ということですよね」

「そのとおりだ」

ワイズマンの悪意がどこから生まれたものなのか、塔子にはわからない。もしかしたら、ごく些細《ささい》なことが原因だったのかもしれない。だが、どす黒い感情は犯人の中でくすぶり続け、ついに爆発してしまったのだ。ワイズマンは塔子という人間を、どんな目で見ているのだろうか。

「とにかく全力で捜査をしよう。そうでないと、あの世の如月功に怒られてしまう」

どう答えていいかわからず、塔子は口元を緩めて会釈をした。昔のことを考えているのだろう、神谷はしばし黙り込んだ。

隣にいた鷹野が、何かに気づいたという顔で口を開いた。

「課長、電話じゃありませんか？」

「ああ……すまない」

神谷はポケットから携帯を取り出した。マナーモードになっているせいで着信音は鳴らないが、数秒振動していたようだ。

「いや、メールだな」

神谷は液晶画面を確認したあと、携帯をポケットに戻してしまった。

「よろしいんですか？」塔子は尋ねる。

「娘からだよ。あとで大丈夫だ」

「えっ。神谷課長、娘さんがいらっしゃったんですか」

「ふたり子供がいてな。上は男で社会人だが、下の娘はまだ十九だ。たまにメールしてくるんだが、最近の大学生の書くことはよくわからんよ」

神谷は目を細めている。そんな彼の姿を見て、塔子は意外に思った。捜査指揮を執っているときの彼は、一本筋が通っていて部下にも厳しい。その神谷が親の顔をしているのが、何か不思議なことのように思われる。

「如月が高校生のとき、あいつは亡くなったんだよな」神谷は功のことを思い浮かべているようだ。「本当に惜しい奴を亡くした。俺のほうはこの歳まで、のうのうと生き延びてしまった。あいつに申し訳ない気分だ」

「いえ、そんな……」

神谷はこちらをじっと見ていたが、やがて手を伸ばして塔子の肩を叩いた。

「しっかりやれよ、如月」

「はい、ありがとうございます」

塔子は深々と頭を下げる。横にいた鷹野も同じように礼をした。

部屋の隅に行って、神谷は電話をかけ始めた。

6

都心部ではないので、電車で移動するのでは時間がかかってしまう。

塔子たち捜査員には覆面パトカーが用意された。塔子は運転席に乗り込み、座席を前にずらす。これで運転がしやすくなった。体の大きい鷹野は、助手席で窮屈そうにシートベルトを締めている。

「まず現場を確認しましょうか」

エンジンをかけながら塔子が尋ねると、鷹野は即座にうなずいた。

「ああ。自分の目で現場を見れば、何か気がつくことがあるかもしれない」

塔子は左右を確認したあと、ウインカーを出して車をスタートさせた。

平日のこの時刻、渋滞はほとんどない。わずか十分ほどで、面パトは事件現場付近に到着した。

「あ……この道、前に来たことがありますね」

記憶をたどりながら塔子は言った。

二年前、モルタル連続殺人事件の捜査で昭島に来たとき、タクシーでこの道を通っている。窓の外を見て、鷹野も思い出したようだ。

「そうだったな。たしか百メートル先辺りのマンションに来たんだ」

トレミーと名乗る犯人の父親が、以前マンションから墜落死した。その件を調べるため、塔子たちは現場を確認したのだ。

普段、事件の捜査で塔子たちはさまざまな場所を訪れている。同じ場所に何度か行くこともあるが、昭島は特に記憶に残っていた。

――トレミーはどうしているんだろう。

ふと、そんなことを考えた。重大事件を起こした彼は裁判の結果、死刑判決を受けたと聞いている。今は小菅《こすげ》の東京拘置所に収監されているはずだ。

犯罪者に特別な感情を抱くべきではない、と塔子はいつも思っている。だが自分をあそこまで苦しめた人物を、簡単に忘れることはできなかった。妙な言い方だが、塔子が成長するきっかけとなったのがあの事件だ。だからこそ、今でもトレミーが忘れられない。

「そこを左だな」

鷹野に言われ、塔子は慌ててウインカーを出した。考え事をしていたと、気づかれてしまっただろうか。気持ちを引き締めて、塔子はアクセルペダルを踏んだ。

会議で説明を受けたとおり、昭島第一公民館は廃墟となっていた。

場所は住宅街の外れで、敷地は思ったよりも広い。公民館というより、ちょっとした文化ホールといった趣《おもむき》だ。出来てからかなり経過しているのだろう、灰色の壁にはひび割れが走り、コンクリートが剝がれている場所が散見される。

敷地の入り口には制服警官が立っていたが、野次馬はそれほど集まっていなかった。事件の発生から数時間たっているため、近所の人以外は立ち去ってしまったのだろう。

制服警官に挨拶してから、塔子は車を敷地の中に入れた。ゆったりした駐車場に、警察車両が数台停《と》まっている。ワンボックスタイプの車の隣に、塔子は面パトを停めた。

鷹野とともに、公民館の建物に近づいていく。作業中らしい鑑識課員がいたので、声をかけた。

「捜査一課の如月です。中に入れますか？」

「ああ、どうぞ。講堂は一階の奥です」

礼を言って塔子は建物の正面に向かった。鷹野はデジカメを取り出し、あちこち撮影している。彼は記録魔だ。いつもカメラを持ち歩き、事件現場などを撮影する。そうした写真が推理の手がかりになることも多く、幹部たちも一目置いているという話だった。

一階のロビーは薄暗かった。もともと窓があまりない構造らしく、外の明かりが入ってこないのだ。

壁に案内板があり、いくつかの部屋の使用予定が書かれたままになっていた。手芸サークルやダンスサークル、郷土史の研究会などもあったらしい。

「一年ほど前に閉鎖されたようですね」

日付を確認しながら塔子は言った。

「そうだな」とうなずいて鷹野は案内板にカメラを向ける。フラッシュが光った。

フロア案内図を見たあと、塔子たちは事務室の前を通って奥へ進んだ。人々の声が聞こえてくる。

角を曲がると、通路は明るく照らされていた。鑑識課が照明装置をいくつか持ち込んだようだ。活動服を着た鑑識課員、スーツ姿の捜査員らが集まって、それぞれの仕事に取り組んでいる。

知り合いの鑑識主任に声をかけ、塔子たちは講堂を調べさせてもらった。

会議で聞いたとおり、入り口は二ヵ所ある。ステージに向かって左側の壁から、講堂を覗き込んでみた。中にも数名の鑑識課員がいた。

「捜査員が駆けつけたとき、このドアは完全に閉まっていたそうだ。……ここからではステージが見にくいな」

写真を撮ったあと鷹野は言った。たしかに、このドアが少しばかり開いていたとしても、位置の関係で、ステージの仕掛けをはっきり見ることはできなかっただろう。

鷹野は通路に戻り、外側を回って講堂の後方に移動した。そこにも鑑識課員がいた。

「捜一の十一係です」鷹野は彼らに軽く頭を下げた。「ここから中を覗くことができたわけですね？」

「はい。鎖のせいで、そのときはドアが開きませんでしたが……」

「パソコンが置かれていたのはどこですか」

「この辺りです」

鑑識課員が指差したのは、ドアの左手、通路に敷かれたカーペットの上だった。捜査員が最初にやってきたときは薄暗かっただろうから、すぐには気づかなかったに違いない。

「如月、そこに立ってみてくれ。中を覗き込むような感じで」

そう言われて塔子はドアのそばに立った。鷹野は寝転んで、床から斜めに塔子を見上げる。

「もうちょっと上だな。一般的な男性の高さまで、頭を上げてほしい」

「一般的な男性、ですか？」

「そこ、ドアに模様があるだろう。そのへんまで」

塔子はドアにつかまって背伸びをした。しかし模様は頭より十センチほど上にある。なんとかしようと、つま先立ちになってみたのだが――。

――と、届かない……。

その高さまで背伸びをするのは無理だったので、何度か飛び跳ねてみた。

「うん、ＯＫだ」鷹野は寝転んだまま言った。「なるほど。この角度ならウェブカメラで、ドアを監視することができる。ワイズマンはパソコンを用意して、捜査員が来るのを待っていたわけだ」

「いつになるか、わからないというのに？」

「ある程度、予想はつくよ。警視庁にメールを送ったのが朝の八時二十分ごろだ。ヒントを出したから、数時間以内には警察がここに来るとわかっていたんだろう。もし誰も来ないようなら、ヒントを追加していたかもしれない」

「被害者を発見させるためですね」

「そして、警察とのゲームを楽しむためだ。処刑装置を使ってな」

ゲームを楽しむ、という言葉には抵抗があった。だが、実際には鷹野の言うとおりなのだろう。犯人はウェブカメラとスピーカー、マイクを装備したパソコンを置いていった。その人物はどこか遠い場所で、警察の到着を待っていたのだ。そして捜査員がやってきたのがわかると、すぐにゲームを開始した。

鷹野はドアを開け、講堂の中に入った。

少し傾斜のついたフロアに、ずらりと座席が並んでいる。十五メートルほど先にステージが見えた。あちこち撮影しながら鷹野は通路を進んでいく。塔子もあとに従った。

途中、左手の壁にドアが見えた。先ほど塔子たちが覗き込んだ、もうひとつの入り口だ。

鑑識課員の許可を得たあと、塔子たちはステージに上がった。

「この舞台袖で、何かの充電用ポートカバーが見つかったんだよな」鷹野はその場所を撮影した。「ワイズマンが落としていったと考えるべきか……」

「紺色ということでしたね。いったい何なんでしょう」

「潮見係長が言っていたように、デジカメのボディーは黒が多い。しかしファッション性を重視したものもあるだろう。それにカメラ以外にも、ＵＳＢで充電できる製品はたくさんある」

犯人が落としたのだとしたら、その製品はいったい何だったのか。

捜査資料の写真では百本近くの丸釘が突き立てられていたが、それらは見当たらなかった。すでに撤去され、構造の分析などに回されているのだろう。ただ、被害者の体から流れ出た血液は、今も生々しく残っていた。

眉をひそめて血痕を確認してから、塔子は頭上に目をやった。このステージでは演劇なども行われていたと聞いている。緞帳《どんちょう》や大道具、照明装置が吊り下げられるよう、天井には鉄骨が格子状に設置されていた。

「けっこう頑丈なんだろうか……」

鷹野がつぶやくのを聞いて、塔子は口を開いた。

「舞台装置を作るときには、あそこに上って作業をするんです。吊り下げる大道具も相当重いでしょうから、かなり丈夫なはずですね」

「ああ、そうか、如月は芝居が好きだったんだよな」

以前、銀座《ぎんざ》で殺人事件が起こり、ふたりで日比谷《ひびや》の劇場街を歩く機会があった。そのとき塔子は鷹野に芝居のことを話したのだ。

鷹野はカメラを上に向けてシャッターを切ったあと、低い声で唸った。

「……しかし、あの高さに人間を吊るすのは大変な作業だったはずだ」

「たしかに、そうですね」

「しかもパソコンと連動させて、答えが間違ったときには被害者を落下させなければならない。その仕掛けを作るのに苦労しそうな気がする」

鷹野の言葉から、塔子はひとつの可能性に思い当たった。

「でも演劇の公演では、かなり特殊なこともしていますよ。俳優をワイヤーで吊るすのはよくありますが、派手なものだと天井から何かを落下させたり、一挙に大道具を壊してしまったり……。昔は人間がやっていたんでしょうけど、最近ではボタンひとつで仕掛けを動かすこともできます」

「たしかに、人を吊るすのはテレビで見たことがあるな」

「だから演劇関係のスタッフなら、複雑な装置を作れるかもしれません」

なるほど、と言って鷹野はまた写真を撮った。

塔子はしばらく天井を見ていたが、あらためて視線を舞台に戻した。あの高さから墜落し、被害者は丸釘で傷つけられたのだ。骨折なども もちろん重傷だが、体を刺されるのはそれ以上に痛々しく、禍々《まがまが》しい印象がある。想像するうち、塔子の中に嫌悪感が広がった。そんな仕掛けを作れば、被害者がどうなってしまうかわからない。ワイズマンには殺意があったと考えるべきだろう。

塔子は唇を噛んだ。犯人は仕掛けを作るだけでなく、最後の判断を警察に押しつけたのだ。捜査員を急かして、三つの中からひとつを選ばせた。

——本当は、その選択を私にやらせようとしたんだ。

自分は最初から指名されていたのだ。だが塔子は駆けつけることができなかった。それを知って、犯人は言った。「今度は絶対に逃げるな」と。

卑劣なやり方に、憤りを抑えることができなかった。奴は被害者を残酷な方法で傷つけただけでなく、駆けつけた警察官たちをからかい、もてあそんだのだ。

「被害者や、現場にいた捜査員たちにとって、悪夢と言えるような事件です」塔子は言った。「被害者の家族もどれだけ心配していることか……。こんな犯行は絶対に許せません。鷹野さん、私は犯人を必ず捕まえます」

「その意気だ。しかし焦ってはいけない。まずは慎重に情報を集めることだ」

わかりました、と答えて塔子は表情を引き締めた。

7

午後九時五十分。昭島署の休憩室に十一係のメンバーが集まっていた。

夜の捜査会議が終わって、今からみなで食事をとるところだ。今日は塔子ひとりで、五人分の弁当や飲み物を買ってきた。先輩たちの好みは頭に入っているから、売り場で迷うことはまったくなかった。

「ではお弁当を配ります」レジ袋を開きながら塔子は言った。「まず門脇《かどわき》主任。すみません、とんかつ弁当がなかったのでスタミナ弁当にしました。カップ麺《めん》と浅漬け、それからウーロン茶です」

「すまないな。スタミナ弁当も旨そうだ」

そう言って、門脇仁志《ひとし》警部補はゆっくりとうなずく。彼はがっしりした体を持つ、正義感の強い刑事だ。大学時代はラグビーをやっていたそうで、今も猪突《ちょとつ》猛進、体力勝負で犯人に立ち向かうところがある。みなを率いていくリーダータイプで、あだ名は「ラッセル車」だ。

「あ、忘れていました。もうひとつあります。はい、どうぞ」

塔子は果汁グミの袋を差し出した。中には小豆サイズほどのグミがぎっしり詰まっている。

「そうだよ、これがないとな」

門脇は袋を受け取った。以前、彼はずっと煙草《たばこ》を吸っていて、こうした食事の場では文字どおり煙たがられていたのだ。それでも俺はやめないぞと頑張っていたが、とうとう周囲のプレッシャーに負けたらしい。今では煙草の代わりに果汁グミを買うようになったのだった。

「次はトクさんですね。幕の内弁当とお茶。それから甘いものですが、今日はいちご大福でいいですか？」

「ああ、いちご大福、いいねえ。ありがとう」

塔子は徳重英次《とくしげえいじ》巡査部長に弁当や飲み物を手渡した。徳重は今五十五歳、チームでは最年長の刑事だ。人のよさそうな顔に、ぽっこり出た腹が特徴で、七福神の布袋《ほてい》さんのように見える。

「甘いものを食べないと、考えがまとまらないからね」徳重は自分の頭を指差した。

「私はこう見えて、頭脳派だから」

「え……。そうでしたっけ？」

横から口を挟んだのは若手の先輩、尾留川圭介《びるかわけいすけ》だ。三十一歳の彼は、チームのムードメーカーといった存在だった。

「トクさんが頭を使って悩んでいるところって、あまり見たことないような……」

「まあ、そうでしょうね」徳重は口元を緩めた。「私は見えないところで苦労してるから。尾留川くんとは違って、奥ゆかしい性格なんです」

尾留川は髪がやや長めで、いつも仕立てのいいスーツを着ている。ベルトの代わりにサスペンダーを使うというお洒落《しゃれ》な人だ。一見すると刑事らしくない人物で、言動に少し軽いところがある。

うーん、と言って尾留川は腕組みをした。

「俺も、もう少し奥ゆかしさを演出したほうがいいですかね。そのほうが好感度上がるかな……」

「誰に向かって好感度を上げようとしてるんだよ」と門脇。

「そりゃあ、周りの人すべてにですよ」

「そんなに好かれてどうするんだ」

えっ、と声を上げ、尾留川は驚いたという顔になった。

「いい関係を作っておけば、何かあったとき助けてもらえるじゃないですか。頼み事をしやすくなるでしょう？」

「助けてもらうためにヘイコラするのか？　俺は嫌だな」

「チャンスがあるなら、相手を楽しませたほうがいいと思うんですよ。こいつと話すのは楽しいな、また一緒に飲みたいな、ってことになれば次の話がしやすくなりますよね」

「まあ、それはわかるが……」

門脇はひとり考え込む。尾留川は話を続けた。

「俺、刑事になりたてのころ、本当に困ったことがあったんですよ。聞き込みで情報を集めろって言われたけど全然駄目で、毎日上司に怒られてました。そのうち気がついたんです。この世界で生きていくには誰かの助けが必要だ。そのためには普段から、自分のファンを増やしておかなくちゃいけないんだ、と」

「自分のファンか……」

「それが俺の処世術だってことですよ」尾留川は微笑を浮かべた。「だから俺がいろんな女性と飲みに行くのは、情報収集のためでもあり、ファンサービスのためでもあるんです」

門脇と徳重は顔を見合わせている。それまで黙っていた鷹野が、デジカメのボディーを拭《ふ》きながら言った。

「まあ、尾留川には尾留川なりの考えがあるというわけだな」

「そういうことです」尾留川は胸を張った。「チャラチャラしているように見えて、俺もけっこう苦労人なんですよ。大変なんです」

「……なんて、自分で言ってしまうところがなんともねえ」

徳重が苦笑いしている。尾留川はわざとらしく口を尖らせたあと、一緒になって笑った。

塔子はレジ袋から次の品物を取り出した。

「その尾留川さんには焼き肉弁当とサラダ、紅茶です」

「お、レモンティーか。如月、わかってるね」

尾留川は親指を立てて、塔子にウインクをした。こういう姿を見ると、やはり軽い先輩だなあ、と塔子は思ってしまう。

「最後は鷹野主任。中華弁当と野菜ジュースです」

「ん？　トマトジュースじゃないのか」

「探したけど見当たらなくて……。すみません」

「いや、かまわないよ。少しはトマトも入っているだろう」

鷹野は野菜ジュースを手に取って、パッケージに印刷された成分表を見つめる。

代金のやりとりが終わると、みな自分の弁当を食べ始めた。塔子は唐揚げ弁当とツナサラダだ。夜はあまり食べないほうがいいのだが、刑事の仕事をしているとどうしても腹が空く。脂っこいものや味の濃いものが欲しくなってしまう。

雑談をしながら、塔子たち五人は休憩室で食事を続けた。


十五分ほどで弁当はすっかり片づいた。

テーブルをきれいに拭いたあと、塔子はバッグからノートを取り出した。ほかの先輩たちもそれぞれメモ帳を開く。

「よし、いつもの打ち合わせを始めよう。如月、書記を頼むぞ」

門脇に言われて、塔子はペンを手に取った。

「まずは状況の整理ですね」

塔子たち五人は、食事の時間を利用して事件の整理や筋読みをする。これを門脇は「殺人分析班」の打ち合わせと呼んでいて、特捜本部が設置されている間は毎日のように続く恒例行事だった。捜査会議は朝晩開かれるが、個人の推測まで検討している時間はない。それで会議のあと、門脇が中心となってあれこれ議論を行うのだ。

先輩たちが口にしたことを、塔子はノートに記録していった。

■昭島第一公民館殺人未遂事件（公民館事件）
（一）被害者は誰か。
（二）犯人がゲームを挑んできたのはなぜか。★如月功、塔子に恨みがあり、精神的苦痛を与えたかった？
（三）犯人は如月功、塔子と関係があるのか。
（四）ゲームの選択肢の紫、青、黄色は何を意味するのか。正解は何か。
（五）あの公民館を選んだのはなぜか。
（六）現場に残されていた充電用ポートカバーらしきものは何の部品か。

項目を書き終えて、塔子は先輩たちに視線を向けた。

みな難しい顔をしている。門脇はノートを覗き込んでから話しだした。

「項番一だが、被害者の身元が特定できないせいで鑑取りは進んでいない。被害者のことがわかればトラブルの有無や、彼を恨んでいた人物が明らかになる可能性がある。さっきの捜査会議で話が出たが、スーツのポケットに何枚かレシートがあったというから、生活圏は絞り込めるはずだ。今後の捜査に期待しよう。……続いて項番二と項番三、ワイズマンからのメールに如月塔子という名前が書かれていた。奴は如月をこの事件に巻き込みたがっているんだろう。それについては、如月家脅迫事件とも関連するよな」

うなずいて、塔子は口を開いた。

「今日、鷹野主任と調べ始めたところでした。うちにはいろいろな脅迫状が来ていますが、特に攻撃的なのはフクジュソウの切手を使った手紙です。十三年前から届いていて、これまでの合計は二十三通。昨日の速達が最新です」

「フクジュソウの切手にこだわりがあるわけか」門脇はつぶやく。

「昨日の手紙には、父ではなく一般市民をターゲットにすると書かれていました。そこに今回の公民館事件が起こったわけですから、脅迫者がこの事件の犯人である可能性は高いと思います」

「それから項番六。ＵＳＢ充電用ポートのカバーだとすると、製品本体はかなり小さいものだと思う。いったい何なんだろう」

「これが現物の写真です」鷹野がデジカメの液晶画面をみなのほうに向けた。「鑑識に頼んで撮影させてもらいました。少しグレーの混じった紺色ですね」

「たしかに特殊な色だな」

「今、科捜研で調べているそうです。特定できるといいんですけど」と尾留川。

カメラをいじっていた鷹野が、急に身じろぎをした。不思議に思って見ていると、彼はスーツのポケットから携帯電話を取り出した。バイブレーター機能で携帯が振動していたらしい。

「メールが届きました。早瀬係長からですね」

あ、と言って門脇や徳重、尾留川も自分のポケットを探り始めた。塔子のバッグの中でも携帯が振動している。みな携帯を手にして、メールの内容を確認した。

「なるほど」鷹野は液晶画面から顔を上げた。「ゲームの正解がわかったようです。答えは青だったのか」

メールには鑑識からの報告内容が書かれていた。

鑑識と科学捜査係が協力してパソコンのデータを解析した。その結果、三択問題の正解は青だとわかった。青を選んだ場合、天井から吊られていた被害者が落下することはなかったのだ。

パソコンのデータについては現在も調査を進めているが、犯人がどこからアクセスしていたかなど、詳しいことはわかっていないという。これだけ手の込んだゲームを考えた人物だから、居場所が割り出されないよう、相当工夫しているのだろう。

「問題は、なぜ正解が青だったのか、ということです」鷹野はメモ帳を開いた。「選択させるに当たって、ワイズマンはヒントを出しています。『十五年前、おまえたちが見落としたものの色だ』と」

「ちょっと大雑把すぎますよねえ」尾留川は首をかしげる。

「しかし何もないよりはいい」鷹野はこめかみに指先を当てた。「十五年前に何か事件が起こり、現場に青いものがあったのかもしれない」

「十五年前ですか。そのころ私はどの部署にいたかなあ」と徳重。

「如月はどうだ？」

鷹野に訊かれて、塔子は記憶をたどった。

「私は中学生ですね。そのときには父もまだ生きていました。亡くなったのは十二年前ですから」

「フクジュソウの脅迫状が初めて届いたのは十三年前だったよな。その二年前に青いものが関わる事件が起こったのか？　功さんと関係あるんだろうか」

「どうなんでしょう……」

しばらく考えてから、鷹野は再びデジタルカメラを手に取った。

「項番五ですが、なぜワイズマンがあの公民館で事件を起こしたのかも気になっています」

カメラの液晶画面には、今日撮影した昭島第一公民館が映し出されていた。

「廃墟だから使われた、というのは間違いないでしょうけど……。それ以外にも何か理由があった、ということですか？」

徳重に問われて、鷹野はまた考え込んだ。言葉を選びながら彼は言う。

「少なくとも犯人は、この辺りに土地鑑があったんだと思います。犯行に適した廃墟なんて、そう都合よく見つかるものじゃないでしょうから」

「昭島といえば、どうしてもあの事件が頭に浮かんでくる……」そうつぶやいたあと、門脇ははっとした様子で塔子に詫びた。「すまん。如月に嫌なことを思い出させたな」

いいえ、私は大丈夫です、と塔子は答える。

「それにしても気持ちがざわつきます」塔子は続けた。「公民館事件は、私の父のせいで起こったんじゃないでしょうか。脅迫状のこともありますし……」

門脇は首を横に振った。表情が険しくなっていた。

「如月の親父《おやじ》さんは自分の仕事をこなしていたんだ。恨まれるようなことは何もないだろう。問題は犯人のやり口だ。くそ、思い出すだけでも腹が立つ。……なあ、尾留川」

「ええ、警察に喧嘩《けんか》を売ってきましたからね」

「しかも、被害者を宙吊りにしたあと大怪我を負わせた。たまたま即死は免《まぬが》れたが、意識が戻るかどうかもわからないんだ」

「犯人はそれをゲームと称しています」徳重が眉をひそめた。

「ふざけるな、と俺は言いたい。もし犯人が如月功さんを恨んでいるのなら、奴に自分の愚かさを思い知らせてやる。必ず逮捕してみせるからな！」

門脇は拳《こぶし》を固く握り締めている。警察官という職業は仲間意識が強い。中でも門脇は正義感の塊《かたまり》のような人物だ。すでに退職し、亡くなっている功に対しても敬意を払ってくれているのだろう。

「ありがとうございます」

先輩たちを見回して、塔子は深く頭を下げた。

打ち合わせが終わって腕時計を見ると、午後十一時十五分になっていた。

先輩たちはみな廊下へ出ていく。

休憩室でひとりになると、塔子は携帯電話を手に取った。問題ないとは思うのだが、少し母のことが気になる。夜も遅いのでメールを送ることにした。

《塔子です。昼間メールしたとおり、脅迫状の捜査は中断してしまいました。ただ、今日起こった事件は、うちに脅迫状を送った人物の仕業かもしれません。何か変わったことがあったら、すぐに教えてください。一緒にいられなくてごめんなさい。とにかく気をつけて》

送信ボタンを押して、塔子は携帯をバッグにしまった。

最後にコーヒーを一杯飲んでいこうかと思っていると、電話がかかってきた。液晶画面を見ると、相手は母だ。

「はい、塔子です」

「ああ……仕事中は電話しないように言われてたけど、メールが来たから大丈夫かなと思って」

「うん、今は大丈夫。そっちの様子はどう？」

「おかげさまで変わったことは何もないわね。今日は脅迫状も来なかった。ときどき窓から覗いても、おかしな人影はないし」

「よかった。何か気になることがあったら連絡してね。もし私が電話に出られなかったら、一一〇番に通報して。最悪、不審者が押し入ってきたら勝手口から逃げるんだよ。向かいの大桑さんに助けてもらうのがいいと思う。本当はその家を出て、しばらく伯母《おば》さんのところにでも行ったほうがいいんだろうけど……」

塔子がそう話すと、厚子は電話の向こうで笑ったようだった。

「猫がいるから、よそには行けないわよ。……まあ、私も子供じゃないんだし、そんなに心配しないで」

「お母さん、よく聞いて」塔子は真面目な口調で言った。「今調べている事件、本当にひどいのよ。犯人は恐ろしく残酷な人物なの。まともな人間じゃないと思う」

「……そうなの？」

「もし脅迫者と同一人物なら、お母さんが狙われるかもしれない。夜、寝るときは戸締まりに気をつけて」

「大変な状況なのね。わかった。塔子がそう言うんなら、そうする」

どれだけ気持ちが伝わったかわからないが、とりあえず母も納得してくれたらしい。直接電話で話すことができてよかった。

「着るものなんかは、夕方送っておいたから。昭島署でいいのよね？」

「うん、どうもありがとう」

「あ、大事なことを忘れてた」

「……何？」

眉をひそめて塔子は尋ねる。だが、母が口にしたのは猫のことだった。

「昼間、ビー太が消えちゃったのよ。あの子、呼んでも全然返事をしないでしょう。どこに行ったのかわからなくて」

「見つかったの？」

「まさかと思って調べたら、段ボール箱の中にいたのよ。L字形の隙間にぴったり収まっていて、びっくりするやら可笑《おか》しいやら……」

「猫は狭いところが好きだものね」ほっとしながら塔子は言った。「まあ、ビー太のことも気になるけど、お母さんも注意してね。何かあったら困るし」

「あんたも気をつけて。ふたりだけの家族なんだから」

「ふたりと一匹ね」

「ああ、そうだった。早く事件を解決して、ビー太と遊んであげてよ」

「わかった。じゃあ、おやすみなさい」

塔子は電話を切って、軽く息をついた。

ふたりだけの家族、という言葉が耳に残っていた。父が亡くなってから如月家は母と塔子だけの住まいになった。ふたり暮らしをする中で気づいたのは、会話の密度が変わったということだ。三人いるときはひとりが黙っていても差し支えはなかった。

だがふたりきりになってからは、自分が黙ればそこで会話は終わってしまう。だから家にいるとき、塔子は常に母の言葉を気にするようになったのだ。

携帯を手にしたまま、塔子は液晶画面をじっと見つめた。そこには母の名が表示されている。

母に怖い思いはさせたくない。ふたりと一匹の暮らしを失うわけにはいかない。

そのためにも、早く脅迫者を捕らえなければならなかった。

第二章　キャンプサイト

1

三月十三日、午前八時二十分。

昭島署の特別捜査本部に刑事たちが集まっていた。今日の捜査について打ち合わせをする者、メモ帳を見てこれまでの情報を整理する者、地図を広げて活動範囲を見直す者などがいた。

どの刑事にも言えるのは、非常に厳しい表情を浮かべていることだ。

捜査が始まったばかりの昨日、これといった収穫は得られなかった。被害者の身元もまだわかっていない。被害者が特定できないということは、周囲の人間関係もつかめないということだ。鑑取り班が効果的に動けないため、このままでは捜査がなかなか進まないだろう。

新聞を読んでいた門脇が、塔子たちに話しかけてきた。

「昨日、事件について記者発表があったが、かなりぼかされているな」

「そのようですね」鷹野は資料から顔を上げた。「現場の状況があまりにもショッキングだから、そのまま発表するわけにはいかないんでしょう」

「現在報道されているのは、昭島第一公民館で殺人未遂事件があったこと、被害者は重傷で今も身元不明であること……そんなところだ。犯人が警察に挑んだゲームだというのは、もちろん書かれていない」

塔子は携帯を取り出して、ネットニュースを検索した。

「今のところ、ネットでもおかしな情報が流れている気配はありません。……もしあのゲームのことを知ったら、ネットは大騒ぎですよね」

「しかも捜査員の選択は不正解だった。そんな情報、絶対に漏らすわけにはいかない」

門脇は渋い顔をして言った。腕組みをしながら鷹野もうなずいている。

ドアの開く音がして、幹部たちが部屋に入ってきた。門脇は慌てて新聞を畳み、自分の席に戻っていった。

八時半になり、定例の捜査会議が始まった。

起立、礼のあと、早瀬係長がホワイトボードのそばに立つ。

「今朝早く、情報が入りました」眼鏡の位置を直しながら、早瀬は言った。「被害者が持っていたレシートから、利用していた弁当店が判明。周辺で聞き込みを重ねた結果、被害者の身元がわかりました」

捜査員たちがざわめいた。塔子も早瀬のほうに視線を向ける。

メモ帳を見ながら早瀬は言った。

「被害者は西久保《にしくぼ》高志《たかし》、二十八歳。自動車販売会社の社員で、自宅は国分寺《こくぶんじ》市のアパートです」

塔子はその情報を自分のメモ帳に書き込んだ。被害者の身元がわかったことは大きな収穫だった。これで捜査がかなり進展するはずだ。

「被害者の家族と連絡がとれたので、このあと病院に行って本人かどうか確認してもらう予定です。なお、昨日犯人が出したヒントについて、家族に電話で質問しましたが、思い当たることはないようでした。……警察のデータも調べましたが、西久保高志が過去、何らかの事件に関わったという記録はありません。事件現場との関係も不明です」

「被害者の一昨日の行動はどうなっている？」

そう尋ねたのは、幹部席に座っていた神谷課長だった。彼はかつて捜査員だった経験を活《い》かして、部下たちと一緒に知恵を絞ることが多い。

「一昨日は午後九時ごろ、中野《なかの》にある会社を出ています。電車通勤ということなので、どこかで買い物をしたとしても、普通なら十時半には家に着いていたんじゃないでしょうか」

「スーツを着たままだったということは、家に帰り着く前に襲われたのか。あるいは、約束していて自分で昭島に移動したのか……」

「昭島駅の防犯カメラに関しては、すでにデータの確認を始めています。まだ被害者の姿は見つかっていません」

そうか、とつぶやいて神谷は考え込む。

彼の隣には神経質そうな顔をした男性が座っている。神谷の部下の管理官、手代木《てしろぎ》行雄《ゆきお》だ。手代木は早瀬に向かって問いかけた。

「さっきの帰宅時間の件だが、ほかの可能性はないのか」

「とおっしゃいますと？」

「被害者は電車ではなく、車で移動したのかもしれない」

「会社の同僚に問い合わせまして、被害者が電車通勤だったことは確認済みです」

「そういう話を鵜呑《うの》みにしては駄目だ。もしかしたら被害者は、会社に隠れて自動車通勤していたかもしれないだろう？」

それを聞いて、早瀬は戸惑う様子を見せた。

「なぜそんなことをする必要が……」

「カーマニアだったからだ」

「ええと……そういう情報はまだ出てきていませんが」

「あらゆる可能性を考えろ」

手代木は緑色の蛍光ペンの先を、早瀬のほうに向けた。

いつもの癖が出たな、と塔子は思った。蛍光ペンの先を相手に向けるのは、手代木が部下を責めるときの癖だ。

「被害者は自動車販売会社に勤めている」硬い表情で手代木は言った。「営業成績の目標も厳しいだろうから、なんとなく就職したわけではないはずだ。彼は車が好きだったに違いない」

「……そうかもしれません」

「だとすれば、会社に黙って車で通勤していた可能性もないとは言えない」

「まあ、そうですね」

「可能性を狭めてしまっては、見えるものも見えなくなる。いいか早瀬、今は捜査の初期段階だ。想像力を駆使することだ」

「わかりました。すぐ調べさせます」

話は終わったようだが、手代木はまだ早瀬の顔をじっと見つめている。

これも手代木の癖だった。何かを考えるとき、彼はこうして相手を凝視する。怒っているわけではなく、ただ見つめているだけなのだ。

「先に進めてよろしいですか？」

早瀬が尋ねると、手代木は黙ったままうなずいた。それから、自分の仕事はもう済んだという顔で資料に目を落とす。彼は蛍光ペンで資料に色を付け始めた。

「被害者のアパートはわかっているよな。部屋を見るのはこれからか？」

神谷課長がそう尋ねると、早瀬は幹部席のほうを向いて答えた。

「はい、まずは病院で家族から話を聞きます。アパートに行くのはそのあとです」

「わかった。病院には誰を行かせる？」

「鑑取り班ですね。……トクさん、行ってもらえますか」

早瀬から指名を受けて、徳重はメモ帳のページをめくった。

「了解しました。会議のあと、すぐ病院に向かいます」

塔子は隣にいる鷹野の顔を見た。考えを察してくれたのだろう、鷹野は目配せをした。

塔子は早瀬に向かって手を挙げた。

「係長、私たちも同行していいでしょうか」

「うん、遊撃班も一緒に行ってもらったほうがいいな。トクさん、かまいませんかね？」

「もちろんです」

徳重は穏《おだ》やかに答えると、自分の太鼓腹をゆっくりと撫でた。

いくつかの連絡事項を伝えてから、早瀬は会議の終了を告げた。


前方を走っていた覆面パトカーが、左のウインカーを点滅させた。それに従って塔子もスピードを緩め、ウインカーを出す。二台の面パトは交差点を左折し、病院の駐車場に入っていった。

内科、外科、整形外科、小児科などが揃《そろ》った総合病院だ。一階の待合室には大勢の患者がいて、診察の順番を待っている。全体的に高齢者が多いようだ。そんな中、母親に連れられた幼児が泣き声を上げていた。あの子は大丈夫かな、と思いながら塔子はフロアを横切っていく。

ここは徳重が仕切ると言ってくれた。彼は相棒の若手刑事を連れて受付へ行き、警察手帳を見せて来意を告げた。面会カードを首に掛ける必要があるそうだ。

エレベーターの前には車椅子の患者がいる。塔子たちは急ぎ足で階段を上っていった。四階のナースステーションに着くと、徳重は看護師に声をかけた。

「警察の者ですが、昨日入院した西久保高志さんはどちらですか？」

「あ、はい。回復室にいらっしゃいます」

「回復室?」

「ナースステーションの裏です。緊急処置が終わったばかりですので、今はそちらに」

まだ容態が安定しないので、看護師たちの目の届くところにいるのだろう。

「ご家族が来ているはずなんですが……」

徳重が尋ねると、看護師はうしろを振り返って同僚に話しかけた。確認が終わると、彼女はまたこちらを向いた。

「そうですね。ご両親が見えているようです」

「では、我々も入らせてもらいますね」

「あの……」看護師は少し声のトーンを落とした。「患者さんはまだ意識が戻っていません。今は大変な状態ですから……。ご理解いただけますか」

「わかりました。あまり長居はしませんので」

穏やかな笑みをうかべて徳重は言った。余裕の感じられる表情に、温かみのある声。看護師も安心したようだ。

こういうとき相手の心にすっと入っていけるところに、徳重のすごさがある。刑事というと強面《こわもて》で高圧的な人物を想像しがちだが、中にはこんな捜査員もいるのだ。

「北風と太陽」という寓話《ぐうわ》があるが、さしずめ徳重は太陽だろう。

だが、ナースステーション脇の通路を歩くうち、徳重の表情が硬くなっていくのを塔子は見た。さすがの彼も、今回の事情聴取は難しいと思っているに違いない。患者の状況を考えれば、仕方ないことだった。

ナースステーションの裏側、ガラス窓を通して観察できる場所に四つの病床があった。カーテンが開いている三ヵ所には空のベッドが見える。となれば患者がいるのは一番奥、カーテンの閉まっている病床だろう。

徳重は回復室に入って、カーテンの外からそっと声をかけた。

「すみません、西久保さんのご家族はいらっしゃいますか？」

はい、と返事があってカーテンが左右に開かれた。

現れたのは五十代と思われる女性だ。顔色がよくない。髪にはあちこちに乱れがあった。

彼女のそばに同年輩の男性がいた。紺色のスーツに青いネクタイという恰好だ。彼の表情も冴《さ》えなかった。

「ご連絡を差し上げた者です。警視庁の徳重といいます」彼は警察手帳を呈示した。

「西久保高志さんのご両親ですね？」

「はい、母の昌代《まさよ》です。それから……主人です」

「修《おさむ》です」男性が差し出した名刺には、不動産会社の社長とあった。「あの……犯人は見つかったんでしょうか」

「現在、全力で捜査を行っているところです」

「何か手がかりはないんですか。防犯カメラとか目撃証言とか」

「そういったことも含めて、情報収集を進めています。何かわかれば、私のところに連絡が来るようになっています」

修は明らかに不機嫌そうな表情になった。うしろを振り返り、ベッドを指し示す。

「うちの息子はこんなことをされたんですよ。絶対に許せない。早く犯人を捕まえてください」

ベッドの上には、患者衣を着た男性が横たわっていた。鼻と口には人工呼吸器のマスク、左腕には点滴のチューブ、右腕には血圧や血中酸素濃度を測定する機器が取り付けられている。

事件の被害者・西久保高志だった。

額や頬《ほお》に擦過傷《さつかしょう》があって痛々しい。体にはそれより深い傷があるはずだが、患者衣に隠れて見えなかった。西久保はあの公民館のステージで重傷を負ったのだ。高所から落とされ、体を数多くの丸釘で傷つけられた。

「どうして高志がこんな目に遭わなくちゃいけないんですか」拳を固く握り締めて、

修は言った。「何の罪もないのに……。ちくしょう、犯人はいったい何を考えているんだ！」

憤りのせいで声が大きくなってしまったようだ。徳重は相手を宥めるように、胸の前で両手を振った。

「お気持ちはわかります。ですが、まずは落ち着いてください。西久保さん、深呼吸をしましょう」

そう言いながら徳重自身も深呼吸を始めた。

面白くないという顔でその様子を見ていたが、やがて修も徳重の真似《まね》をした。修のそれは深呼吸というより、大きなため息に近いものだったかもしれない。しかし一定の効果はあったらしく、彼は声を低めて言った。

「取り乱してすみません。……でも刑事さん、本当なんですよ。高志が人に恨まれるなんて、考えられないんです」

「その件についてお話を聞かせていただけませんか。ここでは何ですから、あちらで」

徳重は西久保の両親をカーテンの外に連れ出した。塔子と鷹野、若手刑事もあとに続く。回復室から廊下に出て、徳重は質問を始めた。

「高志さんは二十八歳。ミツムラ自動車販売という会社に勤めていますよね。営業職でしたか？」

「そうです。学生時代から自動車が好きだったので、最初からカーディーラーに就職したいと言っていたんです。大学を出て今の会社に入ると同時に、アパート住まいを始めました。会社ではずっと営業をやっていたはずです」

「ご自分でも自動車を持っていたわけですよね」

「ええ。少し無理をしたと思いますが、ローンでいい車を買いました」

「ちなみに、会社への通勤は自動車で？」

「いえ、電車だったと聞いています。ディーラーは事故を嫌いますから」

「会社関係で何かトラブルを抱えていた、という話はありませんでしたか」

修は怪訝そうな顔をして首をかしげた。

「トラブル、というと？」

「たとえば営業成績のことで、上司や同僚と揉《も》めていたとか……。あとは、そうですね、自動車を購入したお客さんからクレームを受けていたなんてことは？」

「さあ、どうでしょう」修は妻のほうに目を向けた。「何か聞いてるか？」

昌代は記憶をたどる様子だったが、じきに首を振った。

「高志とはたまに電話で話していたんですが、特に聞いていません。……何かあったとしても、親には相談しづらかったんじゃないでしょうか」

「頑張り屋なんですよ、うちの息子は」修は言った。「責任感の強い子なんです。もしかして、そのせいで変な事件に巻き込まれたんでしょうか。ちくしょう……」

犯人への怒りがぶり返してきたようだ。修はまた拳を握り締め、壁を叩いた。思いがけず大きな音がして、彼はばつの悪そうな表情を浮かべた。

気にしない様子で、徳重は問いかけた。

「念のため、おふたりのことをうかがってもよろしいですか。年齢や職業、お住まいのことなどを」

「私は五十三歳、名刺のとおり、不動産会社を経営しています。住所は小金井《こがねい》市の……」

徳重の隣で、塔子はそれらの情報をメモしていく。

妻の昌代は五十二歳、専業主婦で、ほとんど自宅で過ごしているそうだ。高志と電話で話すのは月に一回程度。事件の前、最後に会ったのは今年の正月だったが、特に変わった様子はなかったという。

「あのころから何か悩んでいたんでしょうか」悔しそうに修は言う。「くそ、私が気づいてやらなくちゃいけなかったのに……。刑事さん、高志は本当に真面目で、思いやりのある子なんです。きっと周りによくない仲間がいたんですよ。うん、そうだ。高志はそいつらのせいで、ひどい目に遭わされたんじゃないですか？　調べてくれているんですよね？」

　修は早口になりながら徳重に近づいていく。

「あなた、落ち着いて」

　慌てた様子で、昌代が夫の袖を引っ張った。だが修の勢いは止まらない。

「あのね刑事さん、まだ大事なことを聞いていないんですが、事件現場はどうなっていたんです？　高志はどうして、あんなひどい怪我をしたんですか」

　塔子の頭に、捜査会議で見た資料写真が甦《よみがえ》ってきた。びっしりと突き立てられた丸釘。尖った釘の先端を濡《ぬ》らした血液。床には大きな血だまりが出来ている——。

「担当の先生から聞きました」修は声を強めた。「体のあちこちにたくさんの刺し傷があったそうです。ナイフで刺されたとか、そんなものじゃない。何か尖ったもので傷つけられたんだ、と言っていました。……先生は口を濁《にご》していたけど、警察の人なら話してくれますよね。刑事さん、現場で何があったんですか。答えてください」

　修は眉間に皺を寄せ、厳しい表情をしている。塔子は徳重の様子をうかがった。

　咳払いをしてから、徳重はゆっくりと話しだした。

「私はこの仕事を長く続けていますが、あんな現場を見たのは初めてです。今回の事件はかなり特異なものだと思われます。ですから、詳しくお話しするのは避けたいと考えていました」

「ちょっと、刑事さん……」

まあ待ってください、と徳重は言った。

「普通ならお話しできないところですが、ご両親としては何が起こったのか気になるでしょう。他言無用でお願いします。……捜査員が駆けつけたとき、高志さんは天井から吊り下げられていました。当然、捜査員は救助しようとしましたが、間に合わなかった。高志さんは五メートルの高さから墜落しました。その真下に多数の釘が突き立てられていたため、高志さんはあのような怪我をしたんです」

「釘が突き刺さったんですか？」

「そういうことです」

徳重がうなずくのを見て、修は身じろぎをした。現場の様子を想像したのだろう、顔色が一段と悪くなった。

「なぜ釘があったんですか。偶然じゃないんでしょう？」

「犯人が仕掛けたのだと思われます」

「じゃあ、犯人は高志を殺すつもりで……」

塔子たちの前で、修は目を大きく見開いた。訳がわからない。数秒後、彼は怒りを爆発させた。

「どうしてそんなことをするんだ！　高志が何をしたって言うんです？　高いところに吊るされて、落とされて、ひどい大怪我を……。高志が何をしたって言うんです？」

「お気持ちはお察しします」

「お察ししますって……結局は他人事なんでしょう？　昔、知り合いが警察に疑われたことがありましたよ。疑いが晴れたあと、詫びのひとつもなかったという話だった。そういうところが信用できないっていうんです」

修は感情のコントロールができなくなっているようだ。

「西久保さん」塔子は口を開いた。「過去の出来事については、たしかに申し訳ないと思いますが……」

徳重が手振りで塔子を制した。穏やかだが、しかし決意を感じさせる表情で彼は言った。

「他人事だと思ったことは一度もありません。私たちはいつも全力で犯罪者を追跡しています。なぜなら、犯人を捕らえる役目を与えられているからです。私たちは被害者や、その家族の方々の代わりに捜査を行っています。みなさんの気持ちを忘れたことはありません」

しばし沈黙が訪れた。塔子は息を詰めて、修の表情を観察する。鷹野や若手刑事も、口を引き結んで様子をうかがっている。

「申し訳ありません……」修はがくりと肩を落とした。「高志がこんな目に遭ったせいで、気が動転してしまって」

「いえ、私のほうにも至らぬ点があったかと……」そう言ったあと、徳重はあらたまった調子で質問した。「今の話について、何か思い出すことはありませんか。高い場所にロープで吊られるとか、墜落するとか、体を釘で傷つけられるとか。もしかしたら犯人は、過去の出来事を意識して、あの仕掛けを作ったのかもしれません」

修は妻のほうを向く。昌代はしばらく思案してから答えた。

「あの子がどこかから落ちたことはないし、釘で刺されるようなこともありませんでした」

そうですか、と言って徳重は考え込んだ。鷹野は指先でこめかみを掻き、若手刑事はメモ帳を見つめている。

ややあって、ためらいがちに修が口を開いた。

「高志はね、赤ん坊のころ重い病気になって、命を落としかけたんです。だから私は悔しくて仕方ないんですよ。あの子がこんな事件に巻き込まれるなんて……」

修は壁にもたれかかり、「ちくしょう、ちくしょう」と譫言《うわごと》のようにつぶやいた。昌代が彼にそっと寄り添った。いつの間にか、彼女は静かに涙を流していた。

そのほかいくつかの確認を行ってから、徳重はメモ帳を閉じた。

「西久保さん、我々に任せてください。この卑劣な犯人を必ず捕らえてみせます」

お願いします、と言って西久保夫妻は深く頭を下げた。

看護師が通りかかり、こちらをちらりと見てから回復室の中に入っていく。カーテンが開かれ、ベッドに横たわった西久保高志が一瞬だけ見えた。

痛々しい姿で、彼は眠り続けていた。


正面玄関を出て、塔子たちは駐車場に向かった。

鷹野は歩道で足を止め、振り返って病院の建物を撮影している。若手刑事はポケットに手を入れて、車のキーを捜しているようだ。

隣を歩く徳重に、塔子はそっと尋ねた。

「よかったんですか。現場の状況を話してしまって」

「如月ちゃんだったら、どうしていたかな」

「私でも同じように話していたと思います。でも、あまり喋《しゃべ》りすぎるなと鷹野主任に言われそうで……」

「難しいところだね。詳しく話しすぎると家族を動揺させてしまう。捜査上、隠しておかなければいけないこともある。ただ、こちらから情報を出せば、向こうの情報が引き出せるかもしれないと考えたんだ」

「それで、過去に似たようなことがなかったか尋ねたわけですね」

「今回の事件はあまりにも手の込んだ犯行だろう？　あの仕掛け自体に、何かメッセージ性がありそうなんだけど」

「……俺もそう思います」

鷹野が横から話しかけてきた。彼はカメラをポケットにしまいながら、こう続けた。

「あの仕掛けは異様です。よほど強い恨みがなければ、あそこまではしないでしょう。そういう意味では、トクさんが現場の状況を説明したことは理にかなっていると思います」

時と場合によるということだろう。今回は情報を出してもいいケースだった、と徳重も鷹野も考えているのだ。

「しかしあの父親、息子に対して相当期待が大きかったようですね」

塔子が言うと、徳重は思案する表情になった。

「親の欲目もあるだろうけど、とにかく息子への評価はかなり高いと思われる。高志さんのほうは、少し息苦しく感じていたかもしれないね」

親が子に期待するのは当然のことだろう。だが肝心の子供がどう思っていたかは、本人に訊かなければわからない。

「最後に連絡先を渡しておきました。警察に少し不信感はあるようですが、何か思い出したら電話をくれるでしょう」

鷹野はそう言って腕時計に目をやった。

被害者の家族の気持ちについて、塔子は思いを巡らした。西久保修や昌代が不信感を抱いているのなら、それを解消するための働きかけも必要ではないだろうか。

「私の父は在職中、被害者家族のサポートをしていました。とても大事な仕事だったと思います。でも、必ずしも成功していたわけではないんじゃないか、という気がしてきました」

「修さんを見て?」と徳重。

「ええ。仕方ないことだとは思うんですが……」

「そこは考え方を変えるべきかもしれないね。被害者のサポートは、事件の捜査とは根本的に違うから」

「どういうことです?」

「捜査をする者には結果が求められる。犯人を捕らえて事件を解決する、という結果がね。でも被害者支援では、きちんとした結果が出るとは限らない。人間の気持ちは複雑だよ。答えが出せないこともある」

たしかにそうだ、と塔子は思った。

多くの人と接する中で、厳しい言葉をぶつけられるケースもあっただろう。そんなとき、父はどうやって自分の気持ちを整理していたのか。

今となってはどうしようもないことだ。だが生前にもっといろいろ話しておけばよかった、という思いがあった。

バッグの中で携帯電話が振動した。塔子は手早く携帯を取り出し、通話ボタンを押す。

「はい、如月です」

「早瀬だ。まずいことになった。警視庁のウェブサイトに、また犯行声明のメールが届いたぞ。今そっちへ転送したんだが、見られるか？」

「ちょっとお待ちください」

鷹野が近づいてきて、携帯をこちらに見せてくれた。液晶画面にはこんな文章が表示されている。

《如月塔子へ
今度は逃げるなよ。私はおまえに挑戦する。第二の被害者を捜せ。八王子《はちおうじ》市内の古い娯楽施設にいる。急げ。
ワイズマン》

八王子市は昭島市の南に隣接している。車ならすぐに移動できる場所だ。

塔子は眉をひそめながら、早瀬に返事をした。

「ワイズマンは次の事件を起こしたんですね。昨日の今日だというのに……」

「ガセネタならいいんだが、奴のことだ、すでに第二の処刑装置を用意している可能性がある。このあと、あらためて捜査員全員にメールを送る。捜索範囲を割り振るから、被害者を捜してほしい」

「はい、すぐに八王子へ向かいます」

塔子が電話を切ろうとしたとき、慌てたように早瀬が言った。

「如月、気をつけてくれ。犯人がおまえを指名したことが気になる。何を仕掛けているかわからないから、鷹野としっかり連携して動いてほしい」

「了解です。主任にもそう伝えます」

「頼んだぞ」

電話を切って、塔子は鷹野の顔を見上げた。携帯から漏れた声が聞こえたのだろう、彼は深くうなずいた。

「よし、八王子に向かうぞ。……トクさんたちもお願いします」

「わかりました。さあ行こう」

徳重は若手刑事の背中を、ぽんと叩いた。

塔子たち四人は、病院の前庭を走りだした。調剤薬局のそばを通り、駐車場に入っていく。鷹野組と徳重組は、それぞれ自分たちの面パトに向かった。

車に乗り込みながら、塔子はふと奇妙な感覚を味わった。既視感というのだろうか、こんなことが前にもあったな、と思った。

そうだ。こうして犯人の指示で走り回るのは、二年前に起こったトレミーの事件と似ていた。あのときも、塔子たちは犯人から電話を受けて被害者を捜したのだ。トレミーは非常に計算高い犯罪者だった。

――いや、落ち着こう。目の前の事件に集中だ。

自分にそう言い聞かせて、車のエンジンをかける。

鷹野がシートベルトを締めるのを待ってから、塔子は車をスタートさせた。

2

塔子が運転している間に、早瀬から次のメールが届いたようだ。

助手席で鷹野は携帯電話をチェックし、すぐに塔子のほうを向いた。

「我々の担当は八王子市の北東部だそうだ。多摩大橋《たまおおはし》通りを進もう」

「了解しました」

塔子はアクセルを踏み込んだ。このまま直進すれば、車は多摩川を渡ることになる。そこから先はすぐに八王子市だ。

「犯人からのメールによると、第二の現場は八王子市内の古い娯楽施設だ。早瀬さんからの指示ではパチンコ店、ゲームセンター、遊園地、映画館などを捜してくれということだが……」

「ワイズマンがまた処刑装置を作ったのなら、現場はひとけのない場所ですよね」

「そうだな。廃墟や廃屋である可能性が高い」

鷹野が地図を確認してルートを決め、近いところから回っていくことにした。

ここから先、徳重たちとは別行動だ。

塔子たちが最初に訪れたのは映画館だった。廃墟ではないが、念のため車を降りて受付に向かう。警察手帳を呈示して、何か異常はないかと質問する。問題がないとわかると、塔子たちは地図を見て次の場所へ向かった。近辺にあるパチンコ店、雀荘《ジャンそう》、ゲームセンターなどを調べていく。

十ヵ所ほど娯楽施設を当たってみたが、どこにも不審な点はなかった。一ヵ所、廃業した屋内アスレチック施設があったが、そこにも被害者はいない。

何か手がかりはないだろうか、と塔子は考えた。ワイズマンからのヒントは限られている。そもそも「娯楽施設」というものの定義がはっきりしないし、「古い」というのも曖昧だった。

だが、奴はすでに一度事件を起こしている。同じ人物の犯行で、しかもそれが「ゲーム」だというのなら、傾向は似ているのではないか。そうだとすれば、第一の事件の中にヒントがあるかもしれない。

昨日の事件は廃墟となった公民館で起こった。大きな仕掛けを作るために、一定の広さの建物が必要だったのだろう。近隣住民に目撃されにくく、周囲に音が漏れないような場所を犯人は好んだはずだ。被害者を運ぶのに車を使った可能性が高いから、建物のそばに駐車スペースも必要となる。

いろいろ考え合わせると、住宅密集地は避けるのではないか、という気がした。とはいえ、住宅街の中にも空き家はある。処刑装置が作れるような広い家もあるだろう。周りが駐車場や畑になっていれば、犯人が忍び込んでも近隣には気づかれにくい。

——どうしよう。こうしている間にも、被害者に危険が迫っているのに。

病院で見た西久保高志の姿が頭に浮かんだ。もう、あのような被害者を出すわけにはいかない。次の被害者は自分たちの手で、必ず助け出さなくてはならない。

塔子の胸の中に焦りが広がっていった。

次に調べる娯楽施設はキャンプ場だった。そこへ向かって車を走らせているとき、おや、と塔子は思った。

「ここ、昭島母子誘拐事件の捜査資料に載っていましたよね」

「ん？」鷹野は携帯から視線を上げ、窓の外を見た。「……そういえば、あの派手な色のアパートには見覚えがある。たしかこの先に、トレミーの父親の取引先があったはずだ」

昭島市から八王子市にやってきたというのに、塔子はまたトレミーを思い出すことになった。彼に追われているような気がして、どうにも落ち着かない。

車を進めると、前方に目的地が見えてきた。

北八王子キャンプ場だ。キャンプサイトのほかに、温泉、レストランなどの施設を備えた管理棟があるらしい。

塔子たちは車を降りて、管理棟に近づいていった。入り口付近に貼り紙がある。このキャンプ場は半年前に閉鎖されたという。

「気になりますね。建物の中は広そうだし、周りは駐車場やキャンプサイトだから、目撃されにくい場所です」

「犯行には、うってつけの環境だな」

鷹野はカメラを取り出し、前庭やキャンプサイト、管理棟を撮影する。

玄関に近づくと、ドアが十センチほど開かれているのがわかった。塔子は小声で鷹野に話しかける。

「この状態でドアが開いているのは、不自然じゃありませんか」

「招かれているように思えるな」

塔子は素早く辺りを見回した。誰かがこちらを観察している気配はない。

手袋を嵌めてドアを大きく開けた。管理棟の中を覗き込むと、薄暗い廊下が奥へ延びている。床には空のペットボトルやレジ袋、汚れた雑誌などが落ちていた。

ひとつ空咳をしてから、鷹野は建物の中に呼びかけた。

「誰かいますか？」

しばらく耳を澄ましてみたが、返事はない。鷹野は少し声を強めて呼びかけた。

「玄関のドアが開いていました。大丈夫ですか？」

廃墟であることは間違いなさそうだが、警察官として一応声をかけたのだろう。返事がないのは予想どおり、というわけだ。

鷹野は一旦ドアから離れ、敷地の中を歩きだした。建物の壁に沿って、ぐるりと一周するつもりらしい。塔子は彼のあとに従った。

壁にはあちこちに窓が設けてある。鷹野とともに、塔子はそっと中を覗き込んだ。南に面した窓からは、レストランの食事スペースが見えた。雑草を踏みながら塔子たちは東側に回っていく。

そこにもいくつか窓があった。こちら側はどうなのだろう。塔子は鉄格子の嵌まった窓越しに、内部を観察した。

薄暗いその部屋はレストランの調理場だった。壁際の流しとガスコンロの間に、広めの調理台がある。

塔子ははっと息を呑んだ。鷹野も眉をひそめている。

調理台に誰かが横たわっていた。薄暗くてわかりにくいが、体格からして男性だと思われる。その人物はロープで手足を縛られているようだ。

詳しいことはわからない。しかし、これが危険な状態であることは一瞬で理解できた。

――第二の被害者だ！

彼は何者かに捕らえられ、この建物に連れてこられたのだろう。体の自由を奪われ、あそこに寝かされた。そしておそらく、彼は危機に瀕《ひん》している。

鷹野は窓の鉄格子に手をかけた。だが防犯のために取り付けられた鉄格子は、普通の力ではびくともしない。施錠されているらしく、窓ガラスを開けることもできなかった。

「緊急事態だ。玄関から入るぞ」

「了解！」

塔子と鷹野は正面玄関に駆け戻った。ドアは今も開かれたままだ。塔子の脳裏に、罠《わな》ではないかという考えが浮かんだ。

いや、たとえ罠であっても、あの人物を放っておくわけにはいかない。塔子たちは被害者を救出するために、ここへやってきた。彼がいつまで無事でいられるかわからないのだ。

塔子たちは建物の内部に踏み込んだ。

たしかあの部屋は、廊下の一番奥だったはずだ。廊下を十数メートル走り、突き当たりのドアに到達した。

鷹野はドアに耳を押し当て、中で音がしないか確認する。数秒後、彼は手袋を嵌めた手でドアハンドルを回そうとした。だがここも施錠されていて、ハンドルは動かない。

乱暴に力を加えても駄目だった。体当たりをしても効果はなかった。

何かないか、と塔子は辺りに目を走らせる。床に視線を落としたとき、はっとした。ドアから二メートルほど離れた場所、板張りの床にノートパソコンが置いてあったのだ。

「鷹野さん、パソコンが！」

塔子はしゃがんで画面を覗き込んだ。鷹野もそばにやってきた。

画面の右半分に、やや暗い映像が見えた。流しの横の調理台と、その上に横たわる人物が確認できる。室内にカメラが設置されていて、中の光景が映し出されているのだろう。

少し日が翳《かげ》って、塔子たちのいる廊下が暗くなった。それと同時に、パソコンに表示された映像も暗くなった。窓からの光が弱まったせいだ。

「リアルタイムの映像だ。俺たちに被害者の様子を見せているわけだ」鷹野はドアを叩いた。「警察です！　聞こえますか？　聞こえたら返事をしてください！」

塔子はパソコンの映像をじっと見つめる。調理台で仰向けになっている男性が、わずかに右手を動かすのが見えた。

「鷹野さん、手を動かしています。でも呼びかけに答えている、という感じではないようです」

「意識がはっきりしないのかもしれない」

「あの、ちょっと気になることが……」塔子は画面を指差した。「この人、調理台に寝かされているんですが、上半身がガスコンロに載っているんです」

「火が点《つ》いたら燃えてしまう、ということか？」

「はい。それに、ガスコンロの上に大きな換気扇——レンジフードがありますよね。この人の、頭や胸の真上です」

「それがどうかしたのか？」

焦った様子で鷹野が訊いてきた。塔子も早口になりながら答える。

「わかりません。わからないんですが、何か嫌な予感がします」

公民館の事件で、被害者は墜落して重傷を負った。今回の被害者は調理台に寝かされていて落下の心配はない。だが頭の上にある、あのレンジフードが気になるのだ。

そのとき、ノートパソコンから奇妙な声が聞こえてきた。文章の読み上げソフトが発するような、機械的なものだ。

「如月塔子だな？」

ぎくりとして塔子は顔を強《こわ》ばらせた。ついに来た、と思った。

パソコンに搭載されたカメラで、何者かが自分たちを観察しているのだ。塔子は鷹野の顔をちらりと見た。戸惑う様子だったが、彼は塔子に向かってうなずいた。そのまま応答しろということだろう。

「そうです」パソコンに向かって塔子は言った。

いよいよ塔子たちは事件の犯人——ワイズマンと対峙《たいじ》することになった。

心臓の鼓動が高まってくる。塔子は緊張を押し隠しながら尋ねた。

「私は如月塔子です。あなたは誰ですか？」

「ワイズマンといえばわかるだろう」機械の声が答えた。

「昨日、昭島第一公民館で事件を起こしたのはあなたですね？」

「そのとおり」

現在、画面の右側には、調理台の上の被害者が映っている。そのリアル映像は、ワイズマンの手元のパソコンにも届いているのだろう。

「何をしようというんですか。あの人はどんな状態なんです？」

「薬で眠らせてある。奴の真上にレンジフードがあるだろう。そこに仕掛けをした」

塔子は眉をひそめた。やはりそうだ。犯人はあの公民館と同じように、被害者を傷つける処刑装置を用意しているのだ。

「何を仕掛けたんです？」

「レンジフードにタンクを設置してある。仕掛けが発動すれば、そのタンクから硫酸が流れ出す」

塔子は大きく目を見開いた。隣にいる鷹野も身じろぎをした。

あのレンジフードの下には被害者の上半身がある。硫酸が流れ落ちたら、顔や胸、腕などにひどい薬傷《やくしょう》を負うだろう。

「馬鹿《ばか》なことはやめて！」

思わず強い口調で言ってしまった。

すぐに塔子は後悔した。相手を刺激してはいけない。今この状況で主導権を握っているのはワイズマンなのだ。奴を怒らせたら、とんでもないことになる。

呼吸を整えてから、塔子はできるだけ穏やかな調子で話しかけた。

「早まらないでください。少し落ち着いて話しましょう」

「おまえこそ、落ち着いたらどうだ」

「そうですね、ごめんなさい」塔子は気を取り直して言った。「あなたの望みは何？　私たちにできることなら、叶《かな》えられるよう努力します」

「望みはひとつだ。奴が苦しみながら死ぬのを見ることだよ」

圧倒的にこちらが不利だった。だがそれでも諦めるわけにはいかない。

ふと見ると、鷹野がパソコンから離れて壁際に移動していた。パソコンのウェブカメラから見えない位置に行って、ポケットから携帯電話を取り出す。応援を呼ぼうというのだろう。

「おい、おまえの相棒を呼び戻せ」ワイズマンの声が聞こえた。「小細工をするな。カメラから見える位置にいろ」

壁際で鷹野は舌打ちをした。仕方ないといった表情で、こちらに戻ってくる。

「おまえたち警察はいつもそうだ」ワイズマンは言った。「我々市民を見下し、恫喝《どうかつ》し、不当な逮捕をする。おまえたちは薄汚い犬だ。自分自身で何ひとつ判断できないくせに、権力を振りかざして威張り散らす能なしだ」

機械で作られた音声だが、その向こうにいる人物は激しく憤っている。塔子にはそれがよくわかる。

「たしかに私たちは力を与えられています。でも力を行使するときには、いつも細心の注意を払っています」

「さて、どうだろうな」

「自分自身で何も判断できない、というのも違います。私たち捜査員は状況に合わせて、最適な方法を選んでいます」

「だったら見せてもらおうか。……如月塔子、おまえには四つの選択肢がある。正解はひとつだ。外れたら、あの男は硫酸を浴びて死ぬ」

画面の左側に、新しい画像が表示された。菱形《ひしがた》の頂点となる位置に、四つのボタンがある。1から4までの数字が振ってあり、1のボタンは黒、2は青、3は赤、4は白に彩色されていた。それが数秒おきに時計回りで回転している。

再びワイズマンの声が聞こえてきた。

「如月塔子、私のゲームに挑戦しろ。四つのボタンは、あるルールに従って配置されている。その中から正解をひとつ選べ」

やはりそうか、と塔子は思った。昨日の事件の話を聞いて、今回も犯人がゲームを挑んでくるだろうと考えていたのだ。だが予想していたからといって、すぐに問題が解けるわけではない。

「制限時間は三分だ」

画面上にタイマーが現れた。三分間のカウントダウンが始まった。

あまりにも情報が少なすぎる。これで正解を選べというのは無理だ。

「待ってください。問題を解くための情報が足りません。このままでは、私たちは勘で答えるしかない。だとすると、外れだと言われても検証する方法がありません。せめてゴールがどこなのか、はっきりさせてください」

塔子は耳を澄まして反応を待った。ややあって、ワイズマンから応答があった。

「おまえが選ぶべきなのは『何かの場所を表す色』だ。さあ、始めろ」

「正解したとき、あの人が助かるという保証はあるんですか？」

「私は約束を守る。おまえたち警察のように嘘《うそ》をついたり、ごまかしたりはしない」

問答無用だ。塔子たちは犯人のゲームに参加せざるを得なかった。

鷹野のほうを向き、塔子は早口になって言った。

「昨日の正解は青でした。ここにも青がありますが、どう思います？」

「同じ答えだという可能性もある。しかし今日のヒントは、昨日とは違うからな」

「どれかひとつが、何かの場所を表しているわけですよね」

「四つのボタン、四つの色、菱形の配置。何を意味するんだろう」

「ボタンはあるルールに従って配置されている、ということでしたが……」

塔子は画面を注視した。胸の中で焦燥感が大きく膨《ふく》らんでくる。この問題に正解できなければ、被害者は硫酸を浴びてしまうのだ。

「もしかしたら……」鷹野が言った。「ルールがあるというのなら、四つのボタンそれぞれに意味があるのかもしれない。選択肢のボタンは黒、青、赤、白。いったい何の色だ？」

ボタン表示を見つめるうち、塔子はふと違和感を抱いた。

「この3のボタンですが、赤じゃなくて朱色じゃありませんか？」

「……そうだな。朱色とか緋色《ひいろ》といった感じだ」

「そうすると黒、青、朱色、白ですよね。どうして普通の赤じゃないんでしょう」

「鮮やかな色だ。血のようにも見えるな。いや、考えすぎか」

それです、と塔子は声を上げた。

「昨日の仕掛けもそうでしたが、犯人は今回も残酷な処刑装置を用意しています。被害者が流す血を見たい、と思っているのでは？」

「いや、それは変だ。硫酸で薬傷を負った場合、派手に血が流れることはない。皮膚がただれるんじゃないだろうか」

塔子は低い声で唸った。朱色であることには、あまり意味がないのだろうか。

考え続けるうち、犯人への怒りが湧いてきた。

――どうして私たちがこんなことを……。

誰かを助けるというのなら、それにふさわしい方法があるはずだ。だが塔子たちは今、犯罪者の仕掛けた「遊び」に巻き込まれてしまっている。

「重要なのは場所なんだ」鷹野は眉をひそめて言った。「場所、場所……。解き方がわからないな。四つの色が、何かの場所を示しているとでもいうのか？」

その言葉がきっかけになった。塔子はあることに思い当たったのだ。

「この菱形！　方位を表しているんじゃないでしょうか」

「しかし四つのボタンは回転しているぞ」

「自分がどこを向いているかで、方位は変わります。地図をひっくり返して見る人もいます。ボタンの回転は、それに似せているのかも」

「方位が色で表されるというと……」

数秒考えてから、鷹野は「あ！」と声を上げた。彼も気づいたようだ。

塔子は画面を指差す。

「これは四神《しじん》のことだと思います。黒は玄武《げんぶ》で、北を表しているんでしょう。朱色は朱雀《しゆじやく》で南、青龍《せいりよう》は東、白虎《びやつこ》は西です」

もともと塔子は占いが好きで、雑誌をよくチェックしていた。その関係で中国の四神についても、読んだことがあったのだ。

「犯人の考え次第ですが、今パソコンのある位置から見て、『正解』がどの方位にあるか、ということかもしれません」

「だとすると、『正解』は何なのかということだが」

「この状況から考えれば、おそらく被害者のことではないかと……」

鷹野は辺りを見回した。パソコンから見て被害者のいる厨房《ちゆうぼう》は北に当たる。

「北は玄武、つまり黒か」

「そう思うんですが、どうでしょうか」

鷹野の顔には厳しい表情があった。推測で判断してしまっていいのかどうか、悩んでいるのだろう。その選択によって、被害者の運命が決まってしまうのだ。

「残り十秒」パソコンから容赦のない声が流れ出た。「選択を放棄するなら、あいつは無条件で硫酸を浴びることになる」

「いえ、選択します。……鷹野さん、いいですね？」

「わかった。如月の意見に乗ろう」

「答えは黒です！」

塔子は黒く塗られた1のボタンにタッチした。

固唾《かたず》をのんで塔子たちは画面を見つめる。そのまま十秒ほど待ったが何も起こらなかった。

「正解……したのか？」

鷹野が小声で言う。塔子はパソコンのマイクに向かって問いかけた。

「どうなんです？　正解は黒ですか」

「……そうだ」ようやくワイズマンは返事をした。「おまえは正解した」

塔子は鷹野のほうを向いた。緊張が解けて口元が緩んでしまった。鷹野もほっとしたという顔をしている。

「約束だ。あいつは解放してやる」

パソコン画面の右側に注目すると、調理台にいた男性が腕を動かしていた。この状況から逃れようともがいているうち、ロープが緩んだのだろう。

「如月塔子、これで終わりではない」感情のない機械的な声で、ワイズマンは言った。「おまえという存在は害悪だ。私は恨みを忘れない。絶対に……」

「あなたは誰なの？　どうしてこんなことをするんですか」

そう呼びかけたが、ワイズマンはもう答えなかった。

塔子はひとつ息をついてから、あらためて室内の映像に注目した。被害者の男性は上半身を起こしている。薬の影響があるのだろう、頭をふらふらと動かしていた。彼は顔を上に向けた。レンジフードの内側に取り付けられた装置を凝視している。

突然、彼は怯《おび》えた声を出した。まだ意識がはっきりしないようだが、本能的に危険を感じ取ったらしい。逃げようとして、彼は両手を振り回した。頭上にあるタンクに右手がぶつかった。

次の瞬間、予想外のことが起こった。衝撃を受けたせいで、タンクから液体が流れ出したのだ。それは男性の右腕や顔、胸に降りかかった。

「あああああっ！」

大きな悲鳴が上がった。パソコンから聞こえる声と、ドアの向こうから直接聞こえる声。ふたつが重なって、管理棟の中に響き渡る。

「まずい。硫酸を浴びた！」

鷹野はドアに向かい、ハンドルを回そうとした。だが今も施錠されたままで開かない。

「ちくしょう、どうすれば……」

無理だと知りながらも、彼はドアに体当たりを始める。

塔子は廊下を走り、建物の部屋を見て回った。何か使えるものはないだろうか。備品室を覗くと、スチールラックに工具箱が置いてあった。中から釘抜き付きのハンマーが出てきた。塔子はハンマーと工具箱を持って、鷹野のもとへ駆け戻った。

「鷹野さん、これを」

「よく見つけてくれた」

ハンマーを受け取ると、鷹野はドアハンドルを強く叩き始めた。しばらくするとハンドルが吹き飛んだ。釘抜き部分を使って、鷹野は力任せにドアをこじ開ける。

塔子と鷹野は調理場に踏み込んだ。正面奥に流しと調理台、ガスコンロがある。被害者の男性は、調理台から落ちて床に倒れていた。両手で顔を押さえている。

「しっかりしてください」鷹野は彼に駆け寄った。「わかりますか？」

「ああ……あああああ……」

弱々しい声で男性は呻《うめ》いている。まだ、この状況をはっきり認識できていないようだ。

塔子は近くにあったバケツを手に取り、流しに近づいた。幸い、水道は止められていない。バケツに水を溜《た》めた。

「鷹野さん、水をかけます」

「急いでくれ」

容器の中の濃硫酸に水を入れるのは危険だが、体についたときは水洗いがベストだと聞いたことがある。塔子はバケツを運んで、男性の頭部や胸、腕などに水をかけた。バケツが空になると、また流しに向かった。

何度か水をかけるうち、男性も少し落ち着いたようだった。

鷹野は腰を屈《かが》めて男性を介抱している。塔子も男性のそばにしゃがみ込んだ。あらためて被害者を観察して、塔子は眉をひそめた。頰や右腕が赤く腫《は》れている。それは予想していたのだが、驚いたのは彼が高齢者だということだった。白髪頭の男性で、六十代から七十代ぐらいに見える。

塔子は携帯を取り出し、救急車を呼んだ。傷病者の身元はわからないが、とにかく来てほしいと依頼した。

電話を切って、鷹野に話しかける。

「こんな高齢の人が、どうして狙われたんでしょう」

「わからない。犯人と何か関係があったことは間違いないだろうが……」

高齢者であれば体力も衰えているはずだし、持病がある可能性も高い。弱者と言える老人を、ワイズマンはあのような仕掛けで殺害しようとしたのだ。

許せない、という思いが膨らんだ。だがそのあとすぐ、塔子の中に悔しさと自責の念が広がった。

――ゲームに勝って、油断してしまった……。

ワイズマンにカメラで監視されていたから、自由に動けなかったのは事実だ。しかし何か方法はなかったのだろうか。たとえば、先に工具箱を見つけていれば、犯人とのゲームの前に被害者を助け出せたのではないか。

濡れたタオルで男性の患部を冷やしながら、塔子は救急車の到着を待った。

3

昭島署で臨時の捜査会議が開かれることになった。

捜査で遠方へ出かけている者を除いて、全捜査員のうち八割ほどが特捜本部に集まった。

塔子は自分の席に座り、メモ帳を開いて捜査状況をまとめた。キャンプ場で第二の事件を間近に見たのは、塔子と鷹野だけだ。今もまだ、被害者の苦しむ様子が頭から離れない。

早瀬係長がホワイトボードの前に立った。

「臨時の捜査会議を始めます。……すでに聞いていると思いますが、本日、犯行予告メールをもとに八王子市内を捜索したところ、北八王子キャンプ場、管理棟の調理場に拉致《らち》されている男性が見つかりました。メールの内容から、昨日と同じくワイズマンの犯行だと思われます。所持品などから、被害者は高杉一朗《たかすぎいちろう》、七十七歳、無職と判明。彼に前歴はありません。現場で硫酸を浴びてしまったため、現在病院で治療を受けています。薬を打たれていたことと、精神的なショックから、記憶の混乱が生じているようです。処置が早かったのは幸いでしたが、医師によれば、傷が残るかもしれないとのことでした」

あらためてその情報を聞き、塔子は唇を噛んだ。

隣にいる鷹野を見ると、彼もまた渋い表情を浮かべている。

「被害者の経歴ですが……」早瀬は手元の資料に目を落とした。「高杉一朗は会社を退職したあと飲食店でアルバイトをしていましたが、七十歳を過ぎて無職となり、年金生活をしていました。次に家族構成。四年前に妻を亡くしてからはひとり暮らしです。長男の高杉信吾《しんご》は五十四歳、建設機械メーカーの社員で、父親が恨みを買っていたような話は聞いていないそうです」

「高杉一朗の住所は東大和《ひがしやまと》市か」

幹部席から太い声が聞こえた。神谷課長だ。彼は資料から顔を上げ、早瀬に尋ねた。

「高杉は八王子市の事件現場と関係ありそうか？」

「いえ、今のところは何も……」

「被害者の足取りは？」

「昨日の午後三時ごろ、町内会の会長と立ち話をしています。その後、外出したという情報はありませんので、自宅で犯人に襲われた可能性が高いかと」

「近隣住民は車の音を聞いていないのか」

「隣は空き家で、住人がいなかったものですから」

「そうか。……とにかく、拉致のやり方が大胆だというのは間違いない」

神谷は腕組みをして黙り込んだ。それを確認してから、早瀬は説明を続けた。

「ところで近所の住人によると、高杉一朗の家には、たまに誰かが訪ねてきていたそうです。そういう気配がしたというだけで、詳しくはわからないとのこと。訪問者を実際に見た者はいません」

いったい誰なのだろう、と塔子は考えた。普段から出入りしていたその人物が、犯人だということはないだろうか。

「今回キャンプ場に設置されていた装置の件ですが……。如月、説明できるか？」

はい、と答えて塔子は椅子から立った。みなの視線が自分に集まるのがわかった。

咳払いをしてから、塔子は説明を始めた。

「現場は管理棟の調理場でした。レンジフードの真下に頭部と上半身が来るような形で、被害者は横たえられていて……」

塔子はできるだけ感情を交えないよう、淡々とした口調で話していった。だが終盤、被害者が負傷する部分に差し掛かると、さすがに気持ちが乱れた。

「鷹野主任と私は、今回の四択に正解することができました。ですが、意識朦朧《もうろう》とする中で被害者が起き上がり、硫酸を浴びてしまいました。……非常に悔しく思っています。もっと早く被害者を救出できていれば、という気持ちがあります。本当に申し訳ありません」

塔子は幹部席に向かって深く頭を下げた。早瀬は眼鏡のフレームをいじっている。手代木管理官は蛍光ペンで資料に色を付けている。

神谷課長が口を開いた。

「仕方のないことだ。誰も如月のせいだとは思っていない」

「しかし公民館の事件では重傷者が出ました。犯人のやり口はわかっていたのに……」

「おまえが責任を感じるというのなら、相棒の鷹野もそうだ。一緒に責任を問われることになるぞ」

「え……」

戸惑いながら、塔子は隣の席に目をやった。気づいているのかどうなのか、鷹野は自分の資料をじっと見つめたままだ。

「課長……」塔子は戸惑いながら神谷に言った。「それは違います。鷹野主任に責任はありません」

「そうだろう。今回おまえたちは、犯人の出した問題に正解しているんだ。被害者が硫酸を浴びてしまったのは遺憾だが、あれはどうすることもできなかった」

塔子は遺憾という言葉があまり好きではない。どこか、他人事だという響きがあるような気がするからだ。しかしその言葉を使った神谷は、塔子や鷹野を擁護《ようご》してくれている。上司の気持ちはありがたく受け取っておくべきだろう。

ただ、それでも塔子の中には割り切れない思いが残っていた。もやもやしたその思いを払拭《ふっしょく》するには、少し時間がかかりそうだ。

「ここで、ふたつの事件の関連性ですが」早瀬が話題を変えた。「気になるのは被害者の年齢差です。西久保高志は二十八歳、高杉一朗は七十七歳です。孫と祖父ほども歳が違うふたりの間に、どんな関係があったのか……。住まいは国分寺市と東大和市です。近いといえば近いですが、利用する駅などは明らかに異なります。高杉一朗は年金暮らしでしたから、仕事で繋がるという線も薄そうです。今までの調べでは、ふたりが知り合いだったという情報は出ていません」

塔子も疑問に思っていた。これだけ年齢が離れていると、接点があるほうが不思議だという気さえする。しかし、そのふたりは同じ人物に襲われたと考えられるのだ。西久保と高杉を同時に、しかもあれほど深く恨む理由とは何なのか。

「ちょっとよろしいですか」

急に鷹野が右手を挙げたので、塔子は驚いた。早瀬から指名を受け、鷹野は立ち上がった。

「少し気になることがあります。ふたつの事件現場は、十九年前の昭島母子誘拐事件に関わる場所でした。第一の現場は八木沼雅人《やぎぬままさと》の父親が墜落死した場所の近く。第二の現場は雅人の父親の取引先から近い場所だったんです」

「妙なことを言い出したな」早瀬は怪訝そうな顔をした。「偶然ということはないのか？」

「どうでしょうね。ただ、引っかかりましたので一応、報告を」

「今回は昭島市、八王子市で事件が起こっている。一方、昭島母子誘拐事件もおおむねその地域で起こっているから、現場が近いというのはあり得ることだろう」

わかりました、と言って鷹野は椅子に腰掛けた。それを機に、塔子も早瀬に会釈をして着席した。

塔子はじっと考え込む。早瀬はあんなふうに言っていたが、鷹野と同じく塔子も気になっていた。

今回の事件が昭島母子誘拐事件と関係あるなど、普通なら考えられないことだ。だが、偶然では片づけられない何かが隠されているのではないか。そんな気がしてならない。

――まさか、あの事件が片づいていなかったとでも？

しかしトレミーは死刑判決が確定して、現在、東京拘置所に収監されているのだ。彼が犯人だということはあり得ない。

過去の出来事を思い出しながら、塔子はひとり首をかしげた。


今後の活動方針を決定して、捜査会議は終了となった。

すっきりしない気分だったが、いつまでもこだわってはいられない。塔子は捜査資料をバッグにしまい込んだ。

鷹野は早瀬係長のそばで何か話している。そのうち、塔子は彼と目が合った。鷹野は「先に下に行ってくれ」と手振りで伝えてきた。はい、と塔子はうなずいた。

バッグを肩に掛け、一階へ下りていく。

署の建物を出て、玄関の脇にある駐車場に向かった。昨日から乗っている覆面パトカーを見ると、フロントガラスが少し汚れていた。車内から雑巾《ぞうきん》を取り出して、塔子は軽く掃除を始めた。

玄関のほうで人の気配がした。顔を上げると、ちょうど神谷課長が出てきたところだ。一緒にいるのは運転手の若手刑事だった。

「如月か、熱心だな」

「お疲れさまです。どちらへ？」

「調布《ちょうふ》署の特捜本部に行く」

「大変ですよね。いろいろな場所の捜査指揮で……」

都内にはいくつもの特捜本部が設置されている。捜査一課長はすべての捜査に責任を持つ立場だから、一日に複数の警察署を回る必要があるのだろう。

運転手の刑事が車を用意している間、少し時間が空いたようだ。神谷は塔子に近づいてきた。

「今回の事件、複雑な背景がありそうな気がする」神谷は言った。「犯人を逮捕できるのは、捜査を続けているおまえたちだけだ。焦らず、しっかり取り組んでくれ」

「全力を尽くします」

「いろいろと気になる点が多い事件だ。とにかく犯行が残忍だからな。あんな仕掛けは見たことがない」

「私もそう思います」

「だから俺はこうして毎日、昭島署に来ているわけだ。……まあ、自宅が近いせいもあるんだがな」

おや、と塔子は思った。神谷の自宅がこの近くだというのも意外だが、それを塔子に話してくれたことが、また意外だった。

塔子が不思議そうな顔をしているのに気づいたのか、神谷は口元に笑みを浮かべた。

「なんでそんなことを言うんだろう、という顔をしているな」

「あ、いえ……」

「ばれる前に自分で言おうと思ったんだよ」

神谷は塔子から視線を外して、歩道のほうを向いた。

二十歳ぐらいに見える女性が、バス通りからこちらにやってくる。髪はロングのストレート。淡い緑色のセーターの上にコートを着た、おとなしそうな子だ。左手に布製のバッグを持っている。

彼女は神谷に微笑《ほほえ》みかけたあと、塔子のほうに頭を下げた。とてもきれいなお辞儀だったので、塔子は慌てて礼を返した。

「娘の英里子《えりこ》だ」

「えっ、課長のお嬢さんですか？」

「なんだその反応は。大学生の子供がいることは話しただろう」

「ええ、そうでしたね」

たしかに、子供がいることは聞いていた。だが、いかつい顔をした神谷と、このさらさらした長い髪の女の子が、親子だったとは驚きだ。

姿勢を正して、塔子は英里子に話しかけた。

「如月塔子といいます。お父さんには本当にお世話になっています」

「神谷英里子です。如月さんのことは、いつも父から聞いているんですよ」

「……あの、どのようなことを」

塔子が戸惑う様子を見せると、英里子はくすりと笑った。

「女性の刑事さんは少ないけれど、如月さんはすごく熱心に捜査をしているって」

「あ、いや、それはですね、神谷課長のご指導あればこそでして」

「なんだ如月、女子大生に敬語なんか使わなくていいぞ」

神谷がふたりのやりとりを見て笑っている。ばつが悪くなって、塔子は首をすくめた。

「如月のことを話したら、すごく興味を持ったみたいでな。英里子、実際に如月と会ってみてどうだ？」

「なんていうか、想像していた方と全然違うから驚いちゃって……」

いったいどんな女性刑事を想像していたのだろう、と塔子は首をかしげた。もっとすらりとした、クールな印象の刑事だろうか。

「お父さん、これ、着替え」英里子は布バッグを差し出した。

「悪いな。助かった」

大学の授業にはかなり余裕があるので、彼女はアルバイトに精を出しているという。昭島市やその周辺に特捜本部が設置されたときは、こうして父親に着替えや食べ物を持ってくるのだそうだ。

「ありがとな。母さんにもよろしく伝えてくれ」

「えー。自分で電話すればいいのに」

娘にそんなことを言われて、神谷は顔をしかめる。咳払いをしてから、彼は塔子に話しかけた。

「英里子は今十九だが、もしかしたら将来警察官になるかもしれない」

「まだ決めてはいないんですけどね」と英里子。

「そうだったんですか」

実現すれば塔子の家と同じように、父と娘、親子二代の警察官が誕生することになる。英里子も今までずっと、父親の背中を見て育ってきたのだろう。

「では如月さん、失礼します。父のこと、よろしくお願いします」

もう一度きれいなお辞儀をして、英里子はバス通りのほうへ戻っていった。

塔子と神谷は、揃ってそのうしろ姿を見送った。

4

じきに鷹野がやってきたので、塔子たちは面パトに乗り込んだ。

助手席に座った鷹野は、携帯電話をポケットにしまいながら言う。

「息子さん夫婦は病院で高杉さんに付き添っているそうだ。でも仕事の関係で、息子さんだけ一度家に戻るらしい。時間を合わせて訪ねることにした」

高杉一朗の長男・信吾は小金井市に住んでいるという。

塔子と鷹野は信吾の家に向かった。昭島警察署から現地まで、車で三、四十分というところだ。

バス通りから住宅街へ入っていく。クリーニング店の先を右折し、五十メートルほど進んだところが目的地だった。塔子たちは車を降りて、一軒の民家を見上げた。

目の前にあるのは、茶色い壁の二階家だ。出来てからかなり年月がたっていると思うが、窓も庭もよく手入れされている。おそらくこの家の住人は、細かいところまで気を配るタイプなのだろう。

チャイムを鳴らすと、じきに応答があった。塔子はインターホンに顔を近づけ、表情を引き締めて話しかけた。

「警視庁の者ですが、ちょっとお話を聞かせていただけますか」

「あ、はい、電話をもらいました」

十秒ほどで玄関のドアが開いた。サンダルを履いて出てきたのは、髪に緩いパーマをかけた男性だ。目が細く、神経質そうな雰囲気がある。仕事中に父親の事件を聞いたらしく、ワイシャツにネクタイという恰好だった。今、彼の表情は硬い。突然起こった事件を前に、動揺しているのがよくわかる。

「お待たせしました。高杉信吾です」

「捜査一課の如月と申します」塔子は警察手帳を相手に見せた。「お忙しいところ、すみません。お父さん――一朗さんの件について、うかがいたいことがありまして」

「どうぞ、お上がりください」

気が急いているのか、それともせっかちな性格なのか、信吾はどうぞどうぞと繰り返して、塔子たちを家の中に案内した。

応接間のソファに腰掛け、塔子たちは信吾と向かい合った。お茶を淹《い》れるというのを断って、早速質問を始める。

「病院で一朗さんとはお会いになったんですよね？」

「はい。会社で電話をもらいまして。最初は状況がよくわからなかったんですが、とにかく病院に来てくれというので、すぐに向かいました。途中で家内にも電話をかけまして、それで病院で落ち合ったんです」

「意識のほうは？」

「混乱しているようで、まったく話はできませんでした。硫酸のことが心配です。体のあちこちに浴びて、本当に痛々しい有様《ありさま》で……」

気持ちが落ち着かないのだろう、信吾は早口になっている。右足で貧乏ゆすりをしていた。

塔子も、あの調理場で見た被害者の姿を思い出した。朦朧としながらも、高杉一朗はレンジフードの下から抜け出そうとした。だが彼は硫酸を浴びてしまった。それがどのような後遺症を残すのか、塔子も気になって仕方がない。

「治療について何か聞いていますか？」

「それが……先生も、まだなんとも言えないようです。命に別状はないらしいんですが、どれぐらい痕が残るのか。特に心配なのは顔です。ネットでいろいろ調べてみたんですけど、画像を見ると怖くなってしまって」

顔に痕が残った患者の画像などを、信吾は検索したのだろう。

気を取り直して、塔子は話題を変えた。

「大変なときに申し訳ありませんが、一朗さんのことを聞かせてください。一朗さんは東大和市でひとり暮らしをなさっていましたよね。よくお会いになっていましたか？」

「いえ、家内を連れて年始の挨拶に行くぐらいでした」

「近所の人の話では、一朗さんのところに誰かが訪ねてきていたようなんですが」

信吾は腕組みをして考え込む。

「知り合いはけっこういましたが、家に訪ねてくる人がいたとは思えません。……何かの業者ですかね。セールスマンとか？」

それを聞いて、今まで黙っていた鷹野が口を開いた。

「最近、悪質な業者がいますよね。特に、一戸建てに住んでいる高齢者を狙うケースが多いようです。シロアリがいると偽って床下の工事をしたり、不要なリフォームをさせたり、いらない健康食品を大量に買わせたり……」

「ああ、そういう話があるらしいですね」と信吾。

「ほかにもあります。この株が上がるから取引しろとか、どこそこの会員権を買うと大変な利益が出るとか……」

たしかに、と塔子は思った。塔子の母はまだ五十六歳だが、知らない業者には気をつけるよう、いつも話している。

「もしかして、もっとひどいケースもあるでしょうか」信吾は眉をひそめた。「振り込め詐欺《さぎ》とか、すごく多いじゃないですか。そういう詐欺グループみたいな連中が、父のところに来ていたのかも」

「ええ、可能性はありますね」塔子はうなずく。

「心配になってきました。あとで父の通帳を確認してみます」

「何かわかったら、連絡をいただけますか」

特捜本部の電話番号を紙にメモして、塔子は差し出した。神妙な顔で、信吾はそれを受け取る。

「まったく、なぜこんな事件が起こったんですかね」信吾は肩を落として言った。「父は頑固な人間ですが、今まで人様に迷惑をかけたことはありませんでした。本当に、大きなトラブルはなかったんです。これから、ゆっくり老後を楽しんでもらおうと思っていたのに」

「本当に、何と申し上げたらいいか……」

塔子は目を伏せ、頭を下げた。信吾は何か思案する様子だったが、やがてこう尋ねてきた。

「如月さん、ちょっと訊いてもいいでしょうか。八王子のキャンプ場で、父はどんなふうに硫酸を浴びたんですか？」

塔子は黙り込んだ。何も知らないのなら正直にそう答えればいい。だが自分は現場の状況を知っている。実際にあの現場で被害者が負傷するさまを目撃したのだ。先輩たちは気にするなと言ってくれたが、黙っているのは不誠実だという気がした。

「犯人の仕掛けによって、一朗さんは硫酸を浴びました」ゆっくりと、だがはっきりした口調で塔子は言った。「犯人はいくつかの選択肢を用意していたんです。その中からひとつを選んで、正解なら一朗さんは無事に解放される、ということでした」

鷹野が身じろぎしたのがわかった。あまり詳しく話さないほうがいい、と言いたいのだろうか。それとも犯人とのゲームのこと自体、口にしないほうがいいということか。

「もしかして警察の人が選んだんですか？」

信吾は険しい顔で塔子を見つめている。彼の貧乏ゆすりが止まっていた。

ソファの上で背筋を伸ばし、塔子は答えた。

「はい、捜査員がひとつを選びました」

「だから、父はあんな目に遭ったんですか」

「それは違います。捜査員が選んだものは正解でした」

「おかしいじゃないですか。だったら、どうしてあんな怪我を……」

「起き上がった一朗さんが、頭上の容器に触れてしまったんです。そのせいで硫酸が流れ出しました」

話しながら、まずいな、と塔子は思った。やはりあの仕掛けについては黙っていたほうがよかったのか。しかし、それでは被害者の家族に対して誠意がないし、何より自分自身をごまかすことになる。刑事として、ひとりの人間として、都合の悪い事実を隠すようなことはしたくなかった。

塔子は怒鳴《どな》られることを覚悟した。信吾にしてみれば、警察への信頼が揺らぐような情報だったに違いない。捜査員がそばにいながら、なぜ父は怪我をしたのか。そう叱責《しっせき》したい気持ちはよくわかる。

だが、いつになっても怒声は聞こえてこなかった。塔子はそっと相手の様子をうかがった。テーブルの向こうで、信吾は硬い表情を浮かべている。

「すみません、どう言ったらいいのか……」パーマのかかった髪をいじりながら、信吾は続けた。「正直なところ、なぜ早く助けてくれなかったんだ、という気持ちはあります。でもその刑事さんはすぐ、父に水をかけてくれたんですよね？」

「……そうです」

「病院の先生から聞きました。もしそのまま放っておかれたら、もっとひどい症状になっていただろうって。……如月さん、その刑事さんに伝えてください。早く対応してもらえたおかげで、父はあれ以上ひどくならずに済みました、と」

信吾は真剣な目でこちらを見ている。隣に座った鷹野は、指先でこめかみを掻いている。

「わかりました。あとで伝えます」

塔子は信吾に向かって、深くうなずいてみせた。

捜査協力への礼を述べて、塔子と鷹野は高杉信吾の家を出た。

何か言われるだろうと思っていたが、鷹野はずっと黙っている。気になって、塔子は話しかけた。

「あの……さっきのことなんですが」

鷹野は足を止めて塔子を見下ろした。そのまま彼は、次の言葉を待っているようだ。

「少し喋りすぎたでしょうか」塔子は言った。「でも、話したことを後悔してはいません。あれでよかったんじゃないかと思っています」

「それは警察官としてか？　それとも如月個人として？」

「両方です。まずは個人として接した上で、警察官としても信用してもらいたいので……」

腕組みをしたあと、「なるほど」と鷹野は言った。

「信吾さんは、現場にいた捜査員が如月だと気づいたのかもしれないな。だからあれ以上、責めるようなことを言わなかったんじゃないだろうか」

塔子は信吾の顔を思い出す。たしかに、彼は途中で態度を変えた。塔子を見て気の毒だと思ったのか、それとも、言っても仕方ないと諦めたのか。

「相手に気をつかわせるようじゃ、まだまだだな。だが、それが如月に合ったやり方なのかもしれない」

「はい……」

被害者の家族に対して、刑事はどう接するべきなのか。事実はどこまで説明すべきなのか。あらためて塔子は、この仕事の難しさを感じていた。

塔子と鷹野は、面パトで東大和市に移動した。

高杉一朗の自宅は、鑑取り班の徳重たちが調べてくれているそうだ。そちらは任せて、一朗が出入りしていたと思われる場所を訪ねていった。

「無職の高齢男性が出かける場所といったら、どこでしょうね」塔子は歩道を進みながら、首をかしげる。「買い物には必ず行きますよね。コンビニ、スーパー、ドラッグストアというところでしょうか」

「一朗さんの家から徒歩五分圏内にあるのはコンビニとドラッグストアだ。スーパーは歩いて二十分ぐらいかかるから、あまり行かなかったかもしれない」

「もし外食する習慣があったのなら、喫茶店とかファミレスとか……」

「近くに蕎麦《そば》屋があるようだ。そこは可能性があるな」

「ほかには……。あ、かかりつけの病院はきっとありますよね」

「そうだな。あとは理髪店かな」

塔子たちは順番にそれらの施設を訪ね、聞き込みを行った。

思ったとおり、高杉一朗は近くのコンビニとドラッグストア、それに理髪店を利用していた。特に情報源として役立ったのは徒歩二分ほどの場所にある理髪店だ。同じ町内会に所属しているので、顔も名前も知っていたという。

「高杉さんなら、ひと月半に一度ぐらい来てくれていましたよ」

人のよさそうな顔をした店主が、塔子たちの質問に答えてくれた。

「物静かな人ですけど、ここではいろいろ話してくれました。はは、私がお喋りだからですかねえ。でも話してくれたってことは、寂《さび》しい気持ちもあったんじゃないかなあ」

「どんなことを聞きました？」と塔子。

「ちょっと病気をしたけど、このところ調子がいいって言ってましたよ」

「かかりつけはどこだったんでしょうか」

「たしか、バス通りにある病院です。人が多くて時間がかかるって、ぼやいていました」

塔子は病院の名前を聞き出して、メモ帳に書き込んだ。

「ほかに、気になることはなかったでしょうか」

「そういえばあの人、いずれは老人ホームに入ろうと思っている、と話していました。奥さんが亡くなってひとり暮らしだし、息子夫婦に面倒をかけたくないからって」

これは初耳だった。息子の信吾は何も言っていなかったから、一朗がひとりで考えていたのかもしれない。

「実際いくつか老人ホームを見て回ったって話していました。ああ……もしかしたらあれは、そういう施設に入居している人かな」

「誰のことです？」

「どこかの老人ホームを見学したとき、親しく話せる知り合いができたそうです。いろいろ情報を集めていたみたいですよ」

塔子は鷹野のほうを向いた。鷹野も今の話には興味を持ったようで、何度かうなずいている。

「高杉さんの家に誰か訪ねてきた、という話はありませんでしたか」と塔子。

「特に聞いていませんけど……。ひょっとしたら、老人ホーム関係のお仲間が訪ねてきたのかもしれませんね」

礼を述べて、塔子たちは理髪店を出た。

今後の聞き込みについて鷹野と相談する。まずはかかりつけの病院を訪ね、そのあと老人ホームなどを回ってみることにした。


少子高齢化という言葉を、ニュースではよく耳にする。

しかし刑事の仕事をしていると、それを実感することはあまりなかった。聞き込みをするときは、若い世代から中高年ぐらいまでを対象にするケースが多い。だから今日、高齢者の集まる施設を順番に訪ねてみて、塔子はいくらか戸惑いを感じた。

相手は病気を抱えていたり、介護が必要だったりする人たちだ。体の自由が利かない人も多い。話を聞くに当たって、塔子と鷹野は相手のベッドサイドに行き、顔を覗き込むようにして質問しなければならなかった。

塔子が声をかけると、孫の話をする人が多かった。会話のきっかけになるのなら、童顔であることも持ち味のひとつだろう。親しみを持ってもらえるような笑顔で、質問を重ねていった。

「いろいろ勉強になりますね」施設の廊下を歩きながら、塔子は鷹野の顔を見上げた。「普段、お年寄りと話す機会があまりないので……」

「如月のお母さんは、まだまだ若いからな。お祖父《じい》さんやお祖母《ばあ》さんは？」

「父方も母方も、一緒に暮らしたことはないんですよ。だから、こうしてお年寄りと接するのは新鮮です」

「新鮮と思えるうちはいいが、介護の現場は大変だよ。今後ますます高齢化が進んで、人手が足りなくなっていくだろうし……。考えると、暗澹《あんたん》たる気持ちになる」

そんなことを言って、鷹野は渋い顔をしている。

ふたりで休みなく聞き込みを続けた。しかし高杉一朗を知っている者はなかなか現れない。

午後五時過ぎ、塔子たちは五ヵ所目の施設にやってきた。

東大和市の西のほうにある建物で、医療ケア付きの老人ホームだという。何らかの病気を持つ人が入居しているのだろう。

車を降りて、塔子は言った。

「ここは看護師が二十四時間常駐しているそうですよ。何があっても安心ですね」

「いや、そうでもない。看護師はいるが、医師はいないんだ。重篤な症状が出たときは救急車を呼ぶことになる」

「でも、看護師がいるのは心強いでしょう」

「もちろんいないよりは、いてくれたほうが安心だ。しかし、あまり期待しすぎないほうがいい。看護師だって体はひとつしかないんだからな」

　一斉に急病人が出たときのことを気にしているのだろうか。それにしても鷹野の言葉は、かなり懐疑的なように聞こえる。

「鷹野さん、こういう施設に詳しいんですか」

「ああ、じつはこの老人ホームを知っているんだ。出入りしているから」

「どういうことです？」

「うちの父親がここに入居しているんだよ」

　え、と思わず塔子は声を上げてしまった。そうだ、思い出した。父親が医療ケア付きの老人ホームに入っていると、たしかに鷹野は話していた。

「最近は忙しくて、俺もあまり来ていないんだけどね」

「じゃあ、情報収集のついでに少し会っていったら？」

「いや、今は仕事中だ」

「今日はほとんど休憩もできていませんから、大丈夫ですよ」

　さあ行きましょう、と塔子は鷹野を促した。彼は困ったような顔をしていたが、仕方ないという様子で歩きだした。

　受付で警察手帳を呈示し、聞き込みにやってきたことを伝える。職員は上司に報告したあと、塔子に言った。

「中には体調のよくない方もいらっしゃいますので、その点はご注意ください」

「わかりました。気をつけます」

塔子は廊下を進み、掲示されていたフロア案内図を見つめた。

「先にお父さんと話をしましょうよ。どこにいらっしゃるんですか？」

「ちょっと顔を見るだけだぞ」

なぜか不機嫌そうな顔で、鷹野はエレベーターホールに向かった。

父親が入居しているのは三階の一室だった。鷹野はドアの前に立つと、わざとらしく咳払いをする。腕時計を見て、それから塔子の顔をちらりと見た。

なかなかチャイムを鳴らそうとしないので、痺《しび》れを切らして塔子が代わりにボタンを押した。

「あ、おい、何を……」鷹野が慌てた様子で言う。

「何をって、中に入るんですよね？」

「いや、それはそうだけど」

などと話していると、インターホンから声が聞こえた。

「はい、どちら様……」

耳に心地のいいバリトンだ。どんな顔をした人なのだろう。

「俺です。秀昭です」と鷹野。

「ほう、久しぶりだな」

数秒たって部屋のドアが開いた。中から顔を出したのは、車椅子に乗った男性だ。焦《こ》げ茶《ちゃ》色のズボンに薄いブルーのシャツ、その上にゆったりしたカーディガンを羽織《はお》っている。

七十代ぐらいで痩せ型、髪はほぼ真っ白だった。鼻筋が通っていて顎は細く、両目にはしっかりした輝きがある。鷹野によく似た容貌だった。

「急にどうした？」

車椅子から鷹野を見上げて、その男性は言った。

「近くまで来たから、寄ってみたんですよ」

「なんだ、仕事のついでか」

「お忙しいのなら引き揚げますが」

「暇というわけじゃないが、お客さんを連れているのなら仕方がない」鷹野の父は、塔子のほうに目を向けた。「いらっしゃい。秀昭の父の秀一郎《しゅういちろう》です」

「初めまして」塔子は深く頭を下げた。「如月塔子と申します。鷹野主任にはいつもお世話になっています」

「同じ職場の方ですよね。たしか秀昭の相棒の……」

秀一郎がそう尋ねてきたので、塔子は驚いてまばたきをした。

「ご存じなんですか？」

「秀昭から聞いています。小さくて可愛い後輩がいるってね」

「待ってください。俺はそんなこと言ってないでしょう」

鷹野は慌てて否定した。秀一郎は苦笑いを浮かべて、

「そんなに怒るなよ。ただの冗談じゃないか」

「言っていい冗談と悪い冗談があります」

「おまえはもう少しユーモアを学んだほうがいいよ」

「よけいなお世話です」鷹野は口を尖らせる。

「まあいい。入りなさい」

秀一郎はハンドリムに手を掛け、タイヤを動かした。車椅子を後退させて室内へ戻っていく。塔子は手を貸そうとしたが、今は必要ないようだった。

部屋は質素な造りで、ワンルームマンションのような印象だった。右手の壁にベッドが寄せてあり、左手には書き物机と椅子がある。正面の窓からは、東大和市の住宅街がよく見える。

パイプ椅子を借りて、塔子たちは腰掛けた。秀一郎は壁の時計を見てから言った。

「あいにく飲み物も出せなくてね。申し訳ない」

「別にかまいませんよ。長居する気はありません」

鷹野の言葉には刺々《とげとげ》しさがある。先ほど父親にからかわれていたが、それだけが理由ではなさそうだ。

「仕事のほうはどうなんだ」

「まあまあです」

そう言ったきり鷹野は黙り込んでしまった。彼の様子を見て、塔子は気を揉んだ。もう少し答えようがあるだろうに、これでは会話にならない。

「如月さんも気の毒ですね」秀一郎はこちらを向いた。「秀昭はいつもこんな調子でしょう。仕事で苦労しているんじゃないですか」

「そんなことはありません」塔子は背筋を伸ばして答えた。「鷹野主任にはいろいろ教えていただいています。主任はチームの中でもっとも信頼されている人です」

「おい秀昭、如月さんに気をつかわせているみたいだぞ。いいのか？」

口元に笑みを浮かべながら秀一郎は言う。鷹野は眉をひそめた。

「全部がうまくいっているわけではありませんが、俺は自分の仕事に誇りを持っています。仲間に評価してもらえるのなら、それはありがたく受け止めたいと思います」

「たいそうな自信だな」

「自信というより、これは俺の決意ですよ。警察の仕事を続けていくための」

「決意、か……」

秀一郎の顔から笑みが消えた。今までとは打って変わって、彼の表情は険しくなっている。急な変化に塔子は驚かされた。

「おまえは昔から、何をやっても中途半端《ちゅうとはんぱ》だったよな」秀一郎は真顔になって言った。「優等生のふりをしているが、決して出来がいいわけじゃない。自分を偽って見せているんだ。見栄えのする部分だけを表に出している。少しばかり記憶力がいいとか、推理ができるとか、そういうところをな」

いったい、どういうことだろう。彼は息子を批判しているのか。なぜ突然そんなことを始めたのか。

「だが秀昭、俺は知っているぞ」秀一郎は冷たい目で鷹野を見た。「おまえは弱い部分をたくさん持っていて、それを隠しているだけなんだ。隠し方がうまいから、隙のない、優れた人間のように見える。どうだ、自分を偽って生きるのは楽しいか。これから先も、おまえは他人を欺きながら生きていくんだろうなあ」

秀一郎は塔子のほうを向いた。

「如月さん、あなたはこいつに騙《だま》されているんだよ。わかるかい？」

「いえ、私はそんな……」

塔子は迷った。鷹野のためを思うのなら、はっきり否定すべきだろう。とはいえ相手は鷹野の父だ。自分が失礼なことを言えば、秀一郎はさらに鷹野を攻撃するかもしれない。板挟みの状態だった。

「警察という組織では、秀昭のような人間が重宝されるのかね？　だったら立派なものだ。警察の中で出世して、ますます多くの人を騙すことになるだろうからな」

「父さん、それぐらいにしてください」鷹野は硬い声で言った。「如月が困っているじゃないですか」

その言葉に、塔子は違和感を抱いた。鷹野はあれほどひどいことを言われたのに、憤る様子もない。相手が父親だから遠慮があるのだろうか。いや、そうではなさそうだ。どちらかというと鷹野は、仕方ない、と諦めてしまっているように思える。

「あの、鷹野さん」

戸惑いながら塔子が口を開くのを見て、鷹野はゆっくりと首を横に振った。彼は塔子の耳元でささやいた。

「うちの父はいつもこうなんだよ。気にしないでくれ」

小さくうなずきながら、塔子は秀一郎のほうをちらりと見た。

秀一郎は壁に掛かった額縁を眺めている。何か今の話に関係するのかと思ったが、そこにあるのは蜂《はち》のイラストだった。パステルカラーを使って、絵本の一ページのように描かれている。

「些細なきっかけで父は態度を豹変《ひょうへん》させる」鷹野は小声で言った。「俺も子供のころは、どう対処していいのかわからなかった。反発すれば暴力を振るわれたし……」

前に鷹野から聞いたことがある。小学生のころ、彼は父親から殴る蹴るの暴行を受けたそうだ。物置に閉じ込められたこともあったという。

「如月さん」

急に名を呼ばれて塔子はぎくりとした。不安を抱きながら、秀一郎の顔を見つめる。

「……何でしょうか」

「秀昭は出来の悪い子なんですよ。昔から変わり者と言われていたが、それも当然です。こいつには人の情がわからない。社会性というものが欠如しているからね」

「父さんに言われたくはないですよ」

鷹野はそうつぶやいたが、秀一郎は無視したようだ。車椅子の向きを変えて、秀一郎は言った。

「それに比べると、蜂はいい。彼らは社会性のある昆虫だ。女王を中心とした社会を作り、働き蜂たちはルールに従って生活している。立派なものじゃないか」

「あいにくですが、俺は蜂が嫌いなんです」鷹野は不機嫌そうな顔になった。「俺が小学生だったころ、隣の家がしばらく空き家になっていたでしょう。その間に蜂の巣が出来た。俺は隣の庭に入って、蜂を観察し始めた。そして刺された。馬鹿だったと思いますよ」

「ああ、そんなこともあったかな」

「家に戻ったら、あなたが急に怒りだしたんです。俺は半日以上、物置に閉じ込められた。……翌日から、隣の庭に入るのはやめました。何日かしてこっそり覗いてみたら、巣はなくなっていましたがね」

「おまえは、つまらないことをよく覚えているなあ。暇なのか」

そんなことを言って、秀一郎は笑った。どうやら、もう怒りはおさまったようだ。

鷹野は父親を憎んでいるのだろうか、と塔子は考えた。ふたりが一緒に暮らしていたころ、家の中はどんな雰囲気だったのか。

腕時計をちらりと見たあと、鷹野はポケットから写真を取り出した。

「念のためお尋ねしますが、この男性を知りませんか。高杉一朗という人です」

「知らないな。事件の犯人か？　それとも殺された被害者かな？」

その質問には答えず、鷹野は椅子から立ち上がった。

「なんだ、もう帰るのか？」

「仕事中なんですよ」

塔子を促して、鷹野は入り口のドアに向かう。最後に彼は、父親のほうを振り返って言った。

「邪魔をしましたね。それでは」

相手の返事を待つことなく、鷹野は廊下に出た。

鷹野の横顔をちらちら見ながら、塔子は廊下を歩いていく。

気になったが、今は父親のことを訊かないほうがいいだろう。仕事を優先すべきときだ。

塔子たちはほかの部屋を順番に回って、高杉一朗のことを尋ねていった。塔子を見て、みな話し相手にちょうどいいと思うのか、どうしても雑談が長くなりがちだった。しかしそんな中、初めて当たりが出た。四階の角部屋にいる男性が、高杉一朗を知っていたのだ。

「高杉さんとは昔、仕事で知り合ったんですよ。ふたりとも釣りが趣味だったんで、何度か一緒に出かけました。まあ、歳をとってからは行かなくなってしまったけど」

すっかり髪の後退した頭を撫でながら、その男性は言った。

「最近、お会いになりましたか？」勢い込んで塔子は訊く。

「老人ホームを探しているといって、ひと月ぐらい前かな、私を訪ねてきました。お金や施設のサービスについて、いろいろ質問を受けましたよ」

「高杉さんの家に行ったことは？」

「それはないですね。住所は知っていますけど」

「そうですか……」

この人ではなかったということか。ようやく手がかりがつかめるかと思っただけに、落胆が大きかった。

「誰かが高杉さんを訪ねていた、という話を聞かなかったでしょうか」

念のため、という気持ちで尋ねてみた。あまり期待はしていなかったのだが、その男性は何か思い出したようだ。

「あの日、ここで二時間ぐらい話していたんですが、そのうち高杉さんは腕時計を見ましてね。夕方、人が来るから帰らなくちゃいけない、と言うんです。慌てて引き揚げていきました」

「誰だったかはわかりませんか」

「何かの集まりで知り合った人だとか何とか……」

詳しくはわからないという。塔子と鷹野が顔を見合わせていると、その男性は首をかしげて訊いてきた。

「あの……高杉さんがどうかしたんですか？」

キャンプ場での事件のことは、まだニュースでは流れていない。世間の人は誰も知らないはずだ。

「ちょっと事情がありまして、情報を集めているんです。もし何か思い出したら連絡をいただけますか」

軽く頭を下げながら、塔子はメモを差し出した。

結局ここで得られた情報は、その一件だけだった。誰かが高杉を訪ねていたのは間違いない。しかしその人物のことはまだ何もわからなかった。

塔子たちは別の施設へ向かった。

そろそろ帰宅ラッシュが近いのか、道が混み始めている。塔子は赤信号で面パトを停め、右のウインドウに目をやった。道沿いに農家らしい建物があって、塀の向こうに大きな物置が見えた。

塔子はそっと鷹野の表情をうかがった。先ほどから何かを考えているようだが、それほど機嫌は悪くなさそうだ。

「まさか、鷹野さんのお父さんに会えるとは思いませんでした」

そう話しかけてみた。鷹野は低い声を出して唸った。

「驚いただろう。やはり黙っているべきだったな」

「いえ、お会いできてよかったと思います」

「無理しなくていい。初対面の人間の前であんなことを言い出すんだから、どうしようもないよ」

信号が青になった。塔子は静かに車をスタートさせる。

外の景色を見ながら、鷹野は小さくため息をついた。それから、ぽつりぽつりと話しだした。

「施設に入ったのは五年前だ。脚を悪くして、ひとり暮らしは難しくなったからね。ところが父は厄介払いされたと思い込んでいる」

「お父さんは昔から、その……」

「何だ？　遠慮しなくていいぞ」

そう促され、塔子は言葉を選びながら質問した。

「昔から、感情の起伏の激しい方だったんでしょうか。何かの折に、突然怒りがこみ上げてくるとか？」

「ああ。俺が小さかったころから、モラハラや暴力は日常茶飯事だった。いわゆる躁《そう》鬱《うつ》気質なんだと思う。最近は、少し認知症の症状も出てきたんじゃないかな」

「しっかりしているように見えますが……」

「頭の切れる人なんだよ。俺が高校生のころだって、何度もやり込められた。しかしどんな人間でも、歳をとれば衰えは出る。今はあんな調子だ」

「脚もご不自由だし、大変ですよね」

「うん、大変だろうな」鷹野は言った。「俺はたまに父親を訪ねて、車椅子で苦労しているのを見る。興奮して訳のわからない理屈をこねるのを聞く。そして腹の中で笑ってやるんだ。ずいぶん老いたものだ、気の毒に、とね」

ふん、と鷹野は鼻で笑った。だがそんなふうに悪ぶってみても、彼はどこか寂しげだ。

「とにかく昔の父はどうしようもなかった。こうして対等に話せるようになっても、当時の恨みは忘れられない。だから俺は父が衰えていく様子を見に行くんだよ」

「鷹野さんの気持ちはわかるような気がします。ただ、ちょっと引っかかることがあって……」

「何だ？　言ってくれ」

「高杉一朗さんを思い出してしまうんですよね。あの人がどんな性格なのか、私たちは知りません。もしかしたら、職場で嫌がられるようなタイプだった可能性もありえます。でも、たとえそうだとしても、硫酸を浴びせられる理由にはならないと思うんです」

鷹野は渋い顔をしている。黙ったまま、フロントガラスの向こうを見つめている。

「若い人と高齢者では、意見が合わないことが多いですよね。世代間の対立というか、何というか……」

「ああ、それはいつの時代にもあるだろう」

「私は、意見の合わない人を排除してしまう前に、やるべきことがあると思うんです。なぜ意見が合わないのか、理由を探ったほうがいいんじゃないかと。……きれい事だと言われるかもしれませんけど」

腕組みをしながら鷹野は考え込んでいる。ややあって、彼はこちらを向いた。

「如月にそんなことを言われるとはな」

「すみません。意見するつもりはなかったんですが」

「いや、いいんだ。相棒の言うことだからな。少し考えてみるよ」

真面目な顔をして、鷹野は塔子にそう言った。

親子といっても、必ず深い情で繋がっているわけではないだろう。むしろ些細なことでいがみ合い、憎しみ合うケースがあるのかもしれない。若い者は高齢者の境遇を、なかなか想像できない。一方で高齢者のほうもまた、若者の気持ちをくみ取れない。

母はまだそれほどの歳ではないから、塔子は「老い」という問題を真剣に考えたことがなかった。だが今日、鷹野の父を見て心がざわついた。かつては強くて大きな存在だったはずの親が、自分よりはるかに弱い立場になってしまう。それでも親は、自分の子供を劣《おと》った者として扱おうとする。そんな親の姿を見て、鷹野はどんな気分なのだろう。

——鷹野さんは、お父さんを嫌っているんだろうか。

訊いてみたい気がした。だが鷹野は助手席で腕を組んだまま、難しい顔をしている。

「少し休憩しますか？　私、コンビニで飲み物でも買ってきましょうか」

塔子が尋ねると、鷹野は驚いたという表情でこちらを見た。

「……いや、時間がないからな。夜の会議の前に、あと二ヵ所は回りたい」

「わかりました。急ぎましょう」

深くうなずいて、塔子はアクセルペダルを踏み込んだ。

第三章　ファクトリー

1

娘を失ってから俺は悟った。

人を強く動かすのは憎しみだけだ。圧倒的な負のエネルギーをもって、俺は計画を練った。何かに取り憑《つ》かれたように考え続けた。

娘の復讐のためにゲームを挑んでやろう、と俺は決めた。やってやる。凝りに凝った仕掛けを作ってやる。俺はそれを「処刑装置」と呼ぶことにした。

装置を作ると同時に、俺は問題を練り上げていった。このゲームにはクイズが仕込まれるのだ。もともと俺はクイズやパズルが好きだった。学生のころからいろいろな本を読み、知識を蓄《たくわ》えてきた。テレビのクイズ番組も好きだった。

だがこれから行うのは、遊びなどではない。

正解できなければ人が死ぬのだ。

その死に方もまた面白い。刺激的で、猟奇的で、残酷きわまりない死に方。普通の人間はこんなことを思いつきもしないだろう。だが俺はそれを考え、ひとり興奮する。なぜそんな面倒なことをするのか。決まっているだろう。奴を苦しめ、後悔させるためだ。

想像すると自然に笑みが浮かんでくる。

俺は書棚から何冊かの本を出してきた。お気に入りの知識を使って、新しいクイズを作るのだ。世界中の誰も知らない問題。まだ誰も挑んだことのない知的遊戯。なんと贅沢《ぜいたく》なゲームであることか。

第一のゲームは三択。第二のゲームは四択。さて、次はどうするか。

できるだけ難解なものがいい。解答者が動揺し、困惑し、絶望的な気分になるようなものを仕掛けてやろう。ひとめ見て敗北を覚悟せずにはいられないような、圧倒的な難問。奴は取り乱すに違いない。

ああ、俺は楽しみでならない。

奴がゲームに敗北したとき、どんな恰好で死を迎えるのか本当に楽しみだ。その姿を見たら、俺は喜びのあまり失神してしまうかもしれない。いや、それどころかショックで命を落としてしまうかもしれない。

それなら、それでもいい。

復讐を為《な》し遂《と》げさえすれば、思い残すことはないのだ。娘のために俺は罪を犯す。間違ったことなど何もしていない。そのあと捕まって裁かれることなど、最初から深く考えてはいないのだ。

もし死刑になったとしたら——。そのときは、娘と同じ場所へ行くだけだ。そう思えば、何の不満もありはしない。

2

三月十四日、午前八時半。特捜本部で定例の捜査会議が開かれた。

早瀬係長は資料を手にしてホワイトボードの前に立つ。捜査員たちに向かって、彼は説明を始めた。

「現在の状況ですが、第一の被害者・西久保高志はまだ意識不明の重体です。医師の話によると、急変すれば命が危ないとのこと。我々としては彼の回復を祈るしかありません。死者を出したくないというのはもちろんですが、彼が意識を取り戻せば、犯人の情報が得られるかもしれない。……そして第二の被害者・高杉一朗のほうですが、意識はあるものの精神的なショックが大きく、記憶の混乱などもあって事情が聞き出せない状態です。捜査員が病院に詰めていますが、正確な情報がいつ入手できるかはわかりません」

塔子はキャンプ場の事件現場を思い出した。あんな目に遭えば、被害者がショックを受けるのは当然だろう。それに高杉一朗は七十七歳と高齢だ。証言が取れたとしても、本人の記憶違いがあるかもしれない。すぐに重要なヒントは得られそうになかった。

「被害者ふたりの関係も、まだわかっていません。現在、双方の生活圏、活動範囲などを再確認していますが、いったいどこに接点があったのか……。難しいところです」

「必ず関係があるはずだ」幹部席から神谷課長が言った。「趣味の集まりで知り合ったとか、買い物をする店が同じだったとか、何かありそうなものだ。先入観を捨てて、あらゆる可能性を探ってくれ」

神谷は今日も朝の会議から、ここ昭島署の特捜本部に顔を出している。今回の連続殺人未遂事件は極めて悪質で、犯人は警察に挑戦しているものと思われる。その点が、神谷はずっと気になっているのだろう。

「引き続き、鑑取り班は情報収集に努めてください」早瀬は続けた。「それから地取り班。ふたつの事件現場の周辺を調べてもらっていますが、活動範囲を広げてほしい。また、聞き込みの時間帯を変えることで、新しい情報が得られる可能性もあります。根気強く捜査を続けること」

資料から顔を上げて、手代木管理官が尋ねた。

「現場周辺に防犯カメラはなかったのか」

「あいにく、都心部と比べるとかなり少ない状況です。いくつか見つけてデータを確認しましたが、今のところ不審な人物は発見できていません」

手代木は腕組みをして早瀬をじっと見つめている。いつもの癖だと気づいたようで、早瀬は話を進めた。

「それからナシ割り班ですが、鑑識や科捜研と協力しつつ、現場に残された処刑装置やノートパソコン、モバイルルーター、ウェブカメラ、バッテリーなどの分析を進めてください。パーツの出どころを探せば、犯人のことが何かわかるかもしれない」

うん、と神谷はうなずいている。

必要な連絡を済ませると、早瀬は会議の終了を告げた。起立、礼のあと、捜査員たちは相棒に声をかけ、捜査に出かけていく。

塔子と鷹野は、今日の活動方針について相談をした。

鷹野はデジカメを取り出し、これまで撮影してきた写真をチェックする。その様子を見ながら、塔子は言った。

「犯人が相当計画的な人間だというのは事実ですよね。まず、仕掛けを考えるのに時間がかかったでしょうし」

「本人はゲームと称しているが、中身はクイズだよな。玄武、朱雀、青龍、白虎……。奴は歴史好きなんだろうか」

「個人的な趣味かもしれませんけどね。そのほか処刑装置を設計する力、具体的に装置を作り上げる力、さらにパソコン関係の知識もあるようです。かなりの強敵だという気がします」

「その強敵について、何か気がついたことはないか？」

「そうですね」塔子は考え込む。「まだ手がかりが足りない、としか……」

鷹野は腕組みをして、低い声で唸った。

特捜本部の隅で電話が鳴りだした。

デスク担当の捜査員が受話器を取り、相手と通話を始める。ややあって、彼は驚きの声を上げた。

「ちょ……ちょっとお待ちください」彼は幹部席のほうに呼びかけた。「早瀬係長、警視庁本部から連絡です。ワイズマンと名乗る人物から、またメールが届いたそうです」

る。

「何だと？」

ワイズマンという言葉を聞いて、塔子は息を呑んだ。鷹野も幹部席を見つめてい
る。

早瀬はデスク担当者に駆け寄り、受話器を受け取った。

「お電話代わりました。状況を詳しく教えてもらえますか？」

相手と話すうち、早瀬の表情が徐々に険しくなっていくのがわかった。

「了解しました。至急、対応します」

電話を切ったあと、早瀬は部屋に残っていた捜査員たちを呼び集めた。

「緊急事態だ。先ほど警視庁のウェブサイトにメールが届いた。読み上げるぞ。『如月刑事に伝えろ。次の被害者はすでに捕らえてある。急がないと死ぬ。十九年前の事件の関係先を調べてみろ』。そして最後にワイズマンという名前があった」

「十九年前の事件！」塔子は思わず声を上げた。「昭島母子誘拐事件のことでは？」

「確証はない。だが如月を指名して十九年前と言うのなら、可能性は高いな」

「昭島事件の関係先というと……」塔子は記憶をたどった。「そういえば西久保さんの事件も高杉さんの事件も、場所が気になっていたんです。昭島母子誘拐事件の関係先の近くで、ふたつの事件は起こりました。犯人はあの昭島事件を意識して、今回の事件現場を選んだんじゃないでしょうか」

「だとすると」早瀬は続けた。「考えたくないことだが、次の事件があるとすれば、同じような場所で起こるというわけか」

「ええ。至急、関係先を回る必要があると思います」

「しかし何十ヵ所になるかわからないぞ。効率よくやらないと時間ばかりかかる」

早瀬が眉根を寄せるのを見て、鷹野が口を挟んだ。

「主要な場所を抜き出したメモが用意してあります。あの誘拐事件が気になると言って、如月がまとめておいてくれました。まずはそのメモをもとに回るべきだと思います。それ以外の場所は、十九年前の捜査資料を見てリストアップするしかないですね」

「わかった。リストはこっちで作る。鷹野と如月は手元にあるメモをコピーしてくれ。場所を割り振って、全捜査員に当たらせよう」

急いでメモをコピーして、塔子は早瀬に手渡した。神谷課長と手代木管理官も加わって、捜査の打ち合わせが始まった。

分担地域が決まると、鷹野と塔子はすぐに特捜本部を出た。

今日は朝から曇り空だ。昨日に比べると少し気温が低い。

午前九時二十分、鷹野とともに昭島署を出発した。

「悪い予感が当たったな」助手席で鷹野が言った。「ワイズマンは第三の事件を起こそうとしている。そして現場を如月に見つけさせ、ゲームに参加させようとしている」

「犯人が大きな処刑装置を用意したとすれば、今回も廃墟や廃屋が選ばれているはずですね」

「早く見つけなければ……。今度は被害者を出したくない」

鷹野は厳しい表情で言った。塔子はハンドルを握る両手に力を込める。

――この事件の犯人は、トレミーと関係があるんだろうか？

ふと、そんな疑問が頭に浮かんだ。事件の背景には何が隠されているのか。残酷な仕掛けで被害者を傷つけるワイズマンは、何を目的としているのか。闇《やみ》の中に隠れている犯人を、一刻も早く光の下に引きずり出さなければならない。

犯人の姿を想像しながら、塔子はアクセルを踏んだ。

塔子がまとめたメモには、昭島母子誘拐事件に関係する場所が記されている。

被害者の育った家、通った学校、公園や遊び場。父親の店があった商店街、父親の取引先。それから現金の受け渡しに指定された場所、被害者が監禁されていた場所――。

地図を見ると昭島市、八王子市、日野《ひの》市などに散らばっていることがわかる。

十九年前の事件だから、塔子たちは直接捜査したわけではない。だが如月家への脅迫状を調べるにあたり、塔子は誘拐事件の資料を再確認していた。父・功が捜査に関わった事件だから、念のため目を通しておいたのだ。

それが、こんな形で役に立つとは思わなかった。

「ワイズマンはやはり昭島母子誘拐事件を意識していたわけだ」助手席で鷹野は言った。「どんな形で関わった人物なのかはわからないが、あの事件にこだわっているんだろう」

「私を指名したのは、如月功の娘だからですよね」

「脅迫状に書かれていたな。言いがかりも甚《はなは》だしい、と言いたいところだが……」

「でも、そういう気持ちは誰の心にもあるような気がします。あいつの家族だから、あいつの友達だからという理由で、本来関係ない人を憎んでしまう……。学校や会社で起こる『いじめ』もそうでしょう。もっと大きくなれば組織同士や国家同士でも、激しい争いが起こります」

「人の感情というのは本当に厄介だな」

鷹野が、早瀬からの指示書を確認する。彼のナビに従って、塔子は面パトを走らせた。

ポイントとなるのは、現在そこが廃墟かどうかということだった。ワイズマンは大がかりな処刑装置を用意して被害者を傷つけようとする。その仕掛けを設置できるだけの広さがあり、しかも人目につかないことが条件となるはずだ。

三ヵ所目を調べているとき、早瀬から電話があった。過去の資料を見て、誘拐事件に関係する場所をさらにリストアップしてくれたという。

「出かけていた捜査員にも連絡をとって、捜索を始めさせている」

「その場所自体ではないかもしれません」携帯を耳に当て、面パトに戻りながら塔子は言った。「周辺に廃墟がないか、調べてみてください」

「わかった。何かあったらまた連絡する」

電話を切ってから塔子は考え込んだ。すでに被害者は、ワイズマンが作った処刑装置に捕らえられている可能性がある。発見が遅くなればなるほど、被害者は危険になるのだ。自分の中で、焦りが大きく膨らんでいくのがわかった。

五ヵ所目に訪れたのは、日野市にある商店街の一角だった。

「ええと、ここは……」

車を停めて、塔子は窓外に目をやった。そこにあるのは小さな洋品店だ。洒落た看板が出ていて、ショーウインドウには婦人服が展示されている。営業中であることは間違いない。

「こんな店、資料にありましたっけ？」

「転業したんだろう。元は肥料や園芸用品の店だった場所だよ」

そういうことか、と塔子は納得した。昭島母子誘拐事件の被害者の父親は、生花店を経営していた。園芸用品店とも取引があったのだ。

「営業中の店に仕掛けをするのは無理だろう。周辺に廃墟がないか探そう」

わかりました、と答えて塔子は再び車をスタートさせた。

洋品店を中心とした一、二ブロックをぐるりと回ってみる。太陽が傾いて、西日がまぶしい。路上駐車している宅配のトラックに注意しながら、塔子は面パトを進めていった。

「如月、あれを！」

鷹野が窓の外を指差した。塔子はスピードを緩め、路肩に車を停める。

灰色の塀の向こうに、箱形の無骨な建物が見えた。どうやらそれは工場らしい。よく見ると《佐倉《さくら》電機工業》という看板が門から外され、地面に置かれていた。今はもう操業していないようだ。

「廃工場……ですね」

塔子が言うと、鷹野は手早くシートベルトを外した。

「行くぞ。状況を確認しよう」

「了解です」

塔子たちは車を降りて、廃工場の門に近づいていった。門扉は少し汚れていたが、錆《さ》びついているわけではない。前庭も荒れていないから、閉鎖後それほどの期間は経過していないのではないか。

門扉をよく見ると、人ひとり通れるぐらいの隙間があった。

「誰かが侵入した可能性が高いな」

「どうします？」

「当たりかもしれない。調べてみよう」

白手袋を嵌めて、鷹野は門扉の間を通り抜けた。塔子もあとに続く。

建物の正面にはシャッターがあったが、一メートルほど上に引き上げられていた。やはり何者かが中に入ったのだ。その人物はひとりだったのだろうか。それとも誰かを連れてきていたのか。

腰を屈めて、鷹野はシャッターの中を覗き込む。少し迷う様子だったが、やがて彼は大きな声を出した。

「誰かいますか？　門が開いていたので確認に来ました」

鷹野は動きを止めてじっと耳を澄ます。数秒待ったが返事はなかった。

行くぞ、と彼は手振りで示した。塔子はＯＫのハンドサインを出す。

シャッターをくぐって、塔子たちは廃工場に入っていった。

3

高い位置にある窓から、わずかに陽光が射《さ》している。

その光を頼りに、塔子たちは薄暗い廃工場の中を進んでいった。工場というと広いフロアにベルトコンベアーがある様子を想像してしまうが、ここはそうではなかった。あちこちに柱や壁があって、作業スペースが細かく分けられている。見通しが悪いから、誰かが隠れていてもなかなか気づかないだろう。

塔子は足音を立てないよう注意しながら歩いた。壁の途切れたところで、鷹野が足を止める。慎重に奥を覗き込んだあと、彼は塔子にうなずきかけた。鷹野に続いて、塔子も壁の向こうに移動する。

あちこちに段ボール箱や木箱が積み上げられ、不安定な状態になっていた。壁に貼られたスケジュール表が、かすかな風を受けて揺れている。

三つ目のスペースに入ったとき、鷹野がはっと息を呑むのがわかった。慌てて塔子も、奥へと目を向ける。

白い壁に囲まれた四角い部屋があった。貨物用コンテナほどの大きさで、正面にはドアが、その横にはごく小さな窓がひとつある。塔子たちは換気口ほどのサイズの窓に近づいて、そっと覗いてみた。

中には明かりが灯《とも》っていた。まだ電気が通じているのだ。

そこは廃棄物の処理室のようだった。縦横各一・五メートルほどの機械が、こちらに向けて設置されている。

機械の中央部は廃棄物を投入する場所なのだろう。ごみ収集車の後部にあるような、巨大な回転板が見えた。その回転板の手前、まさに怪物の口に当たる部分に何かが見えた。

塔子は大きく目を見張った。

「人がいます！　三人目の被害者では？」

鷹野も気づいたようだ。彼は横へ移動してドアハンドルに手をかけた。だが、施錠されていてドアは開かない。

「使ってください」

塔子はバッグから釘抜き付きのハンマーを取り出した。こんなこともあろうかと、破壊用の道具を用意していたのだ。

ハンマーを受け取り、鷹野はドアハンドルを叩き始めた。だが、キャンプ場のときのようにはいかなかった。かなり頑丈な造りらしく、ハンドルはびくともしない。ドア自体も金属製で、傷ひとつつかなかった。

「まずいぞ。歯が立たない」

鷹野はドアから離れて、小窓にハンマーを叩きつけた。何度か繰り返すとガラスが割れた。だがこんなサイズの窓では、体の小さな塔子でも通り抜けるのは無理だ。

「応援を呼ぼう」

そう言って鷹野はスーツのポケットを探る。彼が携帯電話を取り出したとき、奇妙な声が聞こえた。

「駄目だ。応援を呼ぶことは許さない」

機械が文章を読み上げている声だ。感情のまったく感じられない、気味の悪い響き。

塔子は辺りに目を走らせた。鷹野も携帯を手にしたまま動きを止める。

「如月塔子、おまえが来るのを待っていた」

ようやく声の出どころがわかった。窓から右に二メートルほど離れた場所にスチールラックがあり、そこにノートパソコンが置かれていたのだ。

「あなたは……ワイズマンですね？」

塔子はパソコンに近づき、細部を確認した。ウェブカメラにスピーカー、マイクが装備されたもので、過去ふたつの事件で使われたものと同じタイプだ。画面の右側には、処刑装置に捕らえられた被害者が映っている。服装からすると、今回の被害者も男性だろう。

「今度の仕掛けは何？　まさかあの人を、廃棄物のように処理しようというんですか」

「そのとおり」ワイズマンは言った。「この工場は三週間前に閉鎖されたばかりだ。まだ電気が通じているから機械は動かせる。ブレーカーを落とせば処刑装置は止まるが、それはルール違反だ。おまえたちがブレーカーを探しに行ったら、すぐにあの男を始末する」

「あなたの目的は何？　どうしてこんなことをするんですか」

「復讐のためだ」

「いったい誰の復讐？」

「自分で考えることだな。これまでにヒントは与えてある」

塔子は記憶をたどった。自宅に送られてきた脅迫状を見ると、犯人は父・功を恨んでいるようだった。その娘だから塔子も憎まれているのだろう。それはわかるが、昭島第一公民館で墜落した西久保高志、北八王子キャンプ場で硫酸を浴びた高杉一朗はどうなのか。彼らふたりの接点は見つかっていないし、塔子との関係も不明だ。

ただ、気になっていたことはある。今回を含めて三つの事件は、いずれも昭島母子誘拐事件と関係ある場所の近くで起こっているのだ。

「十九年前の事件というのは、昭島母子誘拐事件ですよね？」

「そうだ」

「私の父はあの事件を捜査しました。だからあなたは、それにまつわる場所の近くで事件を起こしているんでしょう？」

「よくわかっているじゃないか」

ワイズマンは少し笑ったようだ。だがその笑いも、声が変えられているせいで不気味なものにしか感じられない。

「あなたは私に捜査をさせることで、精神的に苦しめようとしている。そうですね？」

「如月功がいなくなった今、そうするしかない」

「わからないのは、西久保さんと高杉さんのことです。どうしてあの人たちを襲ったんですか？」

返事が途絶えた。今、マイクの向こうでワイズマンは何を考えているのだろう。いったいどんな表情で、ウェブカメラの映像を見つめているのか。

「時間が惜しい。さあ如月、ゲームを始めよう」

「ちょっと待って。もう少し話を……」

「時間稼ぎはやめろ。おまえの相棒はもう、こっそりメールを送ったんじゃないのか？」

塔子はうしろを振り返った。はっとした顔で鷹野がこちらを見ている。彼はカメラに写らない場所で、応援を要請するメールを送っていたようだ。

「ほかの刑事が来る前に、我々だけでゲームを楽しむとしよう」

ワイズマンの声のあと、画面の左側にあらたなウインドウが現れた。塔子は目を見張った。

四角いボタンが大量に並んでいる。それぞれに数字が振ってあり、1から24まであった。

「まさかこの中から……」

「正解はただひとつ。確率は二十四分の一だ。外した場合はどうなるか、わかるな？」

突然、大きな機械音が響いた。驚いて塔子は画面の右ウインドウを見つめる。機械室の中で、あの処理装置が起動したのだ。

すぐに音は止まったが、塔子は激しく動揺した。ただの脅しではない。処刑装置はいつでも起動できるのだ。あのまま回転板が動けば、被害者はごみのように処理されてしまう。体中の骨という骨が折れ、内臓は引きちぎられ、圧縮された体から大量の血液が絞り出される。悲鳴を上げる暇もなく、被害者は息絶えるに違いない。

自分の指先が震えていることに、塔子は気がついた。あまりにもプレッシャーが大きすぎる。判断を誤れば、あの人は確実に死ぬのだ。そして手元の選択肢は二十四もある。

「ゲームのプレイ方法を教えよう。スタートは北。ゴールはある人物の名前だ。制限時間は十分間。さあ如月塔子、正解を選べ」

画面上部にカウントダウンのタイマーが現れた。

たった十分で正解にたどり着けるだろうか。これはあまりにも恣意《しい》的な問題だ。犯人の考えひとつで答えが変わるのではないか、という気がする。正解できるというビジョンがまったく見えてこない。

「どうした、相談しなくていいのか?」

塔子は我に返った。そうだ、こうしている場合ではない。もたもたしていると、与えられたわずかなチャンスさえ失うことになる。

塔子は鷹野のほうを向くと、早口で話しかけた。

「選択肢が二十四というところがポイントだと思います。二十四といったら何でしょう。一日は二十四時間ですが……」

「今の時刻を答えさせようとしているのか? いや、そんな単純なものじゃなさそうだ」

鷹野の顔にも、焦りの色が濃くなっている。

「二十四、二十四……。そうだ、二十四節気というのがあります」塔子は言った。「立春《りっしゅん》とか春分とか夏至《げし》とか。あれは全部で二十四です」

「今がそのどれに当たるかという話か？　いや、それも簡単すぎるような気がする。奴は『スタートは北』だと言っていたな」

「あ……。キャンプ場のゲームでは、北は玄武でしたね。でも今回の選択肢は……」

「そう、四つではなく二十四もある。だが二十四というのが、方位を表している可能性はないだろうか」

鷹野はメモ帳に十字を描き、さらに斜めの線を付け加えた。

「北から始めて時計回りに進むと、北北東、北東、東北東、東、それから東南東、南東……」

だが、すぐに鷹野は舌打ちをした。

「駄目だ。これでは十六にしかならない」

「ひょっとして……」

鷹野が描いた図を見て、塔子ははっとした。詳しいことは思い出せない。だが、かつて占いの本で、このように細分化された方位の図を見たことがある。

「何だったかな……」塔子は携帯を取り出した。「ちょっと待ってください」

急いでネット検索を行った。「24」「方位」というキーワードで調べてみる。

「あった。これです！」

目的の画像が見つかった。ルーレットの回転盤のようなものが描かれている。三百六十度を二十四に分けて、それぞれに漢字が割り当てられていた。時計回りに、このようになっている。


《子《ね》、癸《みずのと》、丑《うし》、艮《うしとら》、寅《とら》、甲《きのえ》、卯《う》、乙《きのと》、辰《たつ》、巽《たつみ》、巳《み》、丙《ひのえ》、午《うま》、丁《ひのと》、未《ひつじ》、坤《ひつじさる》、申《さる》、庚《かのえ》、酉《とり》、辛《かのと》、戌《いぬ》、乾《いぬい》、亥《い》、壬《みずのえ》》

携帯の画面を鷹野のほうに向けて、塔子は説明した。

「占いに使う、『二十四山《にじゅうしざん》』というものです。十二支とほかの要素を加えて、二十四の方位を表しています。犯人がこれを念頭に置いているとしたら、『スタートは北』ですから、出発点は北を指す『子』でしょう」

「つまり、子が数字の１ということか」

「そうすると１は子、２は癸、３は丑、４は艮、５は寅……というふうになります」

正しいという確証はない。しかしこの線で行けるのではないか、と塔子には思えた。

「なるほど。よさそうだな。画面上のボタンは二十四山に対応していると考えてみよう」

「問題は、二十四山のうち、どれが正解かということですよね」

「もうひとつヒントがあった。『ゴールはある人物の名前』なんだ」

「人物の名前……」塔子は考え込んだ。「ここに方位を示す二十四の漢字がある。しかし方位を選んでも正解にはなりませんよね」

鷹野は真剣な顔で画面を見つめている。しばらくして、彼は大きな声を上げた。

「そうか！　二十四山は漢字だよな。この漢字が、人の名前と結びつく鍵《かぎ》なんじゃないか？　たとえば犯人が用意した答えが『寅』という人だった場合、二十四山を見ると、子、癸、丑、艮、寅なので『5』を選べばいい、という具合に」

なるほど、と塔子はうなずく。しかし、あらたな疑問が浮かんだ。

「その人物の情報はどこから出てくるんです？」

「そこが最大の問題だ」鷹野は顎に指先を当てた。「ワイズマンが人の名前を挙げようとしているのなら、おそらく過去の事件と関わっている人物のことだろう。奴の立場になって考えたらどうなる？」

「……警察に知らせたい名前、ということでしょうか」

「俺だったらそうする。たとえば、ワイズマンは未解決の事件に遺恨があるのかもしれない。その事件の犯人とか重要参考人とか、そういう人間の名前を我々に伝えたいんじゃないだろうか」

「だとしたら、資料を見ないと！」

塔子はバッグから資料ファイルを取り出した。功が関わっていた事件だけをピックアップしたものだが、ワイズマンが功や塔子にこだわっているのなら、この資料だけでも手がかりになる可能性がある。

「あと三分」

ワイズマンが言った。機械を通した無機質な声が、塔子たちを焦らせる。

塔子と鷹野は、手分けして捜査資料を調べていった。すべてを読み直している時間はない。今ほしいのは「関係者の名前」だ。被疑者や被害者、家族、知人、会社の同僚——。

懸命に文字を追っていくうち、ついに塔子は発見した。

「鷹野さん！　これじゃないですか？」

それは小平短大生監禁・殺人事件の資料だった。事件現場の近くに「乾《いぬい》」という人物が住んでいたらしい。二十四山で乾は北西を表し、子から数えると二十二番目だった。

「おい、諦めたのか？」パソコンから声が聞こえた。「残り、あと三十秒だ」

どうしますか、と塔子は目で尋ねた。鷹野の顔には苦悩の色がある。

「残り十秒。選ばなければ自動的におまえは負けとなる」

機械室で再び大きな音がした。あの処刑装置がまた起動されたのだ。機械全体が細かい振動を続けている。時間切れになれば、回転板が被害者の体を奥へ押し込んでいくだろう。怪物の口の中で、被害者は骨と大量の肉片になってしまうのだ。

「あと五秒」

「これに賭《か》けよう！」

鷹野は素早く右手を伸ばし、《22》と書かれたボタンに触れた。塔子は祈るような気持ちで画面を見つめる。

次の瞬間、処刑装置の動きがぴたりと止まった。機械音が徐々に小さく、低くなっていき、やがて完全に消えた。

――正解……だったんだ。

ほっとして体中の力が抜けそうになった。だが、塔子は首を左右に振った。のんびりしている余裕はない。被害者はまだ処刑装置に捕らわれているのだ。

「ワイズマン、これでよかったんですね？」塔子は尋ねた。「正解は22。あなたが知らせたかった人物の名前は乾だった」

「……正解だ」ワイズマンは言った。「被害者は解放してやる。だが如月、おまえは乾という名前を知った。その人物が、ある事件の関係者だということもな」

「小平短大生監禁・殺人事件ですね」

「答えを知った以上、おまえは行動しなければならない。その名前を忘れないことだ」

音声は途絶えた。塔子は必死になって相手に呼びかける。

だがいくら待っても、ワイズマンの声はもう聞こえてこなかった。

4

辺りに火花が飛び散り始めた。

エンジンカッターが大きな音を立てている。ドアと枠の間に差し込まれた回転歯が、ラッチを削っていく。やがてラッチが完全に切断された。鑑識課員たちはドアを開け、機械室に踏み込んだ。

塔子と鷹野も中に入り、処刑装置に駆け寄った。鑑識課員たちを手伝って、廃棄物投入口から男性を救出する。

「とりあえず床へ。シート、急いで!」

床にシートを敷き、その上に被害者の男性をそっと横たえる。男性は手足を縛られ、口にガムテープを貼られていた。おそらく二十代半ばだろう。紺色のスーツに赤いネクタイ。髪は短めで、さっぱりした印象だ。

「わかりますか？　返事をしてください」

鑑識課員が声をかけたが、応答はなかった。

捜査員に呼ばれて救急隊員が入ってきた。彼らは被害者のそばにしゃがみ込み、バイタルサインを確認する。

呼吸、脈拍とも問題ないようだ。しかし薬を使われたのか、意識がない状態だった。

「外傷はありません」

「身元がわかるものを持っていませんか？」

鷹野に訊かれて、隊員が男性の衣服を探る。尻《しり》のポケットに財布があり、運転免許証が入っていた。隊員はそれを捜査員に手渡した。

「内藤謙《ないとうけん》、二十三歳。住所は三鷹《みたか》市……」

塔子はその内容をメモ帳に書き込んだ。

「では、救急車に収容します」隊員が言った。「搬送先の病院が決まったら、すぐにお知らせしますので」

「お願いします」

塔子と鷹野は揃って頭を下げる。捜査員たちが見守る中、内藤謙はストレッチャーに載せられた。

被害者が運び出されると、すぐに鑑識活動が始まった。

塔子たちは鑑識主任の質問に答え、これまでの経緯を説明する。機械室の外にあったノートパソコン、室内に設置されていたウェブカメラとバッテリー、巨大な廃棄物処理装置などを、鑑識課員たちは詳細に調べていった。もちろん指紋、靴跡の採取なども進められた。

「鷹野、如月」

声をかけられて、塔子たちは振り返った。足下に注意を払いながら、早瀬係長がこちらにやってくるのが見えた。

「遅れてすまない。被害者を救出してくれたそうだな。よくやった」

「危ないところでした。ミスしていれば、被害者の内藤さんはこの中に……」

塔子はそばにある巨大な機械を指し示した。早瀬は眉をひそめて、廃棄物処理装置を見つめる。

「今回もまた、問題が出されたのか」

「はい。一昨日、私たちが調べていた小平短大生監禁・殺人事件に関するものでした」

塔子はゲームの内容とその答えについて説明した。ところどころ鷹野が補足説明をしてくれたのはありがたかった。とにかく、あのときは時間も限られていて必死だったのだ。

聞き終わると、早瀬は腕組みをした。

「ワイズマンは小平事件にこだわっているわけか。単純に考えれば、その事件に遺恨を持つ者の犯行、というふうに思える。如月の親父さんは小平事件を捜査していたんだよな？」

「はい。捜査に関わったあと、被害者遺族の支援もしていたそうです。被害者の母親に会いましたが、私の父のことをよく覚えているようでした」

早瀬は何か考える様子だったが、声を低めて塔子に尋ねてきた。

「被害者の遺族がワイズマンだという可能性はないのか？」

「じつは、そのことなんですが……」塔子は鷹野の顔をちらりと見たあと、早瀬に視線を戻した。「被害者の父親・弘中隼雄という人が行方不明です。失踪宣告を受けていますが、死亡したという証拠はありません」

塔子は、弘中早知枝から得られた情報を簡単に説明した。早瀬は渋い表情を浮かべる。

「その父親について調べる必要がありそうだ。それから、十九年前の昭島事件も見直さないとな。予備班に捜査させよう」

お願いします、と塔子は頭を下げた。

「鷹野と如月のほうは、ワイズマンの問題に出てきた乾という人物に当たってくれ。住所が変わっていないといいんだが」

「そうですね。確認してみます」

乾が答えになるよう、ワイズマンはわざわざ問題を作り上げた。乾は小平事件に深く関わっていた可能性が高い。

「はい、慎重に捜査します」

塔子たちが出ていこうとすると、何か思い出した様子で早瀬が言った。

「ふたりとも気をつけろ。ワイズマンは如月にも敵意を持っている。……鷹野、頼むぞ」

「もちろんです」鷹野は姿勢を正して答えた。「如月は俺の相棒です。何かあっては困りますから」

さあ行こう、と言って彼は塔子の肩を叩いた。

早瀬に会釈をしたあと、塔子は鷹野とともに機械室を出た。

幸いなことに、乾隆造《りゅうぞう》は今も同じ場所に住んでいた。

小平駅から車で約五分、住宅街の一画にある二階家だ。もとはかなり古いものだと思われるが、玄関など一部にリフォームを行った跡がある。

あらかじめ電話で乾の在宅は確認してあった。塔子たちが訪ねていくと、彼はすぐに出てきてくれた。歳は六十前後。塔子たちが来るとわかっていたからか、ループタイを締めてジャケットを着ている。

応接間に通されると、すぐに塔子は口を開いた。

「急にお邪魔してすみません。乾さん、今日お仕事のほうは……」

「会社を辞めまして、今は自営業です。知り合いから仕入れた雑貨や小物をネットで販売しています」

そういえば、飾り棚に色とりどりの雑貨が置かれている。フォトフレームや時計、グラス、食器から文具まで、さまざまなものが並んでいた。中にはカメラ用の三脚や、サイズの大きな傘などもある。

「早速ですが、お話を聞かせてください」塔子はメモ帳を取り出した。「十五年前、この近くで事件がありました。当時、短大生だった女性が拉致されて殺害された、小平短大生監禁・殺人事件です」

「あれには驚きました。まさかこんな近くで事件が起こるなんてね」

「遺体が発見されたのは三軒隣の民家でした。当時は空き家で、被害者が連れ込まれたことには誰も気づかなかった、というんですが」

「そうらしいですね。……ああ、私はその事件を、あとで知ったんですよ。というのも、遺体が見つかる何時間か前、朝早くに私は海外赴任に出かけてしまったんです。その後ずっと海外にいました」

「捜査員とはお会いにならなかったわけですか」

「ええ。事件のことは向こうで知りました。一週間後ぐらいだったかな、赴任先に国際電話がかかってきて、いろいろ質問を受けたんです。私が出発したその日に、空き家で遺体が見つかったと聞いて仰天しましたよ。なかなか帰国するチャンスがなくてね。赴任期間が終わって日本に戻ってきたのは、十ヵ月ぐらいあとでした」

十ヵ月後であれば、もう小平事件の捜査は行われていなかっただろう。

「その事件について、何かご存じのことはありませんか。たとえば事件の前、不審な人物が空き家に出入りしていたとか……」

「当時、電話で刑事さんに話したんですが、見かけない車が停まっていたんですよね」

「車が？」

「遺体が見つかる前の夜、たまたま外を見たら、青いワンボックスカーが見えたんです」

それは極めて重要な手がかりではないのか。塔子は身を乗り出して尋ねた。

「ナンバーは？」

「わかりません。二十メートルぐらい先の、街灯の近くに停まっていまして……」

塔子は鷹野と顔を見合わせ、小さくため息をついた。乾は申し訳なさそうに言う。

「お役に立てなくてすみません。……あの人も、そんなふうに落胆していましたよ」

「あの人というのは？」

「私が帰国すると、郵便受けに何枚かメモが入っていたんです。平田《ひらた》という名前と電話番号が書いてあって、短大生の事件について訊きたいことがある、連絡をください、と。お礼をするとまで書いてあったので、電話をかけました。……翌日、その人はうちを訪ねてきたんです。なかなか私に会えなくて困っていた、と話していました。あの事件を調べているようで、何か知らないかと私に尋ねてきました。それで、青いワンボックスカーを見かけたことを話したんです」

塔子はバッグの中を探った。資料ファイルから一枚の写真を取り出し、テーブルに置く。

「この人じゃありませんか？」

乾は写真に目を落とす。ややあって、うん、とうなずいた。

「たぶんこの人です。鼻の横のほくろを覚えています」

平田と名乗っていた男は、短大生の父・弘中隼雄だったのだ。塔子は鷹野の表情をうかがった。彼は険しい顔をして資料を見直している。

ほかにいくつか質問をしたあと、礼を述べて塔子たちは立ち上がった。

乾の家から外に出ると、辺りは暗くなりつつあった。

面パトに乗り込んで塔子はシートベルトを締める。それから鷹野に話しかけた。

「小平事件の捜査中、乾さんはずっと不在でした。弘中隼雄さんは何度も訪ねて、メモを入れていったんですね」

「そして青いワンボックスカーの情報を知った。……青といったら、思い出すのはあのことだ」

ええ、と塔子はうなずく。

「昭島第一公民館でワイズマンが仕掛けた第一のゲーム。あの問題で青が正解だったのは、ワンボックスカーと関係ありそうな気がします。……当時、警察はその車の情報を入手できなかったんでしょうか」

「どうだろうな。とにかく、ワイズマンは警察へ意趣返しをするため、あのゲームを仕掛けたんだろう」

「だとするとワイズマンの正体は、弘中隼雄さんということに……」

「ああ、犯人候補としてはかなり有力だ」

塔子は先ほどの写真を思い出した。真面目そうな印象だった弘中隼雄。妻の話によれば、娘を殺害されたせいで心の病になり、会社も辞めてしまったという。それでも彼は事件現場付近でビラを配り、犯人の情報を集めていた。そうした努力の結果、乾の証言にたどり着いたというわけだ。

駐車したままの面パトから、塔子は弘中早知枝に電話をかけてみた。

「警視庁の如月と申します。先日はどうもありがとうございました」

「ああ、刑事さん、ごめんなさい。夫の手帳や何かの件ですよね。捜しているんですけど、まだ見つからなくて……」

そうだった。筆跡が知りたかったので、隼雄の手帳などを捜してほしいと頼んでいたのだ。

「見つかったら教えていただけますか。もし私が電話に出ないときは、昭島警察署に連絡をお願いします」

塔子は特捜本部の電話番号を伝えた。それから、あらたまった口調で切り出した。

「ところで、隼雄さんのことをお訊きしてもいいでしょうか。隼雄さんが昭島市や八王子市、日野市などの地理に詳しかった、ということはありませんか」

「……わりと近い場所ですから、行ったことはあるかもしれません。でも、特別詳しくはなかったと思いますけど」

「乾さんという名前を聞いたことは？」

「いいえ、覚えていません」

そうですか、とつぶやいて塔子は考え込む。早知枝は遠慮がちに尋ねてきた。

「ひょっとして、夫に何か疑いがかかっているんでしょうか。もしそうなら、話していただけませんか。私、最近あの人のことをよく夢に見るんです。何か大変なことになっているんじゃないかと、気になってしまって……」

早知枝の声は震えていた。生きていてほしいと思う半面、夫が犯罪などに関わっているのではないかと心配しているようだ。

「何かわかったら、必ずお知らせしますので」

塔子がそう言うと、早知枝は諦めた様子で「わかりました」と答えた。

電話を切って、塔子は小さなため息をついた。早知枝は心細いのだろう。聞き込みのとき、カレンダーを見て彼女が泣いていたことを思い出した。

ふと見ると、鷹野が車の助手席でポケットを探っていた。彼は携帯を取り出し、通話ボタンを押した。

「はい、鷹野です。……今、乾隆造さんの家を出たところですが。……ああ、そうですか。わかりました。これから向かいます」

電話を切って、彼はこちらを向く。

「早瀬さんからだ。さっき廃工場で救出された被害者・内藤謙さんの父親を訪ねてほしいということだった。東久留米《ひがしくるめ》市に住む、内藤卓郎《たくろう》という人だ。病院の近くで会えるらしい」

「被害者のお父さんですか」

塔子がつぶやくと、鷹野は怪訝そうな顔をした。

「気が進まないか？」

「いえ、そうじゃないんですが」考えながら塔子は言った。「弘中隼雄さんも、内藤卓郎さんも同じ父親ですよね。それなのに弘中さんは疑われる立場、内藤さんは被害者の家族という立場です。ずいぶん違うな、と思って」

「内藤さんが何か知っているといいんだが……」

「そうですね。犯人のことも気になりますが、被害者同士の関係もまだわかっていませんし」

塔子は表情を引き締めて車のエンジンをかけ、サイドブレーキを解除した。前方を確認してウインカーを出す。

夕闇の迫ってきた道を、面パトは走りだした。

市民病院の近くに小さなカフェがあった。

塔子たちが入っていくと、窓際のテーブル席にいた男性が立ち上がった。色黒の顔に大きな目、顎《は》ひげを生やしている。ジャンパーには会社名が縫い付けられていた。

「お待たせしました」

塔子は頭を下げながら彼に近づいていく。鷹野とともに警察手帳を呈示した。

「警視庁の如月です。お忙しいところ申し訳ありません」

「いや、こっちもいろいろ話を聞きたいんでね」彼は名刺を差し出した。「内藤卓郎です。工務店を経営しています」

名刺を受け取って、塔子は椅子に腰掛ける。鷹野はウエイトレスにコーヒーをふたつ注文したあと、塔子の隣に座った。

「どうして謙は事件に巻き込まれたんですか」

内藤は早口になって尋ねてきた。日焼けした顔に、険しい表情が浮かんでいる。

「ほかの者からお聞きになっているかもしれませんが……」塔子は説明した。「謙さんは日野市にある廃工場で発見されました。捜査員が駆けつけたときには薬で眠らされていたようです。部屋に閉じ込められていましたが、まもなく病院へ搬送されました」

「先生から聞いたんだけど、怪我はしていないらしいです。でも薬のせいで眠ったままなんですよ。まったく、なんでこんなことになったんだろう」

内藤は眉根を寄せ、右手の拳を握った。その手がぶるぶると震えているのがわかる。テーブルの上のティーカップがかちゃかちゃと音を立てた。

「謙さんのお仕事は？」

「旅行会社に勤めています。もともと旅行が好きだったから、本人はかなり頑張って仕事をしていました」

「ひとり暮らしだったんでしょうか」

「そうです。さっき会社に電話したら、昨日は夜十時ごろ事務所を出たということでした。そのあと誰かに拉致されたんですよ。ちくしょう」

内藤は悔しそうに舌打ちをした。

ウエイトレスがコーヒーを運んできた。塔子も内藤もしばらく口を閉ざす。彼女が去っていくのを待ってから、塔子は尋ねた。

「謙さんが何かに悩んでいるようなことはなかったでしょうか」

「さあ、どうですかね」

「誰かに恨まれていた、ということは？」

「ねえ刑事さん」内藤は塔子をじっと見つめた。「それを調べるのが警察の役目じゃないんですか？」

塔子は黙り込んだ。この内藤という男性は、言いにくいことをはっきり言うタイプらしい。いや、普段はそうでもないが、息子が事件に巻き込まれた今、自分を抑えられなくなっているのだろうか。

「もちろん、私たちは事件解決のために努力します」はっきりした口調で塔子は言った。「ですが、そのためには情報を集めなくてはいけません。……内藤さん、思うところはおありでしょうが、今は捜査に協力していただけませんか」

内藤は椅子の背もたれに体を預けた。何か言いたそうだったが、言葉を呑み込んだようだ。軽くため息をついてから、彼は再び口を開いた。

「役に立つかどうかわからないけどね。三日前の夜だったかな、謙と電話で話したんですよ。そのとき、あいつが言ってました。最近、誰かにつけられているかもしれないって」

「つけられている？」

「ええ。大丈夫なのかって私は訊いたんですが、気のせいかもしれない、と……。もしかして、謙は誰かに狙われていたんじゃないですかね」

「どんな人につけられているか、話していましたか？」

「男だった、とだけ言っていました」

塔子はじっと考え込む。あとをつけていた謎の男。もしかしたらそれは、弘中隼雄ではないのか。

　ここで鷹野が居住まいを正し、真顔になって質問した。

「念のためお訊きしますが、小平短大生監禁・殺人事件というのをご存じですか」

「小平？　知りませんけど」

「……では西久保高志さんや、高杉一朗さんという人をご存じありませんか」

「さあ、誰ですか」

　質問を重ねたが、これ以上の情報は出てこないようだ。事情聴取に応じてくれた内藤に、塔子は謝意を伝えた。

「ありがとうございました。私たちは捜査を続けます。この先何か思い出したことがあれば、連絡をいただけますか」

　塔子はメモを手渡す。内藤は不機嫌そうな顔でそれを受け取った。

「刑事さん、早く犯人を捕まえてくださいよ。そうでないと、うちの謙はまた狙われるかもしれない」

「ええ、全力を尽くします」

「じゃあ、私は病院に戻りますから」

　内藤は伝票を持って立ち上がると、急ぎ足で店から出ていった。

5

午後十時三十五分。昭島署の休憩室にいつものメンバーが集まっていた。

捜査会議のあと、塔子はいつものようにコンビニへ買い物に出かけた。ひとりで大丈夫だと言ったのだが、今日は尾留川がつきあってくれた。

五人で弁当を食べ、お茶やコーヒーを飲む。捜査が難航しているせいで、みな難しい顔をしている。

十五分後に門脇班の打ち合わせが始まった。

「よし、如月、ノートを頼む」

門脇に言われて、塔子は捜査ノートを開いた。あらたな事件、あらたな情報などを書き込んでいく。

■昭島第一公民館殺人未遂事件（公民館事件）

（一）被害者は誰か。★西久保高志。

（二）犯人がゲームを挑んできたのはなぜか。★如月功、塔子に恨みがあり、精神的苦痛を与えたかった？

（三）犯人は如月功、塔子と関係があるのか。
（四）ゲームの選択肢の紫、青、黄色は何を意味するのか。正解は何か。★正解は青。小平短大生監禁・殺人事件で目撃された車の色？
（五）あの公民館を選んだのはなぜか。★昭島母子誘拐事件の関係先に近かったから？
（六）現場に残されていた充電用ポートカバーらしきものは何の部品か。

■北八王子キャンプ場殺人未遂事件（キャンプ場事件）
（一）被害者・高杉一朗は西久保高志と関係があるのか。
（二）あのキャンプ場を選んだのはなぜか。★昭島母子誘拐事件の関係先に近かったから？
（三）高杉一朗宅を訪問していたのは誰か。

■日野市廃工場殺人未遂事件（廃工場事件）
（一）被害者・内藤謙は西久保高志、高杉一朗と関係があるのか。
（二）あの廃工場を選んだのはなぜか。★昭島母子誘拐事件の関係先に近かったから？

(三) 小平短大生監禁・殺人事件と関係があるのか。★車の目撃者の名「乾」が第三問の答えだった。
(四) 内藤謙を尾行していたのは誰か。

門脇はノートを覗き込んだあと、塔子に話しかけた。

「次から次へと殺人未遂事件が起こったせいで、如月家の脅迫事件が中途半端になってしまったな」

「でも、私や母を脅していた人物がワイズマンである可能性は高いですよね」

「たしかにな。ワイズマンを捕らえれば、如月家の脅迫事件も解決できるわけか」

そう言って門脇はポケットを探った。可愛い絵柄のパッケージを取り出し、果汁グミを口に放り込む。むしゃむしゃ食べながら彼は続けた。

「公民館事件で奴は被害者を殺害しようとした。西久保高志は今も意識不明の重体だ。助かったのが不思議なぐらいだった」

「ワイズマンはゲームと称していますが、どうも気に入りません」尾留川が不満げな顔を見せた。「遊び感覚でやっているとしたら最低です。痛みに鈍感なんですかね」

その言葉を受けて、徳重が口を開く。

「ゲームといっても、緩い遊びじゃないような気がします。犯人にとっては厳正な勝負なんでしょうね。だからこそ相手を騙すことはしない」

「どういうことです？」

「奴にはプライドがあるんだよ。そのプライドにかけて卑怯なことはしないわけだ」

「でも、被害者を拉致している時点で、すごく卑怯じゃないですか」

尾留川が反論すると、徳重はゆっくり首を左右に振った。

「少なくともゲームが始まってからは、奴は誠実だよ。本来、自分が作った仕掛けなんだから、その気になれば約束を反故にできるはずなんだ。解答者が正解しても、処刑装置を起動してしまえばいい。でも第二、第三の事件で、ワイズマンは律儀に約束を守り、被害者を殺しはしなかった」

そのとおりだ、と塔子は思った。第一問は警察が不正解だから仕方なかった。しかし第二問で塔子たちが正解の黒を選んだとき、ワイズマンは仕掛けを動かしてはいない。そのあと高杉が硫酸を浴びてしまったのは不慮の事故だから、ワイズマン自身も予想はできなかっただろう。

そして今日の第三問でも、塔子たちが正解したあとは機械を動かさなかった。おかげで内藤謙は負傷しなくて済んだのだ。

「処刑方法の残酷さはともかく、ルールだけは大事にしているわけですか」と尾留川。

「たぶんワイズマンは他人に厳しいだけでなく、自分にも厳しいんだよ。約束を守るところだけは評価したいよね」

「自分に厳しい、か……」門脇はひとり渋い顔をして唸った。「これで約束さえも守らない奴だったら、高杉も内藤も死亡していた可能性があった、ということですね」

「そうです。あまり想像したくないことですがね。……あっ、これはまずい」

徳重は慌てた様子で、テーブルからペーパータオルを取った。煮物の汁が、ワイシャツに垂れていたのに気づいたらしい。弱ったな、と言いながら染《し》みを拭いている。

「それにしても、被害者三人の関係がわかりませんよね」

ペンを手に取り、塔子はノートに三人の名前と事件現場などを書いた。

◆西久保高志（28）　自動車販売会社社員
昭島第一公民館　舞台天井から墜落【重症】
◆高杉一朗（77）　無職（年金生活者）
北八王子キャンプ場　調理場で硫酸を浴びる【中等症】
◆内藤謙（23）　旅行会社社員
佐倉電機工業廃工場　廃棄物処理装置から救出【軽症】

塔子は指先でノートをとんとんと叩いた。

「西久保さんは国分寺市、高杉さんは東大和市、内藤さんは三鷹市……。住所はばらばらだし、職業にも関連はなさそうです。この三人に繋がりがあったとしたら、何なのか……。西久保さんと内藤さんは年齢が近いから、もしかしたら趣味か何かで関係があったかもしれません。でも、わからないのは高杉さんですよね」

「問題はそこだ」野菜ジュースの紙パックを手に取って、鷹野が言った。「七十代の男性が、親族でもない二十代と交流するというのは、一般的には考えにくい」

「それに、高杉さんはあまり外に出ることもなかったみたいですし……」

「お、これなんかどうです？」

そう言ったのは徳重だった。彼は携帯電話でネット検索をしていたようだ。

「ネットで訊いてみたんですよ。そうしたら、いくつか意見を出してもらえました」

「またいつもの掲示板ですか？」

門脇が横から画面を覗き込む。徳重は情報収集のため、こうした匿名掲示板をよく利用しているのだ。

「今起きている事件だとわからないように、簡潔に質問しました。こんな答えがありましたよ。介護関係とか、病院関係なら可能性があるんじゃないか、と。二十代が七十代の介護をしていたとか、生活の支援をしていたとかね」

「たしかに高杉さんは老人ホームを探していました」鷹野はメモ帳を開いた。「でも西久保さんや内藤さんは、介護や福祉関係の人ではありません。もちろん医療関係者でもない」

「ほかの意見としては、博物館や美術館、あるいは何かのイベントで出会ったんじゃないか、とか……」

「高杉さんにそういう趣味があったとは聞いていませんけど……」と塔子。

「じゃあこれはどうです？　二十代のほうは詐欺師で、七十代の財産を奪おうとしていた」

あ、と言って塔子はまばたきをした。

「西久保さんと内藤さんが詐欺師だった、ということですか。たしかに、お年寄りをターゲットにする特殊詐欺は本当に多いですよね」

「しかしそれは妙だ」鷹野は首をかしげた。「二十代が七十代を騙していたとして、ワイズマンはなぜ三人とも殺害しようとしたんだろう。加害者である二十代を狙うのはわかるが、高杉さんまで襲われているぞ」

鷹野の言うとおりだ。ワイズマンはあの三人に対して、同じように恨みを抱いていたと考えるべきだろう。

「あとはネットで知り合った可能性でしょうか」

携帯を操作しながら徳重が言った。彼がおもに書き込んでいるのは、若者中心の掲示板だ。二十代の利用者も多いに違いない。

「そうだ！　もうひとつありますよ、可能性が」

急に尾留川が声を上げたので、塔子は驚いてしまった。門脇や鷹野も彼に目を向ける。

尾留川は目を輝かせていた。

「トクさんみたいに、高齢者が匿名掲示板を利用していた、とか。どうです？」

「ちょっと。私は高齢者じゃないよ」

「ああ、すみません。たとえばの話です」尾留川は続けた。「高杉さんはこっそり、若者の集まる掲示板に書き込んでいたんじゃないでしょうか。トクさんみたいに、自分のことを若者だと偽って」

「いや、あのね、私は偽っているわけじゃなくてね……」

もともと徳重は、年齢を伏せて掲示板に書き込んでいたらしい。そのうち掲示板の利用者たちから、なぜか若者だと思われてしまったそうだ。今さら五十代ですとは言い出せず、そのまま若者のふりをしているという。

「とにかく、被害者三名の関係がわからなければ捜査は進まないでしょう」鷹野はみなを見回した。「トクさん、鑑取りのほう、よろしくお願いします」

わかりました、と徳重はうなずいた。

再び塔子のノートに目をやって、門脇が話し始めた。

「次に犯人像についてだ。第三の事件でワイズマンは、小平短大生監禁・殺人事件との関係をほのめかしている。答えは『乾』で、小平事件で青いワンボックスカーを目撃した人物の名前だった。……鷹野、この乾という男の背後に問題はないのか？」

「今回の被害者三人は、いずれも深夜に拉致されています。ということは、乾さんにもアリバイはないでしょうね。ただ、犯人が自分の名前を問題の答えにすることはないでしょう。従って、彼は犯人ではないと思います」

まあ、そうだよな、と門脇はつぶやく。それから、もう一度鷹野に訊いた。

「十五年前の小平事件のとき、乾はどうしていた？」

「その点も問題ありません。弘中真希さんが拉致されたのは、乾さんが海外に出かける前々日の夜でした。その時間帯、乾さんは会社で打ち合わせをしていたんです」

「となると、ますますわからないな。ワイズマンはなぜ乾という名前を出したんだろう」

「車の目撃情報の件を、我々に知らせたかったんじゃないでしょうか」

「ここに目撃者がいるぞ、と伝えたかったわけか。警察への当てつけの意味かな」

そうですね、と鷹野は答えた。

「当時の資料を調べてみたんですが、青いワンボックスカーの目撃情報は記録されていませんでした。国際電話で事情を聞いた捜査員のミスだと思います。ワイズマンはそれを恨んだ可能性があります」

「車の持ち主が事件に関与していた、ということか……」

「ひょっとすると、ワイズマンは独自の調査で持ち主を突き止めたのかもしれません。もしそうなら、奴の執念が実ったと考えるべきでしょう。もちろん、偶然の要素にも助けられたでしょうが」

塔子は考えを巡らした。小平事件といえば、どうしても気になることがある。

「小平事件の被害者の父・隼雄さんが失踪宣告を受けています」塔子は言った。「娘の死にショックを受けて、犯人を相当恨んでいたようです。……高杉さんの家を誰かが訪ねていたという情報、それから内藤謙さんが誰かにつけられていたという情報がありました。どちらも隼雄さんだったんじゃないでしょうか。彼が今回の事件の犯人だという可能性は高いですよね」

「たしかにそれは考えられるが……。母親はどうなんだろう」

門脇が尋ねると、徳重がメモ帳を開きながら答えた。

「向かいのマンションに防犯カメラがあるので、もし早知枝さんが玄関から出たのなら記録されているはずです。しかしワイズマンが犯行に及んだと思われる夜、いずれも早知枝さんは映っていませんでした。アリバイはありませんが、彼女はシロだと思います」

「となると、やはり怪しいのは失踪した隼雄か。夜の会議でも話が出たが、早くそいつの情報を集める必要があるな。どこかに隠れているのなら、引きずり出さなくてはならない。難しい捜査だが、しっかり進めよう」

「わかりました」

塔子と尾留川は揃って返事をした。徳重や鷹野は黙ったまま、深くうなずいた。

そのほかの項目について話していると、廊下から靴音が聞こえてきた。誰だろう、と思って塔子は休憩室の入り口に目を向けた。スーツ姿の男性が入ってくる。

現れたのは捜査一課長の神谷だった。

塔子は急いで椅子から立ち上がった。門脇たちも課長に気づいて、みな起立する。

「お疲れさまです」塔子は深く頭を下げた。

「この時間は打ち合わせをしているはずだと、早瀬から聞いてな。……門脇、まだ途中か？」

「そろそろ終わりにするところです」

「じゃあ、ちょっと邪魔するぞ」

神谷はこちらのテーブルに近づいてきた。塔子は空いていた椅子をひとつ持ってきて、神谷のそばに置く。

「すまないな」そう言ってから、神谷は塔子を見つめた。「どうした、神妙な顔をして。何かまずいことでも相談していたのか？」

「いえ、そんなことは……」

「だったら普通にしていればいい。ここは会議室じゃないんだからな」

「あ、はい」

塔子はうなずいたが、どうしても緊張してしまう。神谷は父・功と一緒に仕事をしていた人だが、気安く話しかけられる相手ではなかった。警察という組織の中で、上下関係は絶対だ。

「まあ、みんな座ったらどうだ」

ありがとうございます、と言って門脇たちは椅子に腰掛けた。尾留川と徳重は顔を見合わせている。いきなり課長が現れたものだから、みな戸惑っているのだ。

「さっき早瀬とも相談したんだがな」神谷は話しだした。「今後犯人は四件目の事件を起こすかもしれない。奴はまた如月を指名してくる可能性がある。そう考えると、如月は現場に出ないほうがいいんじゃないかと思うんだ」

まったく予想外の話だった。塔子は慌てて首を横に振った。

「続けさせてください。ここで犯人から逃げたくはありません」

「おまえは絶対、狙い撃ちされるぞ」

「ですが、今まで捜査を続けてきましたし……」

「リスクがあるのに手を打たないのでは、管理職として失格だ。部下の安全管理をするのも俺の仕事なんだよ。……門脇ならわかるだろう？」

「え？」門脇は身じろぎをした。

「後輩の様子を見て、これはリスクが高いと感じたら、仕事の割り振りを替えるはずだ。強引に捜査を進めても、いい結果は出ない」

「はい、それはたしかに」

神谷はあらためて塔子のほうを向いた。

「おまえは勘が鋭いと聞いている。明日からは特捜本部の中で働いてくれ。これまでの捜査資料を見直したら、何か気づくことがあるんじゃないか？」

「捜査資料、ですか……」

「筋読みの訓練だと思えばいい。集めてきた情報を組み合わせて、事件の鍵を見つけるんだ。ワイズマンはなぜあの三人を拉致したのか。奴の目的は何なのか。おまえの親父さんとの関係はどうだったのか。それを探ってほしい」

まだまだ最前線で働きたいという思いが強かった。だが神谷の言葉に説得力があるのも事実だ。このまま捜査を続けたら犯人に振り回され、先輩たちの足を引っ張ってしまうかもしれない。

「……わかりました。明日からは外に出ないようにします」

「ああ、そうしてくれ。犯人から如月の指名があった場合は、不在だと伝えておく。言いなりになったら、相手をつけあがらせるだけだ。奴の言うことをすべて聞く必要はないんだからな」

「おっしゃるとおりです」塔子は背筋を伸ばして一礼した。

さて、と言って神谷は立ち上がった。塔子たちも一斉に椅子から立つ。

部下たちを見回してから神谷は言った。

「如月は後方支援に回るが、戦力ダウンというわけではない。前線にいる門脇たちは、本部にいる如月をどう活かすか考えろ。いいな？」

はい、と門脇たちは答えた。

神谷を見送ってから、塔子は考え込んだ。

すでに三人の被害者が出たというのに、今もワイズマンの素性はわかっていない。奴の目的は何なのか。この先も犯行を繰り返すつもりなのか。その際、塔子が不在だと知ったら奴はどんな行動に出るのか。

「俺たちは随時、連絡を入れることにする」鷹野が塔子に言った。「何か気づいたら、すぐに教えてくれ」

門脇や徳重、尾留川もうなずいている。それを見て、塔子は気持ちを引き締めた。先輩たちのために、警察という組織のために、支援の役割をしっかり果たさなければならないだろう。

――いや、それだけじゃない。私自身のためにも全力を尽くさなくては。

これからの努力が、あの脅迫者の逮捕に繋がってくれるように、と塔子は祈った。

第四章　ワイズマン

1

三月十五日、捜査開始から四日目――。

今日も昭島署で朝の捜査会議が開かれていた。

早瀬係長は眼鏡のフレームに指先を当て、みなを見回しながら言った。

「……なお、三人の被害者の状態について報告します。西久保高志は今も意識不明の重体。高杉一朗は記憶の混乱により、まだ正確な証言はできないようです。内藤謙は怪我もなく、睡眠導入剤の影響もなくなりましたが、犯人について尋ねたところ、顔は見ていないということでした。背後からスタンガンで襲われ、すぐに目隠しをされて薬を注射された、と話しています。……証言が得られないことは非常に残念です。その分、現場周辺での聞き込みなどを徹底してください。では、本日の捜査もよろしくお願いします」

起立、礼の号令のあと、捜査員たちは相棒とともに廊下へ出ていく。

「じゃあ如月、行ってくる」

鞄を手にして鷹野が言った。そばにいるのは尾留川だ。塔子の代わりに、彼が鷹野とコンビを組むことになったのだ。

塔子を励ますつもりなのか、尾留川は軽い調子で話しかけてきた。

「如月の分まで頑張ってくるからさ。大船に乗ったつもりで待っててくれ」

「気をつけてください。ワイズマンはまた妙な仕掛けを用意しているかもしれません」

「大丈夫だよ。俺は鷹野さんと一緒なんだから」

それを聞いて鷹野は、ふん、と鼻を鳴らした。

「尾留川は気楽に考えすぎだ。奴のやり口は本当にきついぞ。甘く見ると痛い目に遭う」

「……そうでしたね。すみません」

首をすくめたあと、尾留川は小さく頭を下げた。塔子は鷹野のほうを向く。

「何かあったら連絡してください。調べ物もできますから」

「ああ、よろしく頼む」

軽く右手を上げてから鷹野は廊下に向かった。彼のあとに尾留川が続く。普段あの位置にいるのは自分なのに、と塔子は寂しく思った。だが今は仕方がない。自分は内勤を命じられているのだ。与えられた仕事をきちんとこなして、先輩たちのサポートをしなくてはならない。

捜査員たちが出払ってしまうと、特捜本部の中はがらんとした状態になった。残っているのは幹部たちとデスク担当者、資料調査などをする予備班のメンバーたちだけだ。

そんな中、塔子はノートパソコンを起動した。ファイルを何冊も持ってきて、これまでの捜査資料を確認し始める。

パソコンのハードディスクには、鷹野が撮影してきた画像データも多数保存されていた。記録魔である彼は、今回の捜査でも大量の写真を撮っている。今朝、塔子はそれらをこのパソコンにコピーさせてもらった。現場写真には重要な意味がある。その場所を思い出すのに役立つし、見落としていたものに気がつくこともある。

コーヒーを飲みながら、塔子は資料のチェックを続けた。特捜本部のメンバーが毎日苦労して集めてきた情報だ。どれも無駄にはできない。想像力を働かせながら、しっかり確認していく必要がある。

資料を一通り読み終わったところで、塔子はひとり腕組みをした。

ここから先、これらの情報をどう考えていくかが問題だ。ひとつでは意味がないように見えても、組み合わせることで何かがつかめるかもしれない。鷹野も普段、頭の中でそういう作業をしているのではないだろうか。

塔子の家に届いていた脅迫状。文面を見ると、脅迫者は今回の事件の犯人・ワイズマンではないかと思える。ワイズマンは西久保高志、高杉一朗、内藤謙の三人を拉致し、処刑装置で殺害しようとした。奴は三人に恨みを持っているはずだ。また、その処刑の場に塔子を呼んでゲームを挑んだ。おそらく塔子を苦しめるためだろう。被害者を救出できなければ塔子は選択を後悔し、自分を責めることになるからだ。

しかし塔子が憎いのであれば、直接手を下す方法もあったのではないか。あまり想像したくないが、塔子をあの三人と同じように拉致し、処刑装置の餌食とすることもできたはずだ。そうしなかった理由は何か。

考えられるのは、塔子にはある役割が与えられていたということだ。西久保たち三人は被害者として拉致された。だが塔子は違う。ゲームの参加者、解答者として迎えられたのだ。

――私に直接の恨みがないから、そうしたのでは？

功に対しては深い恨みがあったかもしれない。だが塔子はその娘だ。ワイズマンが塔子を憎む気持ちというのは、じつは言いがかりのようなものだったのではないか。

ワイズマン自身がそれに気づいているから、拉致するほどではない、と判断したのではないだろうか。

そうだったとして、やはりわからないのは被害者三人の関係だ。昨日も先輩たちと考えてみたが、結論は出なかった。まだ警察が入手できていない情報があるということか。

あれこれ思案しているうちに、正午が近づいてきた。

普段、捜査に出ているときは、あまり昼食の時間を気にしていない。聞き込みが一段落したタイミングで素早く食事をとる、というのがいつものやり方だ。混んでいる時間帯は避けるから、昼休みに昼食をとるという発想自体がなかった。

しかし今日は様子が違う。十二時を過ぎたところで、捜査員たちはみな休憩の態勢に入った。新聞を広げる者や、雑談を始める者もいる。そのうち予備班のメンバー二名が仕出し弁当を運んできた。どうやら内勤の人たちは、毎日弁当を頼んでいるらしい。

みな一斉に食べるだろうから自分はあとにしよう、と塔子は思った。一時ぐらいにコンビニに行って何か買ってくればいい。そう考えていると、急に声をかけられた。

「如月、飯《めし》にしよう」

驚いて声のしたほうを見ると、窓際にある打ち合わせスペースに早瀬係長がいた。

そばには神谷課長、手代木管理官もいる。

「あ、私はコンビニで何か買ってきますので」

「おまえの分もある。一緒に注文しておいたんだ。今日は俺が奢《おご》ってやるから」

「いえ、係長、そういうわけには……」

塔子が戸惑っていると、神谷課長が口を開いた。

「如月、遠慮するな。ここの弁当は旨いぞ」

こうなってしまうと断るのは失礼だ。目下の者として、せめてこれぐらいはしなければと、四人分のお茶を用意した。早瀬の隣が空いていたので、座らせてもらった。

神谷が食べ始めるのを待ってから、手代木や早瀬は弁当の蓋《ふた》を取った。塔子もそれにならう。

弁当はたしかに美味《おい》しかった。オーソドックスな幕の内弁当だが、煮物はダシがしっかりしているし、海老《えび》フライや玉子焼きも塔子好みの味だ。

何というお店だろう、と思って包み紙を調べていると、

「最近調子はどうなんだ、如月」

神谷がそう尋ねてきた。塔子は急いで煮豆を呑み込む。

「……はい、先輩たちに指導していただきながら、どうにか捜査を進めています」

「謙遜《けんそん》しなくていい。鷹野・如月のコンビといえば、庁内でもかなり有名だと聞いて

いるぞ」

「それは鷹野主任の力によるもので……」

「何のためにコンビで捜査をすると思っているんだ。足りないところを補い合って、目標を達成するためだろう。そういう意味では、おまえたちはなかなかいいコンビになった」

「ありがとうございます」

姿勢を正して、塔子は丁寧に頭を下げる。それを見て、神谷は口元を緩めた。

「飯のときぐらいリラックスしたらどうだ。何を緊張している？」

「……課長と管理官と係長、三人で食事をなさっているのを、今まであまり見たことがないものですから」

普段は聞き込みに出かけている時間帯だから、三人の食事風景が珍しく感じられたのだ。

すると、早瀬係長が苦笑いを浮かべた。

「我々だって食事ぐらいするさ。少し世間話をすることもある」

「世間話？」

「昨日は子供のことを話していたよ。……ですよね、管理官」

早瀬に訊かれて、手代木は箸《はし》を動かす手を止めた。

「俺はあまり気が進まなかったが、早瀬が尋ねてきたからな。早瀬も課長も俺も、みんな女の子がいる」

「そういえば……」

神谷だけでなく、手代木にも娘がいたことを塔子は思い出した。

「年ごろの娘を持つといろいろ大変なんだよ」と神谷。

「いや、課長の娘さんはしっかりしていらっしゃいますよ。それに比べてうちの娘ときたら、口ばかり達者で……」

そう言って手代木は顔をしかめる。

塔子は意外に思った。上司たちがそんな話をしているとは、今までまったく知らなかった。

「ところで、如月は猫を飼い始めたそうだな」急に神谷が尋ねてきた。

「え……あ、はい」

「お母さんの好きな猫にしたんだって？」

「よくご存じですね」

「早瀬から聞いたんだ」

「私は尾留川から聞きました。あいつは庁内の情報に詳しいですから」

そう言って早瀬は笑った。彼がこんな笑顔を見せるのも珍しい。

仕事を離れればこういう会話になるのかと、塔子は不思議な気持ちになった。今まで敬遠してしまっていたが、上司と話すのもいろいろ刺激になりそうだ。

お茶を一口飲んでから、思い出したという顔で神谷が言った。

「如月家への脅迫状の件も気になるな。犯人を捕らえて、そちらも一挙に解決したいところだ」

「はい。うちの母も気にしているようです」

「本当に卑怯な奴だ」神谷は軽くため息をついた。「脅迫状なんかを送って、気が晴れるんだろうか。そんなことをしている間に何か生産的なことをしろ、と諭してやりたい気分だ」

神谷がそう言ってくれたことに、塔子は心から感謝した。母が聞いたらきっと喜ぶに違いない。

食事を終えて、神谷は椅子から立ち上がった。

「如月はこのあとも内勤だな。資料から何か見つかるといいんだが」

「しっかり調べたいと思います」

「そうしてくれ」神谷はスーツの袖をまくって腕時計を見た。「夕方、俺は別の特捜本部に移動する。手代木、早瀬、あとのことは頼む」

「承知しました」手代木は頭を下げる。

窓の外にちらりと目をやってから、神谷は幹部席に戻っていった。

洗面所に寄ったあと、塔子はふと思い出して自宅に電話をかけてみた。

ところが厚子はなかなか出ない。四コール、五コールと続くうち、だんだん不安になってきた。どうしようかと考えていると、八コール目でようやく母が出た。

「はいはい、塔子、ごめんね」

携帯番号を登録してあるから、塔子からの電話だとすぐわかったのだろう。

「お母さん、今、大丈夫？」

「ええ。洗濯をしてたものだから、気がつくのが遅れちゃって」

なんだ、そういうことか、と塔子は胸を撫で下ろす。

「その後、変わりはないよね？」

「ビー太のこと？　今日も快食快便だけど」

「いや、そうじゃなくて……。脅迫状のこととか」

「昨日も今日も、何もないわね。それより塔子のほうはどうなの。仕事は進んでる？」

塔子は口ごもった。上司の配慮があったとはいえ、捜査の第一線から外されたとは言いづらい。

「今、資料の山と格闘しているところ。やるべきことはたくさんあるけど、気持ちが焦ってなかなか進まないの」

「ああ、わかるわ。そういうときは、ひとつずつ片付けていったほうがいいのよ。全部を見渡すのも大事だけど、いざ作業をするときに混乱するでしょう。だから、わかりやすい問題や、気になる問題から取りかかるのがコツ」

「どういうこと？」

「とりあえず、手をつけやすそうな問題を探すの。答えが出やすそうだとか、ほかよりも興味があるとか、そういう問題ね。それで少しでも作業が進めば、自信がついて余裕も出てくる。余裕が出れば、ものの見え方も変わる。今まで見落としていたものが見えてくるかもしれないわよ」

「自信と余裕、か……」

「私、翻訳の仕事をしているでしょう。こんなの無理だわ、と思うこともあるけど、最初は作業しやすいところから手をつけるのね。そうすると、あ、意外とできそうって感じになるから」

　ひとりであれこれ悩んでいると、不安ばかりが膨らんでしまう。そういうときの対処法というわけだ。このタイミングでアドバイスをもらえたのは幸運だったかもしれない。

「わかった。できることからやってみるよ」

「うん、その調子。……ほら、ビー太も『頑張って』って言ってる」

にゃあ、という声が電話の向こうから聞こえた。厚子に捕まって嫌がっているのでは、と思うと自然に顔がほころんだ。

「お母さん、ありがとう」塔子は電話を切った。

席に戻り、机の上に広がる捜査資料をじっと見つめる。

わかりやすい問題。気になっている問題。まず頭に浮かぶのは小平短大生監禁・殺人事件だ。その資料を開き、塔子はあらためて目を通し始めた。

調べていくうち、おや、と塔子は思った。小平事件のとき誘拐犯から両親のところへ何度か電話がかかってきている。その中に、こんな言葉があったそうだ。

《……大事な娘さんだろう。無事に返してほしければ言うことを聞け》

《……そうだ。金を用意したら車に積んで、指定する場所に来い》

《……ハッチュウ……いや、場所はあとで伝える。早く金を準備しろ》

この「ハッチュウ」というのが引っかかった。話の流れからすると「発注」などではないはずだ。意味がわからなかったため、捜査員はカタカナで記録したのだろう。

ハッチュウ、ハッチュウ、と塔子は口の中で繰り返した。

資料のページをめくっていくと、別の記録が目についた。捜査中、被害者の父・弘中隼雄が「自宅から北の方角を調べてほしい」と言っていたらしい。しかし地取りの情報などから、警察は西の方角を重点的に調べた。翌日、弘中真希の遺体が発見されたのだが、現場は北の方角に位置する空き家だった。昨日、塔子たちが訪ねた乾隆造宅の三軒隣だ。

次のページに何枚かの地図がコピーされていた。広域図もあって、弘中宅から見ると、たしかにあの空き家は北にあたる。

妙だな、と思った。隼雄はなぜ北の方角だと主張したのだろう。

——隼雄さんは、何か特別な情報を持っていたんだろうか。

塔子は地図を調べ始めた。空き家を中心とした一帯を丹念にチェックしていく。そのうち、はっと気がついた。空き家から一キロほど離れた場所に「小平第八中学校」があったのだ。

第八中学校を略して「八中《はっちゅう》」ではないだろうか。犯人は現金授受の場所を考えているとき、近くにある八中の名をつい口にしてしまった。まずいと思って、急に話を逸《そ》らした。隼雄はそれに気づいて、北の方角を調べてほしいと言った。そういうことだったのではないか。

隼雄が捜査員に対して、ハッチュウという言葉の意味を説明したかどうかは不明だ。いや、根拠もなく北を調べてほしいとは言えないだろうから、きちんと話した可能性が高い。だが捜査員は記録するのを怠ったのではないか。あるいは——責任を問われたくなくて、故意に記録しなかったとも考えられる。

いずれにせよ、この件で隼雄が苛立ったことは間違いないだろう。加えて、現金授受のときには捜査員のミスも発生している。だから隼雄は警察を信用できなくなり、自分でビラ配りなどを始めたのだ。そうやって、彼は独自の方法で犯人捜しをしていたのだろう。

塔子が腕組みをして考え込んでいると、部屋の隅で電話が鳴った。デスク担当者が受話器を取り、相手と話し始める。

「え……。本当ですか？」

急に彼の声が高くなったので、塔子は驚いてしまった。デスク担当者は慌てた様子で立ち上がり、幹部席に向かって報告した。

「警視庁本部から連絡がありました。ワイズマンからメールが届いたそうです」

「また来たのか！」

神谷と手代木が揃って椅子から立ち上がった。ラックのそばで資料を見ていた早瀬も、険しい表情で顔を上げた。

「メールの内容ですが」デスク担当者はメモを見ながら続けた。「『武蔵村山《むさしむらやま》市の廃墟に被害者がいる。元医療機関だった場所だ。さあ無能な如月塔子とその同僚たち、現場へ急げ。ワイズマン』……以上です」

ワイズマンはまた警察を挑発してきたのだ。武蔵村山市内に被害者を拉致し、塔子に捜査するよう指示している。過去三件と酷似した犯行形態だった。

塔子は腕時計を見た。午後二時を少し回ったところだ。

桜田門からの連絡を受けて神谷、手代木、早瀬の三人は急遽《きゆうきよ》打ち合わせを始めた。じきに方針がまとまったらしく、早瀬は予備班の捜査員を呼んだ。

「至急、武蔵村山市の医療機関をピックアップしてくれ。現在診療しているところ、すでに廃業したところ、全部だ。捜査員を割り振って、順次それらの施設に当たらせる。外に出ている捜査員には、予告のメールを打ってくれ。このあと緊急で捜索活動を行うから、武蔵村山市に向かってほしいと」

はい、と答えて予備班のメンバーはすぐに作業を始めた。ネット検索で医療機関を調べる者、地図を開いてチェックする者、捜査員の一覧表を見て捜索区域を書き込んでいく者、そして各員にメールを発信する者。どの顔にも緊張の色がある。

「私も手伝いましょうか」

塔子は席を立って、早瀬に申し出た。だが彼は首を横に振った。

「手は足りている。それより如月は自分に与えられた仕事を進めてくれ。いずれおまえの出番もあるはずだ」

「……わかりました」

再び座って、塔子は小さくため息をついた。どうにも気持ちが落ち着かない。内勤とはこういうことかと、少し歯がゆいような思いを味わった。

やがて捜査員たちの捜索分担が決まったようだ。早瀬はまず門脇に電話をかけた。

「早瀬だ。……ああ、さっきメールを送ったが、またワイズマンから予告が来た。このあと担当区域を送るから、被害者を捜してほしい。……そうだ。如月は参加させない」

電話を切って、早瀬は幹部席のほうを向く。

「まもなく捜索を開始します。現地では門脇が指揮を執ります」

「これで四件目だ。被害者が無事に救出されるといいんだが……」

室内が重い空気で満たされた。今回はどんな処刑装置が用意されているのか。被害者はどんな年齢層で、どんな特徴を持った人物なのか。気になったが、今は捜査員からの報告を待つしかない。

悪い想像を振り払って、塔子は小平事件の資料に目を落とした。

2

捜索が開始されてから、そろそろ二時間がたつ。

どうなっているだろうと気を揉んでいると、机の上の携帯電話が鳴りだした。

塔子は急いで携帯を手に取った。液晶画面に表示されているのは鷹野の名前だ。表情を引き締め、通話ボタンを押した。

「はい、如月です。何か見つかりましたか？」

「今、廃業した調剤薬局にいる。けっこうな広さだし、周りが静かなので、いかにも奴が狙いそうな場所なんだ。しかし被害者はいなかった」

「そうですか……」

「もう二時間近く調べているが、当たりが出ない」鷹野の声に焦りが感じられた。

「ところで、地図を見ていて気がついたんだが、武蔵村山市だと思っていたらじつは立川《たちかわ》市だった、という場所があった。市の境界線の関係でそうなっている」

塔子は手元の地図を開いた。たしかに武蔵村山市の南部中央付近に、立川市が入り込んでいる部分がある。

「犯人の罠だということはないだろうか。たとえば、ネットで『武蔵村山市の医療機関』と検索するとヒットしない。しかし多くの人が、あそこは武蔵村山市だろう、と思っていた場所とか」

あるいは、と塔子は思った。犯人が武蔵村山市の住人なら、単純に勘違いしたという可能性もある。立川市であるにもかかわらず、武蔵村山市だと警察に伝えてしまった、というケースだ。

「そうですね。早瀬係長に話してみます」

一旦電話を切って、塔子は幹部席に向かった。早瀬に声をかけ、鷹野から聞いたことを伝える。

「あり得る話だな」早瀬はうなずいた。「わかった。予備班に調べさせよう。地図を見て、境界近辺の医療機関もピックアップさせる。鷹野には俺から連絡しておく」

「お願いします」

一礼して塔子は自分の席に戻った。

そういう調査や鷹野への連絡は、本来なら塔子の仕事ではないだろうか。だが早瀬は、予備班に指示を出している。塔子は資料の調査に専念しろということらしい。期待してくれているのだろうが、それはそれで大きなプレッシャーがある。

鷹野はいつもこんな気分を味わっていたのだ、と塔子は思った。常に成果を求められるということは、焦燥感との闘いがずっと続くということだ。

塔子はひとつ深呼吸をした。落ち着かなければ、と自分に言い聞かせる。

母は言っていた。わかりやすい問題、気になる問題から手をつけていくべきだと。

小平事件は一旦おいておくとして、次に気になるのは何か。

そうだ。三つの事件の被害者のことだ。

これまで何度も考えてきたことだった。西久保高志、高杉一朗、内藤謙はなぜ犯人に狙われたのか。彼らの関係さえわかれば、犯人の正体が浮かんできそうな気がする。

塔子はメモ帳に目を落とした。

もっと問題を単純化してみることにする。被害者は二十八歳、七十七歳、二十三歳で、年齢差はかなり大きい。言い換えれば三人は、青年、老人、青年ということになる。

——それが何だというんだろう。意味があるとは思えないけど……。

なかなか考えが先に進まなかった。早く結果を出さなければ。そう思えば思うほど、気持ちが焦ってくる。

周囲を見ると、ほかの捜査員たちはみな忙しそうだった。素早くパソコンを操作する者。あちこちに電話をかけて情報を集める者。真剣な顔でリストをチェックしている者。そんな中、自分は何の役にも立っていないのではないか。

「何をしている、如月」

声をかけられ、塔子は顔を上げた。手代木管理官がそばに立っていた。

「……すみません。しっかりしなくちゃいけませんよね」

「そうじゃない。何をしているのかと訊いているんだ」

手代木は難しい顔をしたまま、隣の席に腰掛けた。塔子は背筋を伸ばして、管理官を見つめる。

「今、被害者三人のことを考えていました。三人の年齢をみると青年、老人、青年だな、と……」

塔子の言葉を聞くと、手代木の表情が険しくなった。彼は胸のポケットから蛍光ペンを取り出す。部下を叱責するとき、このペンを相手に突きつける癖があるのだ。

「申し訳ありません」塔子は慌てて謝罪した。「期待していただいているのに、まだ何も思いつかなくて……」

「ノートを借りるぞ」

手代木はそう言うと、塔子のノートを自分のほうに引き寄せた。開かれているページに、被害者たちの名前が書いてある。彼は青いペンで西久保高志、内藤謙に色をつけ、高杉一朗にはオレンジのペンで色をつけた。

「青年と老人、こういうことだな」手代木はノートを見つめた。「ふたりとひとり。

いや、それは関係ないか……。生活圏が違うことはわかっている。出身地は調べてみたか？」

「はい。出身地もばらばらでした」

「何かあるはずだ。おまえが目をつけた『世代の差』というのは、いい線を突いている気がするんだが」

手代木は腕組みをして、ノートをじっと見つめる。彼の横顔をうかがいながら、塔子はおそるおそる尋ねた。

「あの、管理官。これはどういう……」

「俺が事件のことを考えていたらおかしいか？」

「そんなことはありません」

ふん、と手代木は鼻を鳴らした。

「如月は捜査資料をじっくり読み込んでいるんだろう？　だったら、ほかの人間より事件の全体像が見えているはずだ」

「そう……かもしれません」

「時間がないぞ。知恵を絞れ」手代木は塔子のほうに蛍光ペンの先を向けた。「なぜワイズマンは青年、老人、青年を襲ったのか。どうだ？」

目の前にペン先を突きつけられ、塔子は身じろぎをした。

「ええと……高齢者は体力がないので、襲うのは楽だろうと思います。でも残りのふたりは二十代ですから、弱者とは言えませんよね」

「たしかに二十代は腕力も強いだろう。ほかはどうだ？　三十、四十、五十、六十代と見ていくと……」

「三十、四十代だと、まだ力がありますよね。五十代はどうでしょう」

「ざっくり言うと、中年の世代か」

「はい。今回その世代は狙われていないわけですよね。三人しかいないので、サンプルが少なすぎるんですが……」

　そこまで話したとき、塔子は小さな違和感を抱いた。

　青年にとっては親の世代、老人にとっては子の世代である中年世代が欠けている。なぜだろう。たまたま恨んだ相手が青年、老人、青年だったと考えることもできる。だが、意図的にそうしていたという可能性もある。

「突拍子もない考えなんですが、もしかして犯人は、故意に中年世代を外したんじゃないでしょうか」

「面白い着想だ」手代木は無表情な顔のまま塔子を見た。「で、その理由は？」

　塔子は眉をひそめて思案に沈む。

「たとえば、そこに犯人独特のこだわりがあった、とか？　だから被害者同士の関係がわからなかったのかもしれません」

「つまりこうか。被害者同士の関係に気づかれないよう、犯人はあの三人を選んだのではないか……」

「そう、それです！」塔子はうなずいた。「直接恨みがない相手を選んでいたとしたら、どうでしょうか」

「だが、直接恨みがない人を殺害しようとするだろうか。そんなことをして何になるのか」

手代木の言うとおりだ。大仕掛けな処刑装置やゲームの問題を作るのは、相当労力のかかることだろう。失敗すれば確実に逮捕されてしまう。だがワイズマンはそれを実行した。やはり動機としては、深い恨みがあったと見るべきではないか。

「誰かを恨んではいたんです」考えながら塔子は言った。「でも直接その人物ではなく、無関係な青年や老人を狙ったのかも」

「そこは無理があるな。……発想を変えてみるか。もし無関係でなかったとしたらどうだ？」

「じつは関係があった、ということですか。殺したい人物の代わりに、関係のある青年や老人を襲った、と……」

そのとき、頭の中でいくつかの情報が繋がる感覚があった。

——犯人は「中年世代の代わりに」、青年や老人を拉致したのでは？

「あっ！」塔子は声を上げた。「これは、中年世代の人物を苦しめるための復讐かもしれません。青年である子供が亡くなれば、中年である親は大変なショックを受けます。一方、老人である親が亡くなった場合でも、中年である子供には影響が大きいはずです。それが犯人の狙いじゃないでしょうか」

塔子は資料のページをめくり、ノートに図を描いた。

西久保修——西久保高志（長男）
高杉一朗（父）——高杉信吾
内藤卓郎——内藤謙（長男）

やはりそうだ、と塔子は思った。

「西久保高志さんの父・修さんは五十三歳、不動産会社の社長です。病院で事情を聞いたとき、息子の高志さんのことをずいぶん心配していました。高志さんは赤ちゃんのとき、重い病気にかかったらしくて」

「ふたり目の高杉一朗はどうだ？」

「一朗さんの息子・信吾さんは五十四歳、建設機械メーカーに勤めています」

高杉一朗は硫酸を浴びて負傷した。最初、信吾は警察の対応を批判したが、塔子の話を聞いて態度を軟化させてくれた。

「そして三人目。内藤謙さんの父・卓郎さんは五十二歳で工務店を経営しています。病院近くのカフェで会ったとき、早く犯人を捕まえてほしい、そうでないと息子はまた狙われるかもしれない、と話していました」

手代木は塔子のほうを向いて言った。

「ワイズマンは三人の中年男性に精神的苦痛を与えるため、子供や親を拉致し、殺害しようとした。本人に復讐するのではなく、彼らが愛する家族を傷つけ、間接的にダメージを与えようとした、というわけか」

「この筋読み、いかがでしょうか？」

勢い込んで塔子が訊くと、手代木は眉間に皺を寄せて唸った。

「もしそうだとしたら、被害者をいくら調べても関係はわからないはずだな。調べなければならないのは、被害者の家族である西久保修、高杉信吾、内藤卓郎だったのか」

「その三人は年齢が近いですし、よく見ればそれぞれの仕事も気になります。不動産会社、建設機械メーカー、工務店。これらは繋がりの深い業種です。三人は仕事関係で面識があった可能性があります」

西久保修たち三人は過去の何らかの出来事によって、ワイズマンの恨みを買ったのではないか。今になって、ワイズマンは復讐を始めた。家族を襲って、三人を苦しめようとしたのだろう。

「悪くない筋読みだ」手代木はうなずいた。「だが、まだ精度が低い。次に考えなくてはならないのは、ワイズマンの正体だ。西久保修たち中年男性三人はいったい何をした？」

「答えはおそらく、ワイズマンの行動にあります。根本の原因は小平事件でしょう。西久保修さんは十五年前の小平事件に関わっていたんだと思います。高杉信吾さんと内藤卓郎さんも、それに関係していた。はっきり言えば、その三人が小平事件の犯人だったんじゃないでしょうか」

「結論を急ぎすぎるのはまずい。だが、その筋読みはいいと俺も思う」

ありがとうございます、と塔子は頭を下げた。

「恨みの原因が小平事件だったとすると、ワイズマンは弘中真希さんの関係者だと考えられます。怪しいのは行方不明になっている父親・弘中隼雄さんです」

「娘を失い、弘中隼雄は大変な苦しみを味わった。……そうか。だからそれと同じ苦痛を与えるために、あえて本人ではなく、親や子供を拉致した可能性があるな」

弘中隼雄が犯人だったとすると、功が脅迫状を送りつけられた理由も想像がつく。功は小平事件の捜査に関わっていたし、事件後は弘中夫妻のサポートをした。功は心を尽くして対応したものの、弘中には伝わらなかったのだろう。弘中は警察に対する不信感や怒りなどを、すべて功にぶつけたのではないか。

「手代木管理官のおかげで、筋読みを大きく進めることができました」

「俺は横から口を挟んでいただけだ」手代木は、にこりともせずに言った。「今の話をノートにまとめておけ。それが出来たら神谷課長に報告だ。俺は先に概要だけ伝えておく」

「わかりました」

手代木は足早に幹部席へ戻っていく。彼の背中に向かって、塔子は黙礼をした。

厳しい人に見えた手代木が、わざわざ推理を手伝ってくれるとは思わなかった。普段は部下を叱責するところばかり目立つ彼だが、捜一の管理官にまで出世した人物だ。若いころから第一線に立ち、数多くの事件を解決してきたに違いない。

そのとき塔子は思い出した。手代木にも娘がいるのだ。もしかしたらその子を塔子に重ねて、目をかけてくれたのだろうか。もっと言えば、神谷課長や早瀬係長が塔子を大事にしてくれるのも、娘がいることと多少は関係があるのではないか。

それはともかく、今は事件のことに集中しなければならない。

塔子は自分の考えをノートに書いていった。まだ調べが不足している部分もあるが、神谷課長や早瀬係長の判断で捜査を深めてもらえばいいだろう。

——そうだ。念のため、写真も確認しておこう。

パソコンの中には、鷹野が撮影した大量の写真がある。このタイミングで、一度それらを見ておくことにした。自分の考えを補強する写真が出てきてくれたらありがたい、と考えたのだ。

急いで鷹野のデータをチェックし始めた。聞き込みに行ったときの写真がほとんどだが、中には趣味で撮ったのかと思えるものもあった。本人に言わせると、こんな記録にも意味があるらしい。

かちかちというマウスのクリック音が響く。写真は次々切り替わっていった。そのうち、塔子はふと操作の手を止めた。何枚か前に戻り、一枚の写真に目を留める。引っかかるものがあった。

塔子は写真を拡大し、細部まで丁寧に調べていった。そのとき突然、ひとつの考えがひらめいた。

ある人物と会ったときに鷹野が撮った写真だ。たまたま撮影されたものだが、そこに写っている小さな製品を、塔子はじっと見つめた。少しグレーの混じった紺色。それはまさに、第一の事件現場に落ちていた充電用ポートカバーと同じではないか。

パソコンを操作して、その製品のことをネットで調べてみた。キーワードで検索できれば、もっと早い段階で発見できていたかもしれない。だが手がかりは画像だから、正体を知るまでは検索できなかったのだ。

ウェブサイトを見たあと、塔子はメーカーに電話をかけた。現物を見なければ断定はできないが、可能性はかなり高いということだった。やはり遺留品のポートカバーは、その製品からちぎれたものだったようだ。

さらに何ヵ所かに問い合わせをしたあと、メモをとりながら推理を続けた。その結果、ある人物が事件に関与していることをほぼ確信した。

塔子は急いで席を立った。資料やメモ帳を手にして幹部席へ向かう。

あらたな筋読みを、手代木たちに聞いてもらう必要があった。

3

担当リストの最後に掲載されていたのは以前、歯科クリニックだった建物だ。入り口付近に案内表示があり、転居後の連絡先が書かれているのが見つかった。同じ武蔵村山市内だが、ここからは少し離れているらしい。

ちょうどいい、と鷹野は思った。許可を得てから中に入ることにしよう。所有者に連絡をとるよう、尾留川に指示した。

数分後、尾留川は通話を終えてこちらを向いた。

「連絡がとれました。もう空き家になってから相当たつそうで、ドアも窓も壊れているから自由に出入りしていい、ということでした」

「誰でも侵入できるというわけだな」

鷹野は白手袋を嵌めた。

尾留川の情報のとおり、建物は相当古い造りだった。築五十年、いや、それ以上たっているかもしれない。玄関のドアノブに手をかけると、蝶番《ちょうつがい》が壊れていてぐらぐらする。静かにドアを開け、鷹野は中を覗き込んだ。そこには待合室があり、新聞紙や雑誌、空き缶などが散らかっていた。

鷹野は土足のまま待合室に入った。左の壁際にふたつ、右の壁際にひとつ、茶色いベンチが置いてある。正面には受付用のカウンター。もちろんそこには誰もいない。カウンターの右側に、診察室へ出入りするための白いドアがあった。鷹野は尾留川に目で合図をする。尾留川はこくりとうなずき、ドアの脇に張り付いた。

——よし、行くぞ！

鷹野は一気にドアを引き開け、中に飛び込んだ。

薄暗い診察室だった。窓からかすかに明かりが射し込んでいる。室内はがらんとしていた。かつては患者用の診療用チェアユニットが置かれていたはずだが、廃業とともに撤去されたようだ。残っているのは古いキャビネットと汚れたデスク、丸椅子ぐらいだった。

尾留川はほっとした表情を浮かべていた。

「雰囲気からして、ここには何かありそうな気がしたんですけどね」

「何かあったほうがよかったか？」

「いえ、まさか」尾留川は慌てた様子で、首を横に振った。「何もなければそれが一番です」

鷹野は診察室の奥にあるドアを調べ始めた。

右手に備品室らしい小部屋があった。医療用品の紙箱がいくつか棚に置かれているが、どれも空だ。

振り返ると、尾留川は別のドアを調べていた。

「こっちはX線撮影用の場所だったみたいですね。異状ありません」

カウンターの裏には、従業員用の休憩室らしい部屋があった。テーブルの上にはペットボトルやビールの缶、スナック菓子の袋、ガイドブックなどが放置されている。

「あれ、このジュース、最近発売されたものですよ」尾留川が言った。「先週コマーシャルで見たばかりです。誰かがここに入ったんですね」

「答えはこれだな」

鷹野はガイドブックを手に取った。『廃墟探検ガイド』というタイトルで、中には地図と写真付きであちこちの廃墟が紹介されている。

「うわ、こんな本があるんですか。それを見て、廃墟マニアが侵入したんですかね」

「ガイドブックに載っているのはもっと大きな物件だと思うけどな。……まあしかし、廃墟マニアが入ったことは間違いなさそうだ。ここで宴会をして、その挙げ句、本を忘れていったのかもしれない」

「人の建物で酒盛りをするとは、けしからん連中ですね」

尾留川は腕組みをして室内を眺《なが》め回す。

鷹野はガイドブックを小脇に抱えると、デジカメを取り出した。念のため各部屋を撮影していく。これまで調べてきた医療機関でも、すべてそうしてきた。画像データには撮影時刻が記録されるから、あとで報告書をまとめるとき混乱しなくて済むというメリットがある。

写真撮影を終えて、鷹野は尾留川とともに建物を出た。

「ここも外れでしたね」尾留川は軽くため息をついた。「ほかの組はどうなんでしょう」

「まだ連絡がないところをみると、どの組も事件現場にはたどり着いていないんだろうな」

「ワイズマンの奴、過去三回あんなことをしてますからね。今度はどんな処刑をするつもりなのか。……まいったな。鷹野さん、何かひらめきはないんですか」

「ひらめきは如月の専売特許だよ」

「あ、そうか。ひらめきは如月、推理は鷹野さんでしたっけ」

「実際、如月の直感は当てになるよ。かなり助けてもらっている」

それを聞くと、尾留川は意外そうな顔をした。

「知りませんでした。鷹野さん、如月のことをそんなに評価してたんですか」

「いいものはいいし、よくないものはよくない。俺はいつだって中立、公平だ」

「そうですか？　如月の前ではいつも、ちょっと厳しめですけど」

「俺にも立場というものがあるからな」

なるほど、と言って尾留川はうなずいた。前方に、面パトを停めたコインパーキングが見えてきた。

「しかし如月、大丈夫ですかね。鷹野さんは、あいつの家に来た脅迫状を見たんでしょう？　どうでした？」

「あれを何年も受け取っていたんじゃ気味が悪いだろう。しかも、おかしなことに毎回、十円切手を大量に貼ってくるんだ」

「ああ、そう言ってましたね。フクジュソウの切手だとか。花言葉は、ええと……」

「『悲しい思い出』だ。あとは『幸福』とか『幸せを招く』とか」

「不思議ですね。なんで反対の意味なのかな」

言われてみれば、たしかに妙だ。鷹野はひとり考え込む。花言葉がどのようにして現在のように決まったのかはわからない。本によって、書いてあることが違うケースもある。それにしても、と鷹野は思った。

――ふたつは表裏一体ということか？

幸福な時間はすぐに過ぎ去り、悲しい思い出に変わってしまう。なるほど、それは真理のように思われる。

鷹野たちは面パトに乗り込んだ。助手席に座って、鷹野は先ほどのガイドブックを開いた。うしろのほうに参考データや廃墟探検に関する注意事項、問い合わせ先などが掲載されている。その参考データの部分を読んで、鷹野は眉をひそめた。

廃墟マニアにとって気になりそうな情報があった。廃墟について取りまとめたデータベースが存在するというのだ。普通の人間がアクセスできるものではない。しかしそれを参照することができれば、どこにどのような廃墟があるのか、すぐにわかるらしい。

そこまで読んだとき、鷹野ははっとした。ばらばらだった部品が、ひとつに繋がるような感覚があった。

　車をスタートさせようとしていた尾留川に、鷹野は慌てて声をかけた。

「ちょっと待ってくれ。そのままで」

　ハンドルに手をかけていた尾留川は、驚いたという顔でこちらを見る。

「どうしたんです？」

「ひらめきというやつが来たかもしれない。俺のところにも」

　そのとき、携帯電話が鳴りだした。鷹野はスーツのポケットを探って携帯を取り出す。液晶画面には如月の名前が表示されていた。

「はい、鷹野です」

「如月です。お知らせしたいことがあります」

　彼女の声はいつになく緊張しているようだった。急いでいる気配もある。

「何があった？」

「被害者三人の関係に思い当たったんです。まだ、裏を取っている段階なんですが……」

　それを聞いて、鷹野は携帯を握り直した。

「聞かせてくれ」

　電話の向こうで、如月は筋読みを話し始めた。最初の着想は直感によるものだったらしい。だがそこから先、ひとつひとつの情報を積み重ねていくことで三人の関係がわかったという。

説明を聞きながら、鷹野も頭の中で検証を進めていった。如月の思考の道筋をたどり直し、抜けや漏れはないかと検討する。その結果、大きな誤りはなさそうだと思えた。

「被害者本人ではなく、その家族が恨みを買っていたわけか。悪くない着想だと思う」

「手代木管理官のおかげで筋読みができたんです」

「え？　なんで手代木さんが……」

鷹野の言葉を聞いて、運転席の尾留川が眉をひそめた。どんな話をしているのか気になったのだろう、彼は鷹野の持つ携帯に顔を近づけてきた。漏れてくる如月の声に、耳をそばだてているようだ。

「先ほど早瀬係長にお願いしました」如月は言った。「今、西久保修、高杉信吾、内藤卓郎の関係を調べてもらっています。不動産、建設関係で繋がっていた可能性があります。もしこの三人が繋がっていたのなら、過去に何かあったと考えることもできますよね」

「そこから先は、推理というより推測になってしまうわけだが……」

「ええ、推測でしかありませんが、調べる価値はあると思います。西久保修たち三人が、じつは小平事件の犯人だったのではないか、と私は考えています。その事実を知ったワイズマンが、今になって復讐を始めたんじゃないでしょうか。ターゲットをずらして、本人ではなく家族を襲うという形で」

彼女の推測に危ういところはある。だが極めて有力な仮説だというのは事実だった。手代木管理官や早瀬係長も、如月の説に説得力を感じたからこそ裏を取り始めたのだろう。

「……あとは犯人のことです、鷹野さん」

あらたまった調子で如月は言った。

一番の問題はそのことだ。鷹野は表情を引き締める。

「じつは、さっき気がついたことがある。犯人の正体についてだ」

「え……。鷹野さんのほうでも？」

「如月も何か見つけたのか？」

意外だった。如月は被害者三人の関係に思い至っただけでなく、犯人の正体まで見抜いたというのか。

彼女は自分の推測を話してくれた。一方で、鷹野も自分の考えを説明した。

「そういうことか」

「そういうことだったんですね」

鷹野と塔子はそれぞれ相手の言うことを理解し、納得した。アプローチの方法は違っている。だがふたりの推測の行き着いた先には、同じ人物がいた。

「奴がワイズマンだ」鷹野は確信をもって言った。「早瀬さんには報告したか？」

「はい。鷹野さんたちに動いてほしいそうです。その人物を訪ねて任意同行を求めるように、ということでした」

「わかった。至急、奴のところに向かう」

「お願いします」

それでは、と言って如月は電話を切ろうとした。鷹野は慌てて彼女に呼びかけた。

「ああ、如月。……よく気づいてくれた。礼を言うよ」

「いえ、答えは捜査資料の中にあったんです。鷹野さんの写真の中にも」

「見つけてくれたのは如月だ」

「すべては犯人逮捕のためですから。鷹野さん、必ず奴を捕らえてください」

「任せてくれ」

電話を切って、鷹野はひとつ息をついた。正直な話、こんな形で如月に助けられるとは思ってもみなかった。

鷹野は尾留川に、今の通話内容をかいつまんで説明した。後半、携帯から漏れる声を聞いていた彼は、だいたいの事情を理解していたようだ。

「如月の奴、やるじゃないですか」感心したという顔で尾留川は言った。「ひとりで、そこまで考えつくなんて」

「まだまだ甘いところがあると思っていたんだがな」

「いつの間にか、師匠に迫っていたわけですか。愛弟子《まなでし》の成長、嬉しいんじゃないですか？」

「別に愛弟子ってわけじゃない」鷹野は咳払いをした。「よし、ワイズマンのところに行くぞ。奴を追い詰めるんだ」

「了解です」

尾留川はサイドブレーキを解除して、素早く周囲を確認する。

犯人の居場所に向けて、覆面パトカーは走りだした。


午後六時が近づいて、辺りは徐々に暗くなりつつあった。

目の前をスーツ姿の男女が歩いていく。疲れた顔をしている者。携帯電話で誰かと話している者。同僚と飲みに行く相談をしている者。かなりの人数が駅へと向かっていく。

そんな中、鷹野と尾留川はある建物の出入り口を見つめていた。

事前の情報によれば、マル対――捜査対象者はまもなく外に出てくるらしい。特徴のある青い鞄を持っているはずだ、と関係者から聞いていた。

鷹野と尾留川は壁際に立って、マル対が現れるのを待った。刑事という職業柄、待つことには慣れている。だがこの緊張感の中、じっとしていることがもどかしく感じられた。

「鷹野さん」尾留川の声が聞こえた。

もちろん鷹野も視認していた。情報のとおりだ。奴は青い鞄を提げている。いつもと同じスーツを着て、いつもと同じ時間帯に、いつものように家路に就くのだろう。

だが、その「いつも」はここで断ち切られるのだ。

鷹野は尾留川とともに、マル対のほうへ近づいていく。相手はじきに、鷹野たちに気づいたようだ。足を止め、怪訝そうな顔でこちらを見ている。

「仕事は終わりましたか」鷹野はマル対の前に立った。

「あなたはたしか、警視庁の……」

「鷹野です」

ああ、と言ってマル対はうなずいた。辺りをぐるりと見回してから、再び鷹野に視線を戻す。

「今日はどうして、こんなところに？」

「あなたを待っていました」鷹野は相手をじっと見つめた。「ワイズマンと名乗る、あなたをね」

よくわからない、という顔でマル対は首をかしげる。

「ワイズマン？　いったい何なんです？」

「都内で起こった連続殺人未遂事件の犯人ですよ」

「ああ……ニュースでやっていましたね。何人かが怪我をさせられたとか。それが何ですって？」

鷹野は軽く息をついたあと、話し始めた。

「昭島第一公民館、八王子のキャンプ場、日野の廃工場で一般市民が拉致され、殺害されそうになる事件が起こりました。三つの現場はいずれも廃墟で、人の出入りがありませんでした。最近こうした建物が増えていて、おそらく犯罪者にとっては便利なんでしょう。それにしても昭島市、八王子市、日野市に散らばっている三ヵ所を、なぜ犯人は都合よく見つけることができたのか。特に日野市の工場は三週間前に閉鎖されたばかりで、知っている人は少なかったはずなんです。どうやって犯人はそれを知り、このタイミングで処刑装置を設置することができたのか。……いかがです？　あなたはどう思いますか」

厳しい口調で問われて、マル対は戸惑うような表情を浮かべた。

「どうして私にそんな話をするんです？」

数秒、相手を観察したあと、鷹野は説明を続けた。

「先ほど、廃業した歯科クリニックの建物を調べていて、廃墟探検のガイドブックを見つけました。まったく偶然の出来事でしたが、その偶然のおかげで私は気づくことができたんです。ガイドブックには、『廃墟について取りまとめたデータベースが存在する』と書かれていました。はたしてそんなものがあるのか？　普通の市民では見ることができません。なぜならそれは、公的機関が作ったデータベースだからです」

「データベースって、いったい……」

「廃墟のデータを集めて、危険度を記録しているそうです。いずれそれらの建物は撤去しなくてはならないし、空いた土地を利用して、新しい施設を造ることも考えなくてはならない。都市計画にとっては重要な課題ですよね」

マル対は鷹野と尾留川の顔を交互に見ている。おそらく、頭の中にはさまざまな考えが浮かんでいるに違いない。マル対は今、大きな焦りを感じているはずだ。

「あなたの立場であれば、廃墟の情報を知ることができたんじゃありませんか。関戸さん」

鷹野たちの目の前にいる人物。それは東京都都市整備局に勤務する、関戸純也だった。

関戸は紺色のスーツを着て、髪には整髪料をつけている。見るからに真面目そうな人物だ。鷹野は彼の経歴を思い浮かべた。

今から十四年前に練馬宝石商強盗殺人事件が起こった。被害者は関戸武臣。その息子が純也だ。当時、如月功が捜査に当たったものの、初動捜査が遅れたせいで解決には至らず、純也は警察に不信感を抱いたという。のちに功が被害者遺族のサポートを行ったが、関戸純也はその内容にも不満を持っていたらしい。

関戸は険しい表情を浮かべながらも、落ち着いた口調で言った。

「廃墟の情報なんて、ほかの人間でも手に入れられるでしょう。その廃工場とやらの従業員なら、閉鎖されるのを知っていたはずです。近くの住人だって、工場が閉鎖されたことには気がつくだろうし」

「ではもうひとつ」

鷹野はポケットからデジタルカメラを取り出し、ボタンを操作した。液晶モニターに、グレーの混じった紺色の小さな部品が映し出された。

「昭島第一公民館の事件現場に落ちていた、充電用ポートのカバーです。特殊な色だったので、元の製品を割り出すことができました。これは『レーザー距離計』の部品だと思われます。どういう品なのか、関戸さんはご存じですよね？」

調べてみて初めて知った製品だった、と如月も話していた。レーザー距離計は、対象物までの距離を素早く計測する装置だという。土木、建設、不動産関係などでよく使われるらしい。

「あなたは廃墟を調べ、データをまとめる仕事をしていますね。天井の高さなどを測るのにレーザー距離計が必要だったはずです。実際、都庁で事情をうかがったとき、あなたの紙バッグにこれが入っていました」

デジカメの画面を切り換えると、テーブルに置かれた紙バッグの写真が現れた。バッグの中から、小型無線機のような機械が覗いている。防水性能のあるデジタルカメラを見せてもらったとき、鷹野が撮影した写真だった。

「私は無線機だと勘違いしましたが、実際はレーザー距離計ですよね。シリコーンが特殊な色だったため、メーカーでほぼ確認がとれました。その商品はＵＳＢで充電できるタイプです。長く使っているうち、充電用ポートカバーがちぎれてしまうことはあり得る、とメーカーの社員が話していました」

「……だから、何だと言うんですか」

「公民館のステージで被害者を吊るす前、あなたは天井までの距離を測ったんじゃありませんか？　そのとき、脆《もろ》くなっていたポートカバーが取れてしまったが、気がつかなかった。そうでしょう？」

充電用ポートカバーが見つかったのは公民館の舞台脇、袖幕の辺りだった。小さな部品が落ちたとしても、見えにくい場所だ。まして当時は犯行の真っ最中だった。気持ちも焦っていたに違いない。

「ポートカバーが付いているかどうかが問題です。さあ、あなたのレーザー距離計を見せていただけますか？」

鷹野は関戸のほうへ一歩近づく。そのときだった。

「うわあああっ！」

獣のような声を上げ、関戸が鞄を持ったまま走りだした。

「逃がさないぞ！」

一声叫ぶと、鷹野は全力疾走で関戸を追った。

関戸は猛烈な勢いで駅のほうへ向かっていた。ときどき歩行者にぶつかってよろける。その都度、人々の間から怒声が上がる。

歩行者たちのせいで関戸のスピードが落ちてきた。あと二メートル、一メートル。鷹野は右腕をめいっぱい前に伸ばした。もう少しで肩に手が届きそうだ。

前方に信号が見えた。歩道には大勢の人が立ち止まっている。すり抜けるのは無理だと悟ったのだろう、関戸は急に進路を変えた。信号のない場所で、広い道路を横断しようというのだ。鷹野もあとに続いた。

まばゆいヘッドライトがふたりを照らした。クラクションを鳴らして、大型トラックが突っ込んでくる。関戸が、恐怖に顔を歪《ゆが》めるのが見えた。
――くそ。こんなところで死ねるか！
鷹野はアスファルトを蹴った。もんどり打って、関戸とともに車道を転がってい
く。激しいブレーキの音。歩行者たちの悲鳴。鷹野は目をつぶった。
ひどい事故になることを覚悟していた。だがいつになっても衝撃は襲ってこない。
そっと顔を上げると、五十センチほど先にトラックのタイヤがあった。ぎりぎりのと
ころで運転手が車を止めてくれたのだ。
「鷹野さん！」
尾留川がやってきて、そばにしゃがみ込んだ。彼は、関戸が放り出した青い鞄を持
っていた。
怪我はないかと、尾留川は鷹野の体を調べ始める。
「いや、俺は大丈夫だ」
鷹野は言った。普通に喋ったつもりだったが、声がひどくかすれているのに気がつ
いた。
尾留川とふたりで関戸を立ち上がらせる。両側から彼の体を支えて歩道に戻った。
トラックに轢《ひ》かれそうになって、関戸は真っ青な顔をしていた。もはや逃走の意志は
ないようだ。

タイルの敷かれた歩道に彼を座らせた。少し離れた場所から、野次馬が鷹野たちに注目している。携帯電話でトラックを撮影している者もいる。

「おい、関戸」

声を低めて鷹野は言った。関戸の頬がぴくりと動いた。

「おまえは三ヵ所の廃墟を見つけて処刑装置を作り、パソコンやらウェブカメラやらを設置した。そして夜中に被害者を拉致し、処刑装置に拘束した。翌日おまえは警察に連絡。俺たちに被害者を捜索させた。間違いないな？」

「ああ、そうだよ」投げやりな調子で関戸は答える。

「捜査員とのやりとりは自分のノートパソコンでやったのか？　しかし仕事はどうしていたんだ」

「外出が多い仕事だし、ひとりで行動しているから、どうにでもできた」

尾留川が青い鞄を確認した。中には書類のほかにノートパソコンが一台入っていた。

「如月塔子を巻き込もうとしたのは、彼女の父親に恨みがあったからか？」

「ほかに理由があると思うのか？」ふん、と関戸は鼻を鳴らした。「如月功は何の役にも立たなかった。口ではあれこれ言っても結局ほったらかしだ。わかるかい？　約束はちゃんと守れって話だよ。守れないなら、最初から約束なんかするな。糠喜《ぬかよろこ》びさせられるのが一番頭にくるんだ。おまえたち警察はいつもそうやって、一般市民を騙して……」

「いい加減にしろ！」

尾留川が怒鳴ったので、鷹野は意外に思った。ムードメーカーの彼がこんな声を出すのだから、よほど腹に据えかねたのだろう。

座り込んだまま、関戸は尾留川を見上げた。その顔には明らかな敵意が浮かんでいる。鷹野はふたりの間に割って入った。

「あの三人の被害者は、家族の代わりに選ばれたんだろう？」あらためて鷹野は関戸に問いかけた。「本当に恨みがある相手は西久保修、高杉信吾、内藤卓郎だったはずだ」

「あんた、知っていたのか……」

関戸にとっては予想外だったらしい。真相に気づいてくれた如月に、鷹野は感謝した。

「しかし、おまえはなぜその三人を恨んだ？」鷹野は尋ねた。「今回の事件のきっかけは小平短大生監禁・殺人事件だった、というのが俺たちの筋読みだ」

「俺は小平の事件には関係ない」

「そうだよな。おまえが恨んでいるのは練馬事件の犯人のはずだが……」

鷹野は首をかしげる。そのとき尾留川が口を開いた。

「練馬事件を起こしたのも、西久保修たちだったのでは？」

尾留川の言葉を聞いて、鷹野ははっとした。そういうことか、と深くうなずく。

「小平事件が起こったのは今から十五年前だ」考えながら鷹野は言った。「そのとき犯人は身代金を受け取り損ねている。計画が失敗して一度は身を隠したものの、金がほしいという気持ちは抑えられなかった。それで十四年前、三人はあらためて事件を起こした。誘拐だの拉致だのはやめて、単純に誰かを殺害することに決めたんだろう。それで練馬の宝石商・関戸武臣さんを襲った。おまえの父親だ」

「考えれば正解できるじゃないか」関戸はにやりとした。「おまえ、なんで最初からしっかりやらないんだよ」

「よけいなことを言うな！」尾留川がまた吠《ほ》えた。

よせ、と言って鷹野は尾留川を止めた。ここまで話を聞いてきて、どうもしっくりこない部分があった。

「もうひとつわからないことがある」鷹野は関戸を見つめた。「武蔵村山市に被害者がいる、という今日のメールは何だったんだ。この時刻になってもまだ事件現場は発見できていない。ガセネタだったのか？」

なるほどね、と関戸はつぶやいた。彼はひとり、口元を緩めている。

いったい何なのだろう。鷹野の中で急速に疑念が広がっていった。何かがおかしい。

「おい、おまえ何を隠している?」

鷹野は関戸の胸ぐらをつかんだ。だが相手はまったく動じない。薄ら笑いを浮かべながら、関戸は言った。

「自分で考えてみなよ。あんた、刑事なんだろう?」

どういうことだ、と鷹野は思った。この違和感はどこから生じているのだろう。関戸の顔を睨みつけながら、鷹野は必死に考えを巡らした。

4

机の上の携帯電話が鳴りだした。

塔子は素早く手を伸ばす。表示されているのは鷹野の名前だ。先ほどからずっと待っていた連絡だった。

「はい、如月です。状況はどうでしょうか」

「奴を追っていて、危うく死にかけたんだが……」

「……え?」塔子はまばたきをした。「どういうことですか?」

「いや、大丈夫だ。関戸の身柄は拘束した。奴は三件の犯行を認めたよ。如月のおかげでうまくいった」

「よかった。安心しました」

塔子はほっと胸を撫で下ろす。昭島、八王子、日野で起こった殺人未遂事件の犯人が、ようやく捕まったのだ。

鷹野はこれまでの経緯を説明してくれた。西久保修ら三人が十四年前に練馬事件を起こした可能性があること。それを知って関戸は犯人たちではなく、家族に復讐しようと考えたらしいこと。

「じゃあ、四件目の事件は阻止できたんですね？」

塔子が尋ねると、鷹野は低い声で唸った。

「今になっても四件目の事件現場は見つかっていない。関戸自身も、警察の捜索を気にしている様子がまったくないんだ。四件目の予告はフェイクじゃないだろうか」

「フェイク？」塔子は思わずまばたきをした。「いったい何のために……」

「それが第一の疑問だ。もし偽の情報だったとしたら、奴の本当の目的は何なのか」

陽動、という言葉が頭に浮かんだ。しかし関戸自身はもう捕まっているのだ。本人不在の状態で実行できることなど、あるだろうか。

もしかして、と塔子はつぶやいた。

「第四の処刑装置は、自動化されているんじゃないでしょうか。関戸が操作しなくても動いてしまうのでは……」

「だが奴は毎回、自分で処刑装置をコントロールしてきた。正解すれば被害者を助けていたよな」

「その部分も含めて自動化されているとか。あるいは……もう当たりも外れも関係なく、被害者を処刑するつもりだったのかもしれません」

電話の向こうで鷹野は考え込んでいるようだ。情報が少なすぎて、判断が難しい状況なのだろう。

「とにかく、関戸を連れて署に戻る。早瀬さんに伝えておいてくれ」

「はい、報告しておきます」

電話を切って、塔子はひとり考え込んだ。ようやく犯人を逮捕できたというのに、まだ素直に喜ぶことができない。それもこれも、あまりに残酷な処刑装置を三つも見てきたせいだ。関戸はいったい何を考えているのだろう。

塔子は幹部席に向かった。早瀬係長、手代木管理官、神谷課長の三人に今聞いた話を報告する。

「そうか。気になる点はあるが、まずは関戸を取調べよう」神谷は重々しい口調で言った。「手代木、早瀬。ふたりとも準備しておいてくれ」

「了解しました」と手代木。

「武蔵村山の捜索は継続ですよね？」

早瀬に問われると、神谷は深くうなずいた。

「如月が言うように、関戸が被害者をどこかに監禁している可能性もある。関戸から話を聞いて、もう大丈夫だとわかるまでは、捜索の手を緩めないほうがいい」

「そうですね。念には念を入れましょう」

「……とはいえ、捜査員たちを安心させてやりたい。被疑者の身柄を確保したことだけは、全員にメールしてやってくれ」

「わかりました」

早瀬は予備班のメンバーに声をかけ、メールの内容を指示し始めた。

神谷は体の向きを変えて、塔子に話しかけてきた。

「如月、真相に気づいてくれて助かった。おまえには資料を分析する力があるようだ。これからは内勤をしてもらったほうがいいかな」

「え？　それはちょっと……」

塔子が返事に困っていると、神谷は表情をやわらげた。

「すまん、冗談だ。如月は鷹野とコンビを組んでいるときが、一番生き生きしているからな。実際、ふたりでいくつもの事件を解決してくれた。おまえの成長はみんなが認めている」

「……ありがとうございます」

「今後が楽しみだ。いずれ如月が一人前になれば、部下もできるだろうしな」

急にそんなことを言われて、塔子は戸惑ってしまった。

「私に部下ですか？」

「当然のことだろう。中堅になれば後輩もできるし部下もできる。まさかおまえ、いつまでも新米でいるつもりじゃないだろうな」

「いえ、そんなことは……」

塔子は慌てて首を横に振った。そんな姿を見て、神谷は苦笑いしている。

「まあ、今すぐというわけじゃない。だが、周りがおまえに期待しているのは事実だ。如月には如月にしかできないことがある。そうだろう？」

「はい、頑張ります」

塔子は姿勢を正し、神谷に向かって一礼した。


あと一時間もすれば鷹野と尾留川が戻ってくるだろう。

彼らは被疑者・関戸純也を連れてくる。そこから事情聴取が始まり、早ければ今日中に第四の処刑装置の有無が判明するかもしれない。事件の予告がフェイクであることを祈りたかった。

資料をラックに戻したあと、塔子は窓の外に目を向けた。ガラスの向こうに昭島市の町並みが広がっている。午後六時半を過ぎて辺りは暗くなり、家々の窓には明かりが灯っていた。

この静かな町から、今回の連続殺人未遂事件が始まってしまった。いや、さらに遡《さかのぼ》れば、十九年前にこの町で母子誘拐事件が起こっている。塔子の父が携わり、のちに塔子自身も間接的に関わることになった事件だ。

そういえば、と塔子は思った。今回の三つの事件は、昭島母子誘拐事件と関係のある場所の近くで起こった。あれはなぜだったのだろう。その件についても関戸を追及しなければならない。

ふと眼下に目をやって、おや、と塔子は思った。

署の玄関から少し離れた場所、街灯のそばに女性が立っている。彼女はハンドバッグの中をしばらく探ったあと、困ったという顔で辺りを見回し始めた。

弘中早知枝だった。小平短大生監禁・殺人事件の被害者である弘中真希の母親だ。いったいどうしたのだろう。

塔子は一階へ下りていった。

正面玄関の脇には駐車場がある。幹部専用の車両が停めてあり、運転手の若い捜査員がボンネットの掃除をしていた。

「お疲れさまです」

若手捜査員は背筋を伸ばして塔子に言った。まだ仕事に慣れていないらしく、緊張している様子がうかがえる。塔子は笑顔で会釈をした。

幹部専用車の横を通って、塔子は女性に近づいていった。

「弘中さん、どうなさったんですか？」

急に声をかけられて驚いたのだろう。早知枝はまばたきをしてから、こちらを向いた。

今日は小さい花柄のブラウスに茶色いカーディガン、グレーのコートという恰好だ。右手に紙バッグを、左手にはハンドバッグを提げている。

「あ、如月さん、ちょうどよかった」早知枝はほっとした表情になった。「ここまで来たんですけど、電話番号のメモをどこかへやってしまって……」

前に彼女から事情を聞いたとき、塔子はメモを渡している。その後、特捜本部の番号も伝えたのだが、どちらもなくしてしまったらしい。

「今日はどうなさったんですか」

「近くまで来る用事があったものだから、これを持ってきたんです」早知枝は黒い手帳を差し出した。「夫が使っていたものです。字をご覧になりたいとおっしゃっていたでしょう」

そういうことか、と塔子は納得した。彼女の夫・隼雄は十四年前に失踪している。塔子宅へ脅迫状を送っていたのは彼ではないか、という疑いがあったため、筆跡を見せてもらおうとしていたのだ。

関戸がワイズマンだとわかった今、もう手帳は必要ないものだと思われた。しかしわざわざ持ってきてくれたのだから、そうも言えない。

「ありがとうございます。本当に助かります」

押しいただくように手帳を受け取って、塔子は礼を述べた。

「これで、夫のことが少しでもわかるといいんですけど」早知枝は言った。「あの人が今どこで何をしているか、気になって仕方がないんです。警察の人に迷惑をかけているんじゃないかと……」

「ええ。何かわかったらご連絡しますので」

塔子がそう言ったときだった。早知枝が署の玄関のほうを見て、あら、と言った。

うしろを振り返り、塔子も玄関に目をやった。

神谷課長が出てくるところだった。これから別の特捜本部へ移動するのだろう。車を掃除していた若手捜査員が挨拶をする。右手を上げてそれに応じたあと、神谷は辺りを見回した。

ちょうどそこへ、バス通りから女性がやってきた。明かりの下に現れたのは神谷の娘・英里子だ。左手に布製のバッグを持っている。神谷に頼まれて、また着替えを持ってきたのだろう。

「あの男の人、たしか……」

早知枝が小声で言った。塔子は早知枝のほうに視線を戻した。

「うちの上司です」

「……ですよね。あなたのお父さんがサポートしてくれる前、あの人が担当だったのよ」

当時のことを思い出したのだろう、早知枝はなつかしそうな顔をしている。塔子は手帳を掲げてみせた。

「ではこの手帳、お預かりします。どうもありがとうございました」

「よろしくお願いします」

頭を下げて、早知枝はバス通りのほうへ歩き始めた。

署の玄関を抜け、ロビーを歩きながら塔子は考えた。弘中隼雄は今どこにいるのだろう。一連の事件とは関係ないようだが、失踪してしまったことはやはり気になる。

階段の手前で足を止め、塔子は隼雄の手帳を開いた。メモされているのは角張った癖字で、脅迫状の文字とは明らかに異なっている。

これは今から十六年前、小平事件が起こる前年の手帳らしい。当時は隼雄も早知枝も、娘がひどい事件に巻き込まれるとは思いもしなかったはずだ。

書き込まれているのは、仕事のことや趣味のことなどだった。彼はクイズ、パズルなどに興味を持っていたらしい。

《クイズのネタ集め　図書館　書店へ》
《魔方陣　錬金術暗号　ルーン文字　面白い》
《早知枝から教わる　四神　二十四山　興味深い》

塔子ははっとした。

四神、二十四山はワイズマンがゲームに使ったものだ。なぜそれを弘中隼雄がメモしていたのだろう。しかも隼雄は、早知枝から教わったと書いているのだ。

——まさか、早知枝さんが事件に関与している？

そうだったとして、彼女はなぜここにやってきたのだろうか。小平短大生監禁・殺人事件の被害者遺族が、わざわざ昭島署を訪れる理由とは何か。

「神谷課長！」

塔子は踵《きびす》を返すと、再び玄関の外に出た。そこで大きく目を見開いた。

早知枝が神谷に突進していく。神谷は身をかわそうとしたが、間に合わなかった。早知枝は神谷に激しく体をぶつけた。神谷の顔に驚愕《きょうがく》の表情が浮かぶ。何が起きたのかわからない、という様子だ。そのまま神谷は倒れ込んだ。

早知枝の右手にはナイフが握られていた。切っ先が血で赤く染まっている。

「お父さん！」

英里子が叫んだ。彼女は父親に近づこうとする。だが、うしろから早知枝に襲われた。

早知枝は彼女にスタンガンを押し当てたのだ。電撃を受けた英里子は、ふらつきながら逃げようとした。振り回した腕が当たって、早知枝の手からスタンガンが落ちる。

「こっちに来るんだよ！」

英里子の手をつかんで、早知枝はバス通りのほうへ走りだした。

塔子は神谷に駆け寄った。運転手の若い捜査員も、そばにやってきた。

「課長、しっかりしてください！」

神谷は腹部を押さえている。スーツの合わせ目から、赤く染まったワイシャツが見えた。苦痛に顔を歪めていたが、塔子を見ると、神谷は声を絞り出した。

「如月……あいつを追え」

「わかりました」

若手捜査員に神谷を任せて、塔子は立ち上がった。バス通りに目を向けると、五十メートルほど先に早知枝と英里子の姿が見えた。

塔子は猛然と走りだした。


英里子は嫌がって手を振り払おうとしていた。

だが早知枝はそれを許さず、強引に彼女を連れて走っていく。英里子は助けを求めて、声を上げ続ける。前方に買い物帰りらしい女性が現れた。

「どいて！」

早知枝に怒鳴られ、その女性は慌てて横へ飛び退《の》いた。ナイフを振り回しながら、早知枝はなおも進んでいく。

だが英里子を連れて逃げるには限界があった。この状況で逃走などできるわけがない。思うように走れず、早知枝は足を止めてうしろを振り返った。

塔子はふたりに追いつくと、強い口調で言った。

「待ちなさい。あなたはもう逃げられません」

街灯の下、早知枝は激しい怒りを込めて塔子を睨んだ。

「邪魔しないで。私はこの子を殺すの」

彼女は英里子の背後に立ち、ナイフを喉元《のどもと》に突きつけた。英里子は顔を強ばらせている。恐怖に襲われて身動きもできないようだ。

「ナイフを捨ててください。早く！」

「うるさい！　あんたみたいな優等生には、私のことなんてわからないわ」

大声で喚《わめ》くと、早知枝はナイフを握った手に力を込めた。喉の皮膚が少し切れて、一筋、血が流れ落ちる。英里子がかすれた声を出した。

「助けて……殺さないで……」

「あんたいくつ？」早知枝は英里子に尋ねた。「いくつなの。答えなさい」

「十九歳……です」

「ふん、来年は二十歳か。私の娘は、その二十歳で死んだのよ。三人の男にさらわれて殺されたんだ」

「どうか落ち着いてください」

塔子は相手を宥めるため、穏やかな声を出そうと試みた。なんとか早知枝と冷静な対話をしなくてはならない。時間稼ぎをする必要がある。

「早知枝さん、なぜこんなことを……」

「あんたたち警察が間抜けだからよ。捜査の途中、北のほうを調べてくれって夫が言ったのに警察は無視した。現金のやりとりにも失敗した。そのせいで真希は死んだ」

塔子は口ごもった。事実であるだけに、反論するのは難しい。

「事件のあとだって、あんたたちの対応は本当にでたらめだった。被害者遺族の支援で最初に来たのは神谷よ。でもあいつは無責任な人間だった。夫が情報を伝えても、善処します、と言うだけだった」

「情報というのは何です？」

「青いワンボックスカーの目撃証言よ。それを突き止めた夫は、被害者支援をしていた神谷を呼び出した。事件当時、警察が車の情報を放置したのを咎《とが》めたあと、今からでもいいからしっかり調べてほしい、と頼んだ。わかりました、とあいつは言ったわ。だけど結局、犯人が見つかることはなかった。神谷の気持ちは想像できた。今さら大勢の人間を集めて再捜査なんてできない、と言いたかったんでしょうよ」

早知枝の指摘は当たっていたのかもしれない。五十人、百人という態勢で捜査ができる期間は限られている。被害者や遺族には申し訳ないと思いながら、もう大規模な捜査はできなかったのではないか。

「夫は探偵社を使って、さらに調査を続けた。そのときは結局、青い車の持ち主はわからなかったけど、犯人のものに違いない、とあの人は考えた。きちんと捜査してくれなかった警察に、あの人は恨みを抱いたのよ」

「たしかに、犯人を特定できなかったことは残念ですが……」

塔子が言いかけると、早知枝はそれを遮《さえぎ》った。

「そのうち、忙しいからといって神谷は役から降りてしまった。あとから来たのがあんたの父親・如月功よ。如月は神谷に比べれば、ましだったかもしれない。でも期待外れだった」

「期待外れ？」

「神谷のことで私たちが不満を訴えても、如月はあいつをかばったわ。……ねえ、私の気持ちがわかる？　それは神谷が悪いですね、申し訳ありませんでした、と謝罪してほしかったのよ。ところが如月は釈明しようとした」

立場上、難しいものがあったのだと思う。基本的に警察官は詫びることをしないし、不祥事があっても同僚をかばうことが多い。功としても、そうせざるを得なかったのだろう。

「結局、同じ組織の仲間だものね」早知枝は吐き捨てるように言った。「薄汚い連中に、夫も私も絶望した。唯一の頼りだった警察に、私たちは裏切られたの。特に神谷！　あんな薄情な男は許せない」

早知枝の目が血走っているのがわかった。彼女はひどく興奮している。感情が高ぶって、自分をコントロールできなくなっている。

——私は警察官だ。感情に振り回されてはいけない。

塔子は意識して口元に笑みを浮かべた。余裕を見せられるよう、必死に努力した。

「あなたはさっき、うちの神谷を襲いました。もう、それで目的は果たせたはずです。娘さんまで傷つけることはありません。終わりにしましょう」

「あんた何を言ってるの。本番はこれからだわ」

「……え？」

「神谷を殺すつもりなんてなかったのよ。身動きできない状態で、娘が死んだという話を聞かせてやりたかった。あいつを苦しめるために」

塔子は眉をひそめた。

「本人ではなく家族を傷つけて後悔させたい、というんですか？」

「そのとおり。あいつを絶望させたいのよ。警察官なのに、自分の娘さえ守れなかったってね」

それを聞いて、塔子は首をかしげた。関戸純也は西久保修、高杉信吾、内藤卓郎を恨んだ結果、彼らの家族を襲ってきた。今、早知枝がやろうとしているのは、それと同じ復讐方法ではないか。

考え続けるうち、真相に気がついた。

「もしかしたら、あなたと関戸純也は共犯関係……」

「そうよ。西久保修たち三人は、真希を殺した翌年、関戸さんの父親を殺した。私たちには復讐する権利がある。当然でしょう」

「待ってください。当然だとは思えません」

「どうして？　あんたの父親は遺族の支援をしていたのよ。如月さん、あんたも、遺族である私たちのほうを向きなさいよ」

「そんなこと……」

塔子が言いかけたとき、早知枝は素早く右手を横に引いた。

「いやあっ！　助けて！」

英里子が悲鳴を上げる。再び喉が傷つけられ、血が流れ出していた。次にもう一度切られたら英里子の身が危険だ。

どうすべきなのか、と塔子は考えた。娘を失い、夫に失踪されてしまった早知枝には、もはや届く言葉はないのだろうか。

「早知枝さん、いいんですか？」慎重に相手を観察しながら、塔子は言った。「これはあなたの望むことではないでしょう？」

「何？　あんた、何が言いたいの」

「あなたはこれまで神谷や私の父を恨んできましたよね。それは、こんな罪を犯すためではないと思うんです。あなたは真希さんを愛していた。そのあなたが、他人の娘さんをこんな目に遭わせていいんですか？　英里子さんが命を落とせば、あなたのような母親が増えることになります。わかりますよね？」

早知枝は言葉に詰まったようだ。だが、すぐに首を横に振った。

「あんたには子供なんていないでしょう。そんな奴に言われたくない」

「関係ありません。過去に何があったとしても、今のあなたは間違っています。他人の子を傷つける権利なんて、誰にもないはずです」

「偉そうに言わないでよ！　この馬鹿が！」

まずい、と塔子は思った。ナイフの刃がじりじりと動いて、みたび英里子の首を傷つけようとしている。頸動脈《けいどうみゃく》を切られたら最後だ。

塔子は両手を上げて、ゆっくりと早知枝に近づいていった。

「何してるの。こっちに来ないで！」

早知枝は塔子を凝視している。塔子に対して憎悪をみなぎらせている。

「その子を傷つけるのはやめてください」

「止まれって言ってるのよ！」

だが塔子は歩き続けた。少しずつ、しかし確実に早知枝に近づいていく。

残り二メートルというところで、ようやく塔子は歩みを止めた。目の前には恐怖に震える英里子の顔。うしろには怒りに歪んだ早知枝の顔がある。

「ちくしょう！」

そう叫ぶと早知枝は英里子を突き飛ばした。塔子に向かって、早知枝はナイフを構えた。

「命乞《いのちご》いしなさいよ。ほら、早く」

塔子はまばたきもせず、相手の目を見つめる。はっきりした口調で早知枝に言った。

「ようやくわかりました。私の家に脅迫状を送っていたのはあなたですね？　聞き込みのとき、あなたはカレンダーを引き剝がしました。今思えば、不自然な行動でした。あれは、自分のメモの筆跡を隠すためだったんじゃありませんか？」

あのとき早知枝は昔のことを思い出したのか、ひとり激しく泣いた。そして壁のカレンダーを引き剝がし、くしゃくしゃにしたのだ。

「ふん、そこまで察したとはね。……そうよ。あんたの父親には幻滅させられた。期待を裏切られたの。だから脅迫状を送り続けてやった」

十三年間、彼女は恨みを込めて手紙を出し続けたのだ。その執念を思って、塔子は慄然《りつぜん》とする。

――でも、ここで終わらせなくてはいけない。

加害者への復讐も、警察への恨みも、塔子への憎しみも――。今、すべてに決着をつけなくてはならなかった。

「早知枝さん。このまま事件を起こせば、あなたはきっと後悔します。いろいろな人を見てきた私にには、それがわかります。もう諦めてください」

塔子はゆっくりと足を踏み出した。早知枝の目が大きく見開かれた。言葉にならない声を発して、彼女はナイフをまっすぐ突き出してきた。

勢いに任せたその攻撃は隙だらけだった。塔子は切っ先をかわし、ナイフを持った早知枝の右腕をつかむ。そのまま外側へひねると、早知枝はあっけなく転倒した。ナイフを奪い取り、塔子は相手を押さえ込む。関節技を極《き》められて、早知枝は呻き声を上げた。

「如月！」

うしろから声が聞こえた。振り返ると、早瀬係長たちが走ってくるのが見えた。昭島署から応援が来てくれたのだ。

塔子は立ち上がり、捜査員たちに早知枝を引き渡した。それから、塀際にいる英里子に近づいて声をかけた。

「英里子さん、大丈夫？」

突然、自分の身に降りかかってきた事件に、英里子は今も震えている。しかし彼女は、塔子に向かって気丈な姿を見せた。

「ありがとうございました。……本当にありがとうございました」

「神谷課長のところに行きましょう」

塔子は英里子とともに昭島署の玄関に戻った。そちらにも大勢の捜査員がいて、幹部専用車の周りに人垣が出来ている。彼らの間を縫って、塔子たちは神谷のそばに行った。

「お父さん！」

横たわった父親のそばにしゃがんで、英里子は顔を覗き込む。神谷はゆっくりと目を開いた。

「英里子……無事だったか。そうか。よかった」

「しっかりして、お父さん」

傷口にタオルを当てていた手代木管理官が、塔子のほうを向いた。

「一一九番に通報してある。すぐに病院へ搬送してもらおう」

「わかりました。……英里子さん、一緒に病院へ行こうね」

塔子が言うと、英里子はぎこちなくうなずいた。周りにいる刑事たちは、みな険しい顔をしたままだ。

そんな中、手代木が穏やかな口調で英里子に言った。

「大丈夫です。心配はいりません」

父親を見下ろして、彼女は泣き出しそうな顔をしている。

神谷が塔子に向かって唇を動かしているのがわかった。塔子は彼の口元に耳を近づけた。

「如月……よくやってくれた。礼を言う」

はい、と塔子は答える。

遠くから救急車のサイレンが聞こえてきた。怪我人の搬出に備え、捜査員たちは建物のほうに下がっていく。

救急車を誘導するため、塔子はバス通りへと走った。

5

塔子は壁際で補助官の椅子に腰掛けている。

取調べ用の机の向こうには、グレーのトレーナーを着た弘中早知枝がいた。髪は乱れ、顔色もひどく悪い。だが気落ちした様子はなく、むしろ捜査員に対して挑戦的とも言える目をしていた。

ドアが開いて、鷹野が取調室に入ってきた。彼は塔子のほうをちらりと見たあと、早知枝の向かい側に座った。

今日の取調べが始まった。

三月十七日、被疑者の逮捕から二日が過ぎている。今のところ、弘中早知枝は淡々と取調べに応じていた。抵抗する気配がないのは、塔子たちにとってありがたいことだ。

「昨日はよく眠れたか?」鷹野が早知枝に尋ねた。「ここの留置場では、けっこう旨い食事を出すそうだ。口に合ったかな」

「何だっていいわよ。食べられれば」早知枝は言った。「食欲があるというのは、それだけで幸せなことだから」

「食べられなかった時期があったということか?」

「精神的にね。……十五年前に真希が殺されてから、私は食べ物の味なんてほとんどわからなくなった」

彼女をじっと見つめたあと、鷹野は尋問を始めた。

「十九年前、昭島母子誘拐事件が起こった。その事件の復讐のため、二年前トレミーと名乗る人物がモルタル連続殺人事件を起こして世間を騒がせた。テレビ、新聞、週刊誌などで詳しく報道されたから、一般市民でも情報を知ることができた。今回の昭島第一公民館の事件、北八王子キャンプ場の事件、日野の廃工場の事件は、その誘拐事件を意識したものだった。あなたは誘拐事件に関わりのある場所を調べ、それに近い廃墟へ処刑装置を設置する計画を立てた。犯人はあの誘拐事件に関係ある者だ、と思わせようとしたわけだ。

また、如月塔子を指名することで、彼女が狙われていると見せかけた。如月はトレミーの事件と深く関わっているから、警察はその線で筋読みをするだろう、と考えたんだな？」

「そうよ。公民館の事件を起こす日が決まったら、すぐ如月の家に速達を送った。急がないと予告の意味がないからね」

敵意はあるものの、今日も早知枝は素直に回答するようだ。

彼女の様子をうかがいながら、鷹野は続けた。

「過去について訊こう。今から十五年前、小平短大生監禁・殺人事件が発生した。昭島母子誘拐事件のほか、この小平事件、練馬宝石商強盗殺人事件でも、神谷太一と如月功は一緒に捜査をしていた。また、中堅刑事だったふたりは、被害者の遺族をサポートすることが多かった。

小平事件のとき、あなたの夫・弘中隼雄さんが北の方角を調べてほしいと訴えたが、聞き入れられなかった。捜査終了後には青いワンボックスカーに関する新情報を伝えたが、それも成果には繋がらなかった。あなたたちは失望し、神谷太一と如月功に恨みを抱いた。……昨日の取調べで話していたが、隼雄さんはノートにさまざまなことを書いていたそうだな」

「復讐計画書よ」

「計画書？」

鷹野はわずかに首をかしげる。

早知枝は記憶をたどる表情になって、説明を続けた。

「あの人はいろいろ調査をしていたけれど、犯人を見つけることはできなかった。その悔しさと悲しさのせいで、ありもしないことをメモするようになったみたいね。犯人を見つけたら、ゲームを挑んで殺してやる、と書いてあった。クイズやパズルが好きだったから、難しい問題を出して相手を振り回してやろうと考えたんでしょう。でもそれを実行するチャンスはなく、十四年前に失踪してしまった」

「二十四山についてあなたから聞いた、と手帳にメモされていたよ」

「ああ……失敗したわね。真希が殺される前年の手帳だから、まずいことは何も書かれていないと思ったのに」

早知枝は小さく舌打ちをした。

「計画書のノートは家に残されていたわけか」

「あの人が失踪したあと、私はノートを見つけて悔し涙を流した。ページが進むにつれ、あの人がだんだん壊れていくように見えて本当に悲しかった。でもそこに書かれていたゲームは、とても魅力的だったの。実際にこれを使って復讐できたらいいのに、と私も思うようになった」

つまり復讐計画書によって、隼雄の殺意は早知枝に継承されたわけだ。いつか犯人を見つけて、ノートに書かれているゲームを挑み、殺害してやろうと早知枝は思った。それが娘への手向《たむ》けになるし、母であり妻である自分の気持ちを慰める方法だ、と考えたのだろう。

「ノートには神谷太一や如月功への恨みも書かれていた。驚いたことに、夫はふたりの住所を突き止めていたのよ。如月には塔子という娘がいることも調べてあった。面白い、と私は思った。この娘を巻き込んでやりたくなった。それで私は、十三年前から如月の家に脅迫状を送り始めたの。わざわざ別の町に行って投函したわ。脅迫状を受け取ってこの娘が怯えたらいい。それを見て功も不安になるに違いない。幸せな家庭をじわじわと悪いほうへ導いてやりたかった」

「執念深い嫌がらせだ」

「そうよ。だって私の娘はひどい目に遭って死んだのに、如月塔子は今も生きている。憎いと思わないほうが、どうかしている」

早知枝は塔子のほうに視線を向けた。

――私は、そこまで憎まれていたのか。

言いがかりとも思える話だ。だが早知枝が放つ負の感情に、塔子は圧倒されそうだった。

「あなたは古いフクジュソウの十円切手を何枚も貼って、脅迫状を出した……」

鷹野が言うと、早知枝は口元を緩めた。

「ええ、毎回貼り付けてやった。しつこいぐらいにね」

「フクジュソウには『悲しい思い出』とか『幸福』とかいう花言葉がある。あなたは小平事件を思い出して、あの切手を貼った。まさに悲しい思い出だったわけだな」

「違うわ。あんたたちは何もわかっていない」

早知枝は眉を大きく動かしてみせた。鷹野は怪訝そうな顔をする。

「どういうことだ？」

「なぜ私が、古いフクジュソウクの切手を使っていたと思う？　夫は切手集めが趣味で、出たばかりの十円切手をたくさん買ってきた。そんなもの、コレクションしても価値はないでしょう、と私は言った。でもあの人はにこにこして答えたの。『フクジュソウの花言葉は幸福なんだ』って。『元日草ともいって縁起のいい花なんだよ』って。……でもその年、真希の姉が病気で死んでしまった。まだ六歳だったのに」

塔子は息を呑んだ。そうだ。事情を聞きに行ったとき、早知枝は話していた。真希には姉がいたのだ、と。

「せめて、残された真希だけは丈夫な子になってほしかった。だから大事に、大事に育ててきたの。それなのに、あの子は二十歳で死んでしまった。呪われている、と私は思った。不幸が始まったのは、真希の姉が亡くなった年よ。フクジュソウが運んできたのは幸福なんかじゃなかった。あれは、私たちにひどい苦しみを与える花だったのよ」

早知枝は荒い息をしていたが、急に塔子のほうを向いた。

「如月功について調べていたとき、私は驚くべきことを知った。真希の姉が亡くなったその年、功は何をしていたと思う？」

「何があったんですか」塔子は尋ねた。

「あんたの母親、厚子と結婚したのよ。私の不幸が始まった年、あんたの両親は幸せをつかんでいた。それを知って、本当に悔しくなった。私の幸せは、功たちに盗まれたんじゃないかって、そんなことまで考えてしまったわ。……ふん、何よ。あんた、馬鹿馬鹿しいって顔をしてるわね」

「いえ、そんなことは……」

早知枝は圧倒的な悪意を放っている。険しい表情で睨みつけてくる彼女に、かける言葉が見つからなかった。

「その後、功が死んだと知って、ああ当然のことだ、と私は思った。だけど問題はそのあとよ。如月塔子、あんたが警察官になってしまったんだからね。父親の遺志を継いで刑事になったんでしょう？　私はあんたを鬱陶《うっとう》しく思った。そして、そんな娘を誇りにしているであろう如月厚子が憎くなった。私はこんなに不幸なのに、あんたたちは充実した暮らしを送っている。許せなかった。同じ母親だというのに、この差は何なの？　あまりにも不公平だと思わない？」

「……でも、私の母に罪はありませんよね」

「そうよ。如月厚子に罪はない。だけど、楽しそうにしている姿が気に入らなかったの」

まったく不合理で自分勝手な言い分だ。塔子は不快感を抱かずにはいられない。

低い声で唸ったあと、鷹野は手元の資料に目を落とした。

「如月功は十三年前に退職し、十二年前には病死している。あなたはそれを知っていたというわけだな？」

「ええ、夫と同じく探偵社を使って、情報を集めていたからね」

「亡くなったと知っていたのに、なぜ脅迫状の送付をやめなかった？」

「わからないの？　如月の妻や娘を怖がらせるためよ。あの親子が気味悪がっているんじゃないかと想像すると、楽しくてぞくぞくした。神谷のほうには、いずれもっと大きな復讐をするつもりだったから、ケチな脅迫状は送らなかったけどね」

早知枝は笑みを浮かべている。

静かに息を吸ってから、塔子はゆっくりと尋ねた。

「私の前だから、あなたは悪ぶっているんじゃありませんか？　脅迫状はとても不快なものでした。でも長く続くうち、慣れてしまったのも事実です。途中で、一年ぐらい届かないこともありましたよね。そんなとき、うちの母は気にしていたんです。最近手紙が来ないけど、あの人はどうしているのかしらね、と」

意外だという顔をしてから、早知枝は首をかしげた。

「私は、情けをかけられていたってこと？」

「もしかしたらあの脅迫状は、あなたが他者との繋がりを保《たも》つための手段だったんじゃないか、と思ったんです」

「くだらない。親子揃って、あんたたちは本当に馬鹿だわ」

早知枝はそう言ったが、今までのような厳しい口調ではなかった。小さくため息をついて、彼女は塔子から目を逸らした。

ひとつ咳払いをしてから、鷹野が質問を再開した。

「脅迫状で如月に嫌がらせをしながら、あなたはいつか小平事件の犯人を殺害しようと考えていたわけだ」

ええ、そのとおり、と早知枝はうなずいた。彼女は詳しい経緯について話し始めた。もはや隠すことなど何もない、といった雰囲気が感じられた。

「十四年前に夫が失踪してから、私は家族を亡くした人の会に参加したの。NPO法人が主催するものよ。真希の死が重くのしかかっていたから、なんとかその気持ちを変えられないかと思ってね。でも事件被害者の家族は意外に少なくてがっかりした。それで、たまに参加するぐらいになってしまったの。

ところが今から半年前、去年の九月に、新しく参加してきた関戸純也と出会ったのよ。関戸さんは練馬区から東京西部に転居してきた関係で、私と同じ遺族の会に加わったということだった。彼とは話が合ったわ。同じ犯罪被害者だったから親密になれたの。私は娘を拉致監禁され、殺害された。関戸さんは強盗に入られて、父親を殺害された。私たちは悲しみを分かち合った。ところが、詳しい現場状況を打ち明け合っているうち、ふたつの事件の共通点に気づいたの。どちらの事件現場にも、方眼紙の切れ端が落ちていたのよ」

塔子は記憶をたどった。しかし、そのことは今までどの資料にも載っていなかったと思う。それぞれの事件の資料をつき合わせてみて、初めてわかる事実だったのだろう。

「方眼紙なんて、証拠品とかそんな大袈裟《おおげさ》なものではないわよね。でもメモ用紙とかではなくて方眼紙なの。気になるでしょう。警察は見逃していたけれど、これは何かあるんじゃないか、と私たちは話し合った。……さらにもうひとつ。真希がさらわれたのは火曜の夜、身代金の受け渡しをする予定の日は水曜だった。そして関戸さんの父親が自宅で襲われたのは、水曜の夜八時ごろだった。どちらの事件も水曜日を中心にしている、ということよ。鷹野さんといったっけ？　この意味があなたにはわかる？」

鷹野はしばらく思案していたが、やがて諦めたという表情になった。情報が少なすぎると感じたのだろう。

「残念だが、わからないな。どういう意味だったんだ？」

「建物の中で使われていた方眼紙……。いろんな人に話を聞いて、ひとつ思い浮かんだことがあった。不動産会社の人間は家を調べるとき、方眼紙を持ち歩くことがあるらしいの。地形図とか家の間取り図を描くのに便利だというのでね。そう考えると、もうひとつの情報も手がかりになりそうだった。不動産会社は普通、水曜が休みなのよ」

「少々強引に感じられる発想だな」鷹野は言った。「しかし、その線であなたは調べていったわけか」

「ええ。犯人は不動産会社の人間で、普段からメモ用紙代わりに方眼紙を使っているんじゃないかと考えた。真希を殺した犯人と、関戸さんの父親を殺した犯人は同じじゃもしれない。私たちはものすごく興奮した。……そこで思い出したのが、別の手がかりよ。真希の事件現場付近に停まっていた青いワンボックスカー。これが犯人を割り出すヒントになるんじゃないかと思って、私と関戸さんは調査を始めたの」

その車について塔子は昨日、神谷から過去の経緯を聞かされていた。

残念ながら、特捜本部は青いワンボックスカーを発見することができなかった。一方、特捜本部解散後に隼雄から話を聞いた神谷は、単独で捜査を始めていたという。しかし途中で大きなテロ事件が起こり、そちらに専従せざるを得なかった。結果として、小平事件の捜査は続けられなくなったそうだ。

「私たちはふたりで調べを進めたわ。私が方針を考えて関戸さんが実際に行動する。自然にそういう役割分担になった。関戸さんは小平市や練馬区の不動産関係を当たっていった。あらためて探偵を雇って、彼らにもいろいろ調べさせた。そして苦労の末、とうとう犯人らしき人物を見つけたのよ」

早知枝の話には徐々に熱がこもってきた。とにかく彼女は、自分の話を聞いてほしいと思っているようだ。

「私たちが見つけたのは西久保修だった。事件当時、乗っていた車は青いワンボックスカーだったことも判明した。そして練馬事件のあと、奴は急に金回りがよくなったというのよ。西久保には高杉信吾、内藤卓郎という仲間がいたことがわかった。高杉、内藤も練馬事件のあと羽振りがよくなっていた。ここまで調べれば充分よね」

「練馬事件では四千万円の現金が奪われている……」

「そう。奴ら三人が事件を起こしたんだろう、と私たちは推測した。西久保の経営する不動産会社はもともと借金を抱えていた。だから、仕事で関係のあったふたりを誘ったんでしょうね」

「まず真希さんを誘拐した。しかし身代金は奪えなかった。それで次の年、関戸純也の父親を殺害して金を奪った、ということか」

「実際、真希の事件のとき、三人は集まっていたことがわかったの。そして練馬事件の当日、三人にはアリバイがなかった。間違いない、奴らが犯人だと私は思った」

話を聞きながら、塔子はノートに関係者の図を描いてみた。昨日までに、ある程度は出来ていたが、今の話を聞いてすべてが繋がった。

ふたつの事件の被害者同士が結託し、今年になって三つの事件を起こしていたのだ。しかもふたりはしっかり役割分担をしていた。

「復讐できるのなら実行犯を買って出る、と関戸さんは言ってくれた」早知枝は続けた。「そこで私は提案したの。三人が憎いのはたしかだけど、直接殺すより、奴らが悲しみ、苦しむ姿が見たい。三人を襲うのではなく、その親や子を殺したらどうか、と。……関戸さんは了承してくれた」

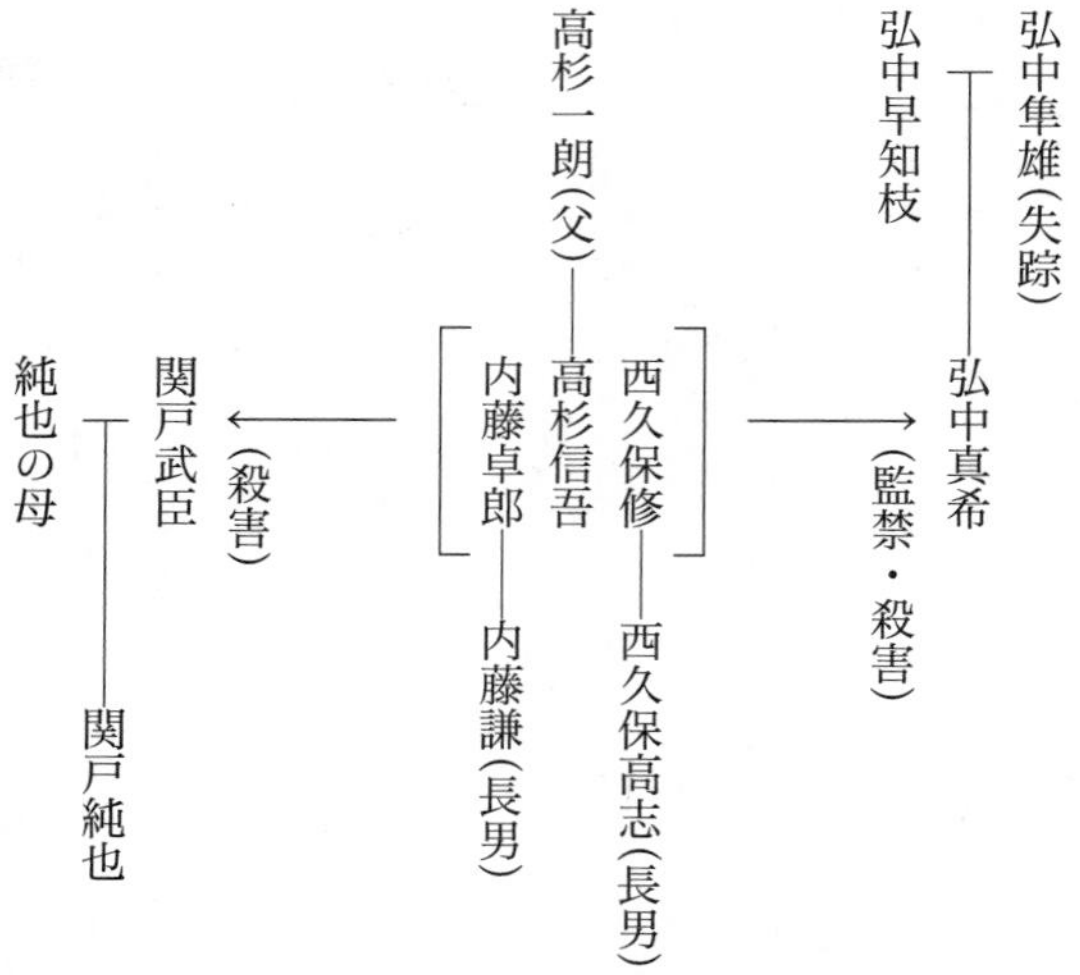
弘中隼雄（失踪）
弘中早知枝
弘中真希
（監禁・殺害）
西久保修
高杉信吾
内藤卓郎
高杉一朗（父）
西久保高志（長男）
内藤謙（長男）
（殺害）
関戸武臣
純也の母
関戸純也

「あなたは娘さんを亡くし、関戸純也は父親を亡くしたからか」

「そのとおり。……彼は東京都の都市整備局に勤めていて、都内の廃墟に詳しいの。犯行に適した場所を選んでくれるよう、私はお願いした」

「たしかに関戸なら仕事柄、廃墟の情報に詳しい」

「そうしたら、まあずいぶんあるのよ、廃墟が。こんなにあるんなら、何か仕掛けができるんじゃないかと私は考えた。そこで思いついたのが、如月塔子を巻き込んでやろうという計画」

　塔子はあらためて早知枝のほうに目を向けた。それを待っていたのだろう、彼女は塔子の顔を見てにやりとした。

「如月功は昭島母子誘拐事件にも関わっていた。その事件関連で起こった二年前のモルタル連続殺人事件には、娘の如月塔子が関わっている。新聞や週刊誌の記事、ネットの書き込み、あるいは功のことを書いたミニコミ誌の記事からも、過去の情報はわかっていたのよ」

「あなたは偽装工作を考えた。今回の処刑事件は昭島の誘拐事件と関わっている、というふうに見せかけようとしたわけだ」

「如月塔子を自然に巻き込むためには、一番いい方法だったのよ。かつての誘拐事件の関係者がこの事件の犯人かもしれない、と思わせる目的もあった」

「それで誘拐事件に関係する場所を調べ、付近にある廃墟を使うことにした、と」

「ええ。そういうこと」

鷹野は指先で机をとんとんと叩いていたが、やがてこう言った。

「事件が起こる前、高杉一朗さんの家を誰かが訪れていた、という証言があったが……」

「ああ、それは私よ。介護関係のボランティアをしていると偽って、高杉に近づいたの。息子の信吾について情報を探るためにね」

「内藤謙さんをつけていたのも、あなたか？」

「いいえ、内藤をつけていたのは実行犯である関戸さんだった」

なるほど、と鷹野は言った。手元の資料を見てから、彼は別の質問に移った。

「三つの処刑装置は、隼雄さんのノートを参考にしたんだな？」

「そうよ。選択肢の中から正解を推理させ、外れていたら処刑されるというゲームが書かれていた。私と関戸さんはそれをアレンジした。小平と練馬、ふたつの事件の真相を知るために、私たちが利用したヒントがある。警察がそれに気づくかどうか試してやろうと思ったの。……第一の事件では青いワンボックスカー。第二の事件では北という方角。第三の事件では乾。これに気づくかどうかということよ。まあ、すごく感情的な動機だったけどね」

「さらにあなたは、神谷にも復讐しようと考えた。如月塔子を事件に巻き込めば、神谷も特捜本部に顔を出すようになる、と思ったからだ」

「まず神谷を刺して苦しませる。そのあと娘が死んだことを知れば、あいつは二重の苦しみを味わうことになる。せいぜい自分の無能を恥じればいい、と思ったのよ」

悪意を込めて早知枝は言う。塔子には理解しがたい心理だった。

早知枝の説明によると、関戸は普段から多くの建築物関連の仕事をしているため、大仕掛けな装置を作ることができたそうだ。パソコンの知識も充分持っていたらしい。入念に準備をして、関戸は計画を実行に移した。

第一の事件では西久保高志を捕らえた。処刑装置とウェブカメラなどを設置し、昭島第一公民館に拉致した。翌日、警察にメールを送信。刑事たちがやってきてゲームスタートとなった。刑事たちは正解できず、高志は重傷を負ってしまった。関戸は高志を殺害するつもりだったが、結果として死亡はしなかった。このとき如月塔子は来なかったので、次は逃げるなと伝えた。

第二の事件では高杉信吾の父・一朗を処刑装置へ。塔子たちは正解したが、被害者が装置に触れてしまったため、硫酸を浴びる事態になった。

そして第三の事件では内藤謙を捕らえた。このときは塔子たちが被害者を無事救出した。

三件とも殺害の意志はあったが、隼雄の考えたゲームを下敷きにして、正解はきちんと用意しておいた。そこは早知枝のこだわりだったという。

「最後、第四の事件があるような情報を伝えて我々を奔走させたな」当日のことを思い出したのだろう、鷹野は少し顔をしかめた。「その間にあなたは昭島署に向かった。ターゲットは神谷だと思わせて、じつはその娘・英里子を狙っていた」

「自宅の近くで襲うこともできたけど、せっかくだから神谷のそばで殺してやろうと思ったのよ。そのほうが、神谷の絶望感が増すじゃない？　事前の調べで、あの子は春休みの間、一日おきに神谷のところへ着替えを運んでいることがわかった。あんまり遠い警察署では無理だけど、昭島署は近いからね。十五日の夕方以降にやってくることは予想できたのよ」

早知枝は不敵な笑みを浮かべている。悪役を演じて、その雰囲気にみずから酔っているようにも見える。

「しかし、結局あなたは英里子さんを刺すことができなかった」

「あの子は運がよかったんでしょうよ」

吐き捨てるような調子で早知枝は言う。その様子を見て、塔子はひとこと口を出さずにはいられなかった。

「早知枝さん。最後はどうするつもりだったんですか」

「どうするって、何のこと？」

「英里子さんを刺したとして、そのあとどうする予定だったんです？　あそこから逃げるプランはあったんですか」

彼女の計画では、昭島署の前で神谷を刺し、続けて英里子も刺すつもりだったのだ。だが、そんなことをすれば、ほかの警察官がすぐに駆けつけてくるだろう。それは彼女にもわかっていたはずだ。

早知枝は体の向きを変えて、塔子を正面から見据えた。

「あの子を殺したら、それで終わりだったのよ。目的さえ果たせば私はどうなってもよかった。関戸さんは捕まりたくなかっただろうから、彼のことは黙っていてあげるつもりだったけどね。……。だけど彼ももう逮捕されたんでしょう？　だったら隠している必要もないわ」

彼女の言葉には、自暴自棄に陥っているような印象がある。

「悲しい話ですね」塔子は言った。

「……え？」いぶかしげに早知枝は眉をひそめた。「何が言いたいの？」

「十五年前、真希さんが殺害されたのは本当に不幸なことでした。憤りがあるのは当然です。でも、あなたは自分から犯罪者になってしまった。悲しいし、とても残念なことです」

「他人事みたいに言わないでくれる？」早知枝は声を強めた。「警察がしっかりしていれば真希は助かったかもしれないのよ。あの子が生きていれば、私だってこんな事件は起こさなかった」

早知枝は視線を逸らしてしまった。もう、塔子のほうを見ようとはしない。

だが塔子は、彼女に向かって静かに語りかけた。

「これは個人的な考えですが……小平事件で警察の捜査にミスがあったことは認めます」

鷹野がこちらに目を向けるのがわかった。塔子が何を言おうとしているのか、知りたがっているように見える。

「ふうん」早知枝は挑発するような調子で言った。「あんた、ミスを認めて土下座でもしてくれるの？」

「土下座はしません」はっきりした声で塔子は続けた。「ミスを認めると言いましたが、それはあなたに詫びるためではありません。早知枝さん。私は警察官ですが、あなたとは対等の関係でありたいと思っています。対等だと思うから、素直にミスを認めました」

「取調室に閉じ込めておいて、どこが対等よ。ふざけるな」

「なんと言われようと、それが私の考えです。人間として対等な関係を築いて、私はあなたから真実を聞き出したい。警察を批判してもらってもけっこうです。まっとうな意見なら、私はきちんと受け止めます。そして、もしそれが事実であれば、警察という組織を少しでも正していけるよう努力するつもりです」

塔子の言葉を聞いて、早知枝は疑うような表情を浮かべた。眉間に皺を寄せながら彼女は言う。

「あんたみたいな下っ端《したっぱ》に何ができるっていうの」

「今は下っ端ですが、いずれ出世してみせます」塔子は胸を張って答えた。「そのとき私は、あなたから聞いた言葉を必ず思い出します。だから早知枝さん、思っていることをすべて話してください。それが警察を変えていく原動力になるはずです」

「何なの。都合のいいことばかり……」

早知枝は小さなため息をつく。それから塔子を軽く睨んだ。

「如月さん、約束は守りなさいよ。言っておくけど、私は約束を破る奴が大嫌いなんだ」

「ええ、私もです」塔子はうなずいた。

過去のミスは認めなければならない、と塔子は思っている。みずからを律することができなければ、どんな組織も腐敗し、衰退していくはずだからだ。それは先輩たちもわかってくれるに違いない。

鷹野はこめかみを指先で掻いている。彼に向かって、塔子はひとつ会釈をした。

「では、取調べを続ける」

澄ました顔でそう言うと、鷹野はあらためて早知枝に質問を始めた。

6

午後八時から昭島署の特捜本部で、捜査会議が始まった。

いつものように早瀬係長がみなの前に立つ。彼は眼鏡のフレームを押し上げたあと、話しだした。

「現在、被疑者二名——関戸純也と弘中早知枝の取調べが進んでいます。弘中は淡々と自供を行っていますが、関戸のほうは若干抵抗する様子があり、ときどき話をはぐらかすところがあります。しかし弘中の供述により、関戸の行動も明らかになっていますので、落ちるのは時間の問題かと思われます」

塔子は関戸の顔を思い浮かべた。今日、弘中の取調べの合間に、マジックミラー越しに関戸の様子を観察したのだ。逮捕のあと、整髪料が使えなくなった関戸の髪はひどく乱れていた。それは心の乱れを、そのまま表しているかのようだった。

「あなたたちには、被害者の遺族の気持ちなんてわからないんですよ」疲れた顔をしながらも、関戸はそう主張した。「家族を奪われてショックを受けているのに、警察の無神経な捜査で私たちはまた苦しめられる。あなたたちは、事件を解決しても、しなくても給料がもらえるでしょう。でも被害者は、マイナスの心理状態から絶対に抜け出せません。もう一生、笑ったり楽しんだりしてはいけないんじゃないか、という気がする。そういう呪縛《じゅばく》から逃れるには、復讐するしかないんです」

必死に説明する姿を見て、塔子は考え込んでしまった。復讐などせずに、その「呪縛」から逃れる方法はないのだろうか。

ホワイトボードの前で、早瀬は資料のページをめくった。塔子は彼のほうに意識を向けた。

「次に被害者について。公民館で墜落した西久保高志さんは、ようやく意識を取り戻しました。精神的なショックがかなり大きいようですが、本人は回復傾向にあります」

よかった、と塔子は胸を撫で下ろす。社会復帰するまでには時間がかかるかもしれない。だが体の傷、心の傷を治して、なるべく早く元の生活に戻ってほしい、と思った。

「それから神谷課長ですが、術後の経過は順調だそうです」

「ああ、その件についてひとつ」手代木管理官が口を開いた。「課長から伝言を頼まれている。『心配させて申し訳ない。特捜本部の全捜査員に感謝する』とのことだった。……私からも礼を言わせてもらう。今回はみんな、よくやってくれた」

手代木がそんなことを言うのは珍しい。ふと隣を見ると、鷹野も神妙な顔で話を聞いていた。

「いくつか補足事項があります」早瀬が話を続けた。「今回、弘中早知枝は夫・隼雄の残したノートを見て計画を立てました。隼雄は十四年前に行方不明になっていますが、そのことに事件性がないか、現在調べているところです。一部の捜査員からは、早知枝が夫を殺害したのではないかという意見も出されていました。しかし、その線はなさそうです。これまでの捜査によると、隼雄は娘を失ったショックで心のバランスを崩し、みずから行方をくらました可能性が高いですね。……それから、如月巡査部長の件」

「はい」

自分の名が出たので、思わず塔子は返事をしてしまった。早瀬はこちらに向かってうなずきかけながら言った。

「長らく如月宅に脅迫状が届いていましたが、筆跡鑑定の結果、差出人は弘中早知枝だったことが判明しました。彼女は夫のノートから如月宅の住所を知ったそうです。夫が失踪した翌年、今から十三年前に早知枝は脅迫状を出し始めました。最初は如月功さん宛《あ》てのつもりでしたが、十二年前に功さんは病死。しかし早知枝は脅迫をやめることができなかった。悪意を込めて、ずっと手紙を送り続けていたんです」

「まったく愚かな話だ」手代木が渋い表情を見せた。「嫌がらせが楽しみだったというが、そんなことを続ければ、自分の中に泥のような感情が溜まっていくだけだ」

孤独な生活の中、脅迫状を書くことだけが、早知枝の生き甲斐《がい》になっていたのだろうか。暗い部屋の中、夫の残したノートを開き、自分自身も妄想に取り憑かれていく早知枝。今回の事件でワイズマン——賢者と名乗った彼女は、長年脅迫状を送り続けてきた。その手紙は無数の棘となって、塔子や厚子の心に小さな傷を作ったのだ。

「どうだ、如月」手代木がこちらを向いた。「これでようやく、すっきりしただろう」

表情を引き締めて、塔子は椅子から立ち上がる。

「本当にお騒がせしました。十三年も届いていた脅迫状の件が片づいて、ほっとしています。……このことを一番喜んでいるのは母でしょう。私の前では不安を見せないように振る舞っていましたから」

「もう安心だと伝えてくれ」

「ありがとうございます」

手代木に向かって、塔子はしっかりと頭を下げた。

早瀬がメモ帳を見ながら、捜査員たちに言った。

「なお、過去の事件について……。小平短大生監禁・殺人事件、練馬宝石商強盗殺人事件の被疑者として、西久保修ら三名がまもなく逮捕される見込みです。そちらの捜査は、潮見係長の三係が進めています」

当初、公民館事件は潮見らが捜査を行っていた。それを十一係が引き継いだので、三係としては面白くなかったはずだ。そういう事情があるため、小平事件、練馬事件を潮見らに担当してもらうことになったのだろう。

会議が終わると、捜査員たちはみな席を立った。

被疑者が逮捕されたことで、雑談をする余裕ができたようだ。あちこちで笑い声が起こった。自宅に電話をかける者、コーヒーを飲む者、食事をしに行く者などもいる。

門脇たちがこちらにやってきた。

「どうする。事件も落ち着いたし、一杯やりに行くか？」

「いいですねえ」尾留川が笑顔を見せた。「このへんで飲める店を探しますよ」

彼は早速、タブレットPCを操作し始める。

「久しぶりに日本酒が飲みたいなあ」

隣でタブレットの画面を覗き込みながら、徳重が言った。了解です、と答えて尾留川は検索を続ける。

「すみません。今日は私、家に帰りたいんですが……」塔子は言った。「事件のことを母に伝えたいものですから」

「ああ、そうだよね」徳重はうなずいた。「手代木管理官もああ言っていたし、お母さんを安心させてあげたほうがいいね」

「じゃあ、今夜は如月抜きってことで」と尾留川。

「あれ。鷹野はどこに行ったんだ」

門脇がきょろきょろと辺りを見回している。徳重が答えた。

「会議のあと、すぐ帰ってしまいましたよ。何か用事があるんでしょう」

「ふうん。つきあいの悪い奴だな。まあいいか」

そうつぶやいて、門脇もタブレットの画面に目を落とす。彼ら三人は店の情報を見て、あれこれ相談を始めた。

「お先に失礼します」

先輩たちに挨拶して、塔子は廊下に向かった。

昭島署の正面玄関を出て、付近の様子をうかがう。T字路のそば、電柱の陰に誰かが立っているのが見えた。塔子が近づいていくと、その人物は暗がりから姿を現した。鷹野だ。

「なんでそんなところに隠れているんですか？」

「いや、人に見られたくないな、と思って」

「仕事は済んでいるんだし、たまには早く帰ってもいいと思うんですけど」

「そういうことじゃないんだが……。まあいい。とにかく行こう」

鷹野は駅に向かって歩きだした。どういうわけか、彼はひとりでどんどん先に行ってしまう。歩幅の小さい塔子は、ついていくのに一苦労だ。

「あの、もう少しゆっくり歩きませんか」

「これぐらいでちょうどいいんだ」

振り返りもせずに鷹野は言う。そのままさらに歩き続ける。

仕方なく、塔子は遅れないようにと足を速めた。


玄関のドアを開けると、ちょうど廊下の奥から母が出てくるのが見えた。

「お帰りなさい。疲れたでしょう」

厚子はスリッパをふたつ用意すると、塔子の肩越しに声をかけた。

「わざわざすみません、鷹野さん」

「こちらこそ、遅い時間に申し訳ありません」鷹野は手に提げていたケーキの箱を差し出した。「これ、つまらないものですが……」

「まあ、ご丁寧にどうも。さあ、上がってください」

厚子は上機嫌で廊下を歩いていく。そのあとに塔子、鷹野と続いた。

居間のローテーブルの上には、やけに豪華な料理が並んでいた。揚げ物に刺身、ローストビーフ、煮物、サラダ、チャーハン。和洋中ごっちゃだが、とにかく美味しそうだ。

「どうしたの、これ。今日、何かの記念日だっけ？」

塔子が驚いているのを見て、厚子はくすりと笑った。

「そうじゃないけど、この前、鷹野さんが来てくれたとき、何もおかまいできなかったでしょう。だからお母さん、頑張っちゃった」

ずいぶん楽しそうだなあ、と思いながら塔子はうなずく。

「ああ、そうだよね。ご飯は大勢で食べたほうが美味しいって、よく言うし」

「そういうことじゃないんだけど……。まあいいわ」

トンネルのおもちゃからビー太が出てきた。ふんふんと鷹野のにおいを嗅いだあと、ころんと転がって腹を見せた。

「あの……これはどういう行動なのかな」鷹野が塔子に尋ねてきた。

「お腹《なか》を撫でてほしいんですよ。もふもふ、って」

「もふもふ、か」

鷹野は難しい顔をして、右手をそろそろと伸ばしていく。おっかなびっくり子猫の腹に触ったあと、顔を上げた。

「体温が高いぞ」

「猫って三十八度ぐらいあるんですよ」

「えっ、そうなのか。不思議だな。悪寒はしないんだろうか」

子猫を撫でながら、鷹野はひとりぶつぶつ言っている。

厚子が缶ビールを開けた。鷹野のほうに差し出して、さあどうぞ、と声をかける。

「恐縮です」

鷹野はグラスを持って酌《しゃく》を受けた。全員のビールが注がれたあと、三人で乾杯をした。喉が渇いていたのか、鷹野は一気に半分ほどあけてしまった。

「ああ、男の人の飲みっぷりっていいわねえ」

「お母さん、ご返杯を」と鷹野。

「まあ、すみません。嬉しいわあ」

厚子が子供のように喜んでいるのが、塔子には不思議に思えた。

――そうか。脅迫状の件が解決したからだな。

ひとり納得して、塔子は唐揚げの皿に箸を伸ばした。

食事が一段落したところで、鷹野は事件の報告を始めた。支障のありそうなところは省略し、脅迫状を書いた犯人の動機について詳しく説明した。

「……そういうわけで、動機としては言いがかりのような部分が大きいと思います。功さんは熱心に捜査をしていたし、被害者遺族のサポートにも真剣に取り組んでいました。ですが、遺族からしてみれば納得いかないという気持ちもあったんでしょう。こちらがどれだけ頑張っても結局、遺族の気持ちはマイナスのままです。それをプラスの方向に持っていくのはなかなか難しくて」

厚子は相づちを打ちながら聞いていたが、やがて口を開いた。

「娘さんも旦那《だんな》さんもいなくなって、その人、ずっとひとり暮らしだったんですよね」

「ええ、十四年間そうでした」

「私には塔子がいるからいいけど……」厚子はしんみりとした口調で言った。「本当にお気の毒だと思います。もっと別の形で出会っていたら、私はその人と友達になれたかもしれませんね」

たしかに、あり得たかもしれない。人が罪を犯すかどうか、一線を越えてしまうかどうか、それは周囲の環境にも左右されるのではないだろうか。

寝てしまったビー太の頭を撫でながら、鷹野は言った。

「今回の事件で、親子関係というものについて考え直したんです。如月が――塔子さんが、きっかけを与えてくれました」

「あら、そうなんですか」

「うちは父親とうまくいっていないものですから」

「鷹野さん、その件なんですが」

塔子が話しかけると、鷹野は不思議そうな顔でこちらを見た。記憶をたどりながら塔子は続ける。

「前に老人ホームを訪ねたとき、蜂の話が出ましたよね。考えてみたんですが、お父さんが鷹野さんを物置に閉じ込めたのは、虐待とは違うんじゃないかと……」

「どういうことだ？」

「もちろん、子供を懲らしめる意味はあったと思います。でも、鷹野さんは一度蜂に刺されたんですよね。一度は大丈夫でも、二度刺されるとアナフィラキシーショックで命を落とすことがあります。お父さんはそれを恐れて、鷹野さんを物置に閉じ込めたんじゃないでしょうか。その後しばらくして確認したら蜂の巣はなくなっていた、ということでした。鷹野さんを閉じ込めている間に、お父さんが蜂を駆除してくれたんだと思うんです」

「え？　そんなこと……」

「当然、お父さんにも危険はあったはずですよね。でも、息子の安全のために頑張ってくれたんじゃないか、という気がします」

鷹野は口をへの字にして、じっと考え込んでいる。納得したのかどうなのか、しばらくして彼は言った。

「まあ、とにかくこれを機に、たまには父親に会いに行くことにします」

「そうですね。それがいいですよ」

厚子は表情をやわらげて、こくりとうなずいた。それから、思い出したという顔で立ち上がった。

「鷹野さんのお土産《みやげ》のケーキ、いただきましょうか。支度《したく》してきますね」

「あ、私も手伝うよ」

塔子が言うと、厚子は慌てたように首を振った。

「いいから、あんたはゆっくりしてなさい」

厚子は盆を持って台所に向かった。じきに、流しで水を使う音が聞こえてきた。

鷹野は室内を見回していたが、そのうち仏壇に目を留めた。静かに立ち上がり、功の遺影の前に移動する。彼は座布団に正座して、丁寧に手を合わせた。やがて、線香のにおいが辺りに漂い始めた。

「お父さんも喜んでいると思うよ」座布団に正座したまま、鷹野は言った。

「事件が解決したことを、ですか？」

「いや、如月が刑事になったことをさ」

「でも鷹野さん、まだまだ半人前だと思っているんでしょう」

「どうだろうな」鷹野は口元を緩めた。「いずれ如月が、お父さんに追いつく日が来るかもしれない」

「そのためには、まず鷹野さんに追いつかなくちゃいけませんね」

「そういうことか。……だったら俺はおまえに追いつかれないよう、頑張らないとな」

鷹野は笑っている。それを見て塔子も微笑んだ。いつも難しい顔ばかりしている鷹野が、こんな表情を見せてくれている。それが嬉しかった。

長年の懸案だった脅迫状の件は解決した。だが警察官である以上、同様の事件はまだ続く可能性がある。実際、早知枝以外の人物から届いている手紙もあった。

母と猫、そして自分自身の生活を守るため、身辺に注意を払わなくてはならない。敵はどこに潜んでいるかわからないのだ。

「さあ、いただきましょうね。すごく美味しそう」

母が台所から戻ってきた。鷹野も仏壇を離れてこちらにやってくる。

塔子は腰を上げ、ローテーブルの皿やグラスを片づけ始めた。その音を聞いて、ビー太が目を覚ましたようだ。頭をぶるぶると振ったあと、ひとつ大きなあくびをする。

それから子猫は塔子を見上げ、にゃあ、と一声鳴いた。

◆参考文献
『警視庁捜査一課殺人班』毛利文彦　角川文庫
『警視庁捜査一課刑事』飯田裕久　朝日文庫
『ミステリーファンのための警察学読本』斉藤直隆編著　アスペクト

解　説

末國善己《すえくによしみ》（文芸評論家）

身長百五十二・八センチと小柄な如月塔子《きさらぎとうこ》巡査部長と、身長百八十三センチと大柄で指導員的な立場の鷹野《たかの》秀昭《ひであき》警部補という対照的な体格の二人がバディになる〈警視庁殺人分析班〉（講談社ノベルスでは警視庁捜査一課十一係）シリーズは、一巻ごとに完結するスタイルになっているが未解決の謎もある。それが、シリーズの初期から塔子の家に脅迫状を送り続けているのが誰で、何が目的なのかである。

塔子は、警察官だった父・功《いさお》の後を追うように警察官になった。だが脅迫状は十三年前に病気で警察を辞め翌年に亡くなった父宛に送られていて、父が誰かに恨まれるような警察官だったのであれば、塔子の警察官人生に影響を与えるかもしれない。そのため、脅迫状問題がどんな展開になるか気になっている読者も少なくないはずだ。

シリーズ第十三弾となる本書『賢者の棘《とげ》』は、警察にゲームを仕掛け失敗すれば処刑装置に拘束した被害者が死ぬという、映画〈ソウ〉シリーズの「ジグソウ」を想起させる残酷な犯人との戦いを通して、塔子の家に脅迫状が送られる謎にも新たな光が当たる節目となっているだけに、シリーズのファンは絶対に外せない一作といえる。

　警察は脅迫状を調べることになり、鷹野が塔子の家へ行くことになった。脅迫状を入れた封筒には、郵便料金が不足にならないよう「フクジュソウ」の切手が貼られていたが、犯人に繋《つな》がる決定的な物証はなかった。犯人はようやく功の死を知ったのか、新たに届いた脅迫状には一般市民を標的にすると書かれていた。

　塔子は母親と二人暮らしで、家でエキゾチックショートヘアの雄、縞《しま》模様なので英語のタビーを逆さ読みにしてビー太という猫を飼っている。本書で描かれる事件は、処刑装置を使った猟奇的な事件も、脅迫状も重くシリアスだが、冒頭と終盤に登場するビー太が深刻さを緩和してくれている。猫好きなら特に楽しめるのではないか。

　鷹野と塔子は、「昭島《あきしま》母子誘拐事件」「浅草《あさくさ》ＯＬ殺人事件」「練馬《ねりま》宝石商強盗殺人事件」「小平《こだいら》短大生監禁・殺人事件」など功が捜査にかかわった事件を洗い出し、二年前に解決した「昭島母子誘拐事件」（シリーズ第一弾『石の繭《まゆ》』で描かれた）以外の関係者から話を聞いていく。事情聴取を続ける塔子たちは、功が事件の捜査だけでなく遺族のサポートをしていた事実を知るが、その対応に不満を抱く遺族もいた。

　日本は長く犯罪加害者は守るが、被害者への支援は少ないとされてきたが、加害者が不明、もしくは賠償能力がないときに国が被害者に給付金を支給する制度は、一九七四年の三菱重工《みつびしじゅうこう》爆破事件を契機として一九八〇年に成立した「犯罪被害者等給付金支給法」から始まるので、それなりの歴史がある。ただ当時は社会的にも被害者支援への理解が高かったとはいえず、本格化するのは、一九九五年の地下鉄サリン事件以降である。一九九六年に警視庁が「被害者対策要綱」を制定、一九九九年には政府内に「犯罪被害者対策関係省庁連絡会議」が設置され、二〇〇〇年に「刑事訴訟法及び検察審査会法」の改正と「犯罪被害者等の権利利益の保護を図るための刑事手続に付随する措置に関する法律」（いわゆる犯罪被害者保護二法）が、二〇〇四年には「犯罪被害者等基本法」が成立し、相談窓口が設置されるなど被害者支援でできることが多くなった。さらに二〇〇八年には「犯罪被害者等の権利利益の保護を図るための刑事手続に付随する措置に関する法律及び総合法律支援法の一部を改正する法律」の成立で、被害者が刑事裁判に参加して意見を述べることも可能になった。

功が犯罪被害者のサポートをしていたのは、警視庁が取り組みを始めた初期の頃と思われるので、必要な情報の蓄積も少なかったのだろう。警察官は、捕まえた犯罪者だけでなく、犯罪被害者とその家族にも恨まれるケースがあるという指摘は、犯罪被害者へのサポートが拡充しているとはいえまだ不十分な現状を伝える社会的なメッセージであり、犯人を絞りにくくする仕掛けにもなっているのである。

脅迫状の捜査を続ける塔子に、緊急連絡が入る。警視庁のウェブサイトに、塔子を名指ししたメールが届いた。発信者は「ワイズマン」（賢者）を名乗り、昭島市内の公共施設の廃虚でゲームに参加しろという。目的の廃虚を探し出した警察だが、元公民館のステージの天井付近に人が吊《つ》り下《さ》げられ、犯人は頑丈なドアの脇に置いてあったノートパソコンを介して、画面に表示されている紫、青、黄色のボタンから一つを選ぶよう指示してきた。一つは正解で、間違ったボタンを選ぶか制限時間を超えると吊り下げられた人が落下するらしい。一人の警察官が勘でボタンを選ぶも失敗し、被害者は長さ十センチほどの丸釘《まるくぎ》が並んだステージに落下し、重症を負ってしまう。

続いて「ワイズマン」は、キャンプ場にあるレストランのガスコンロに被害者を拘束し、あるルールに従って配置された黒〔1〕、青〔2〕、赤〔3〕、白〔4〕の四つのボタンから正解を選ばないと、レンジフードに設置した仕掛けが発動して硫酸が流れ出すという。さらにある人物の名前を一から二十四のボタンの中から探さないと、廃工場の廃棄物処理装置で被害者が殺される状況を作る。「ワイズマン」のヒントを手掛かりに塔子が正解を導き出そうとするロジカルな推理は、タイムリミットが設定されていることもあり息詰まるサスペンスに圧倒されるはずだ。

だが「ワイズマン」に拉致《らち》された被害者は、年齢も職業も住んでいる場所も異なり接点が見つからない。本格ミステリには、明らかに連続した事件なのに、被害者の共通点が不明なミッシングリンクという題材があり、アガサ・クリスティ『ABC殺人事件』が古典的な名作とされている。本書もミッシングリンクをテーマにした作品で、動機の意外性ともリンクする独創的な被害者三人の繋がりは本格ミステリのマニアほど驚きが大きく感じられるように思えた。後半にはエラリイ・クイーン『Ｙの悲劇』を彷彿《ほうふつ》させるトリックも出てくるので、『ヴェサリウスの柩《ひつぎ》』で本格ミステリの賞である鮎川哲也《あゆかわてつや》賞を受賞してデビューした著者の面目躍如といえる。

被害者の共通点を探す塔子は、「ワイズマン」が被害者を監禁した場所が、「昭島母子誘拐事件」の事件現場に近いと気付く。本書は「昭島母子誘拐事件」が重要な役割を果たす『石の繭』と関係が深いので、ストーリーを紹介したい。

新橋四丁目にある廃ビルの地下室で、肩から下がモルタルで塗り固められた異様な死体が発見された。愛宕《あたご》署に設置された捜査本部には、警視庁捜査一課十一係も加わる。被害者が過去に何らかの犯罪に関与した疑惑が出るなか、「トレミー」を名乗る人物から電話があり、警察は要求を呑むことで第二の被害者の所在地のヒントを手に入れた。現場に向かった塔子たちは、首から上がモルタルで固められた死体を発見。被害者は、身代金《みのしろきん》目的で母子が誘拐され、警察官が運悪く犯人と接触したため取り引きが失敗し、息子は重症で発見されるも母親は行方不明のままで、事件後に父親が自殺した昭島母子誘拐事件の参考人だった事実が判明する。実は犯人と接触した警察官は塔子の父・功で、母子誘拐事件の関係者らしき「トレミー」は、塔子を狙っている可能性も浮上するのである。

〈警視庁殺人分析班〉シリーズのファンなら、犯人が塔子を名指し、過去の事件が引金になっているところなど、本書が『石の繭』の見立てになっていると気付くはずだ。シリーズ初期からの伏線である脅迫状に決着を付けるための原点回帰ともいえるが、本書では「ワイズマン」との対決が危険と判断され内勤にまわされた塔子が、捜査資料や鷹野が撮影した写真などを読み込み真相にたどり着こうとする安楽椅子探偵もののエッセンスが加えられているなど、新機軸も打ち出されている。ここには、緊張感を途切れさせず長いシリーズを書き継いでいる著者の確かな手腕がうかがえる。

父と同じ警察官になった塔子は、犯罪者を捕まえることで正義を実行したいと考えているが、警察の、あるいは塔子の正義は唯一絶対ではない。ある事件を解決するためには、関係者に疑惑の目を向ける場合もあり、無実なのに容疑者扱いされて長時間の取り調べを受けた人は恨みを抱き警察の掲げる正義を疑問視するかもしれない。あるいは懸命に捜査しても犯人が特定できず迷宮入りしたら、被害者やその家族は警察を憎んでもおかしくない。警察官は親身になって被害者家族に接しているつもりでも、小さな誤解が広がり不信を持つようになるケースもあり得る。

警察に正義があるように、被害者にも、犯人にも、犯罪や裁判を見ている国民にも正義があるので、ときに正義がぶつかり軋轢《あつれき》を起こすこともある。特に、匿名性が高く自由に意見が発信できるSNSが発達した近年は、自分の意見を疑わず、異なる意見を持つ人を罵倒する状況も生まれてきている。このような時代だからこそ、正義がいつの間にか憎しみに変わっているのに気付かなかったり、相手の境遇に寄り添って考えられない想像力の欠如が事態を複雑かつ大きくしたりする、現代日本の〝闇〟と重なる事件に塔子たちが挑むことで、正義の持つ危うい一面に切り込んだ本書が書かれた意義は大きい。

塔子が父の過去と向き合ったほかにも、作中には「昭島母子誘拐事件」「練馬宝石商強盗殺人事件」「小平短大生監禁・殺人事件」の被害者家族、鷹野と父親、神谷《かみや》課長と女子大生の娘・英里子《えりこ》など、二重三重に親子、家族の関係が描かれ、家族愛が負の感情を克服する一助になるとされているので情愛と謎解きの融合も鮮やかである。

本シリーズは、足立《あだち》区の廃屋で動物用の檻《おり》に入れられ腹部を銃で撃たれたかのような傷がある男の死体が見つかる第十四弾『魔弾の標的　警視庁捜査一課十一係』が講談社ノベルスから刊行されているので、続きが気になる方は読んで欲しい。

この作品は、二〇二〇年十一月に小社より『賢者の棘　警視庁捜査一課十一係』として刊行された作品を改題したものです。

この作品はフィクションであり、実在する個人や団体などとは一切関係ありません。

|著者| 麻見和史　1965年千葉県生まれ。2006年『ヴェサリウスの柩』で第16回鮎川哲也賞を受賞しデビュー。『石の繭《まゆ》』『蟻《あり》の階段』『水晶の鼓動』『虚空の糸』『聖者の凶数』『女神の骨格』『蝶の力学』『雨色の仔羊』『奈落の偶像』『鷹の砦』『凪《なぎ》の残響』『天空の鏡』『賢者の棘《とげ》』（本書）と続く「警視庁殺人分析班」シリーズはドラマ化されて人気を博し、累計80万部を超える大ヒットとなっている。また、『邪神の天秤』『偽神の審判』と続く「警視庁公安分析班」シリーズも2022年にドラマ化された。その他の著作に『警視庁文書捜査官』『永久囚人』『緋色のシグナル』『灰の轍《わだち》』『影の斜塔』『愚者の檻』『銀翼の死角』『茨の墓標』『琥珀の闇』と続く「警視庁文書捜査官」シリーズや、『水葬の迷宮』『死者の盟約』と続く「警視庁特捜７」シリーズ、『擬態の殻　刑事・一條聡士』『無垢の傷痕　本所署〈白と黒〉の事件簿』『凍結事案《コールドケース》捜査班　時の呪縛』などがある。

賢者《けんじゃ》の棘《とげ》　警視庁殺人分析班《けいしちょうさつじんぶんせきはん》

麻見和史《あさみかずし》

講談社文庫

定価はカバーに
表示してあります

2023年11月15日第１刷発行

KODANSHA

発行者――髙橋明男
発行所――株式会社　講談社
東京都文京区音羽2-12-21　〒112-8001
電話　出版（03）5395-3510
　　　販売（03）5395-5817
　　　業務（03）5395-3615

Printed in Japan

デザイン―菊地信義
本文データ制作―講談社デジタル製作
印刷―――株式会社広済堂ネクスト
製本―――株式会社国宝社

ISBN978-4-06-533756-1

講談社文庫刊行の辞

二十一世紀の到来を目睫に望みながら、われわれはいま、人類史上かつて例を見ない巨大な転換期をむかえようとしている。

世界も、日本も、激動の予兆に対する期待とおののきを内に蔵して、未知の時代に歩み入ろうとしている。このときにあたり、創業の人野間清治の「ナショナル・エデュケイター」への志を現代に甦らせようと意図して、われわれはここに古今の文芸作品はいうまでもなく、ひろく人文・社会・自然の諸科学から東西の名著を網羅する、新しい綜合文庫の発刊を決意した。

激動の転換期はまた断絶の時代である。われわれは戦後二十五年間の出版文化のありかたへの深い反省をこめて、この断絶の時代にあえて人間的な持続を求めようとする。いたずらに浮薄な商業主義のあだ花を追い求めることなく、長期にわたって良書に生命をあたえようとつとめるところにしか、今後の出版文化の真の繁栄はあり得ないと信じるからである。

同時にわれわれはこの綜合文庫の刊行を通じて、人文・社会・自然の諸科学が、結局人間の学にほかならないことを立証しようと願っている。かつて知識とは、「汝自身を知る」ことにつきていた。現代社会の瑣末な情報の氾濫のなかから、力強い知識の源泉を掘り起し、技術文明のただなかに、生きた人間の姿を復活させること。それこそわれわれの切なる希求である。

われわれは権威に盲従せず、俗流に媚びることなく、渾然一体となって日本の「草の根」をかたちづくる若く新しい世代の人々に、心をこめてこの新しい綜合文庫をおくり届けたい。それは知識の泉であるとともに感受性のふるさとであり、もっとも有機的に組織され、社会に開かれた万人のための大学をめざしている。大方の支援と協力を衷心より切望してやまない。

一九七一年七月

野間省一

講談社文庫 最新刊

講談社文芸文庫

大澤真幸
〈世界史〉の哲学 3 東洋篇
二一世紀頃、経済・政治・軍事、全てにおいて最も発展した地域だったにもかかわらず、覇権を握ったのは西洋諸国だった。どうしてなのだろうか？ 世界史の謎に迫る。
解説=橋爪大三郎
おZ4
978-4-06-533646-5

京須偕充
圓生の録音室
昭和の名人、六代目三遊亭圓生の至芸を集大成したレコードを制作した若き日の著者が、最初の訪問から永訣までの濃密な日々のなかで受け止めたものとはなにか。
解説=赤川次郎・柳家喬太郎
きL1
978-4-06-533350-4

講談社文庫　目録

2023年9月15日現在